Alexandra Flint, Kyra Groh,

Gabriella Santos de Lima,

Marina Neumeier, Franka Neubauer

Magical Winter Nights

AF238637

Bisher bei Loewe Intense erschienen:

Feels like Christmas
Magical Winter Nights

Magical Winter Nights

ALEXANDRA FLINT • KYRA GROH
GABRIELLA SANTOS DE LIMA
MARINA NEUMEIER • FRANKA NEUBAUER

Loewe
INTENSE

978-3-7432-1854-3
1. Auflage 2024
© 2024 Loewe Verlag GmbH, Bühlstraße 4, D-95463 Bindlach
Dieser Titel enthält die Einzeltitel:
Jetzt sind wir unendlich © Gabriella Santos de Lima
Sternenknistern © 2024 Kyra Groh
Christmas Crush © Marina Neumeier
Keine Nacht zu dunkel © Alexandra Flint
Before the Stars Break © Franka Neubauer
Umschlag- und Farbschnittgestaltung: Andrea Janas | andreajanas.com
Umschlag-, Farbschnitt- und Innenklappenmotive: © Soraluk Chonvanich/shutterstock.com,
© Sylfida/shutterstock.com, © sergio34/shutterstock.com,
© Romanova Ekaterina/shutterstock.com, © Kjpargeter/shutterstock.com, Michael Dietrich
Autorinnenfotos: Gabriella Santos de Lima © privat, Kyra Groh © privat,
Marina Neumeier © privat, Alexandra Flint © Maximilian J. Dreher, Franka Neubauer © privat
Innenillustrationen: Laura Rosendorfer
Druck und Bindung: GGP Media GmbH, Karl-Marx-Straße 24,
D-07381 Pößneck

www.loewe-verlag.de

GABRIELLA SANTOS DE LIMA
Jetzt sind wir unendlich

Snowman – Sia
'tis the damn season – Taylor Swift
Mistletoe – Colbie Caillat

KYRA GROH
Sternenknistern

All I Want for Christmas Is You – Mariah Carey
Last Christmas – Jimmy Eat World
River – Joni Mitchell

MARINA NEUMEIER
Christmas Crush

Driving Home for Christmas – Chris Rea
Let It Snow! Let It Snow! Let It Snow! – Dean Martin
I'll Be Home – Meghan Trainor

ALEXANDRA FLINT
Keine Nacht zu dunkel

Christmas Lights – Coldplay
Winter Wonderland – McKenna Williams
Driving Home for Christmas – Chris Rea

FRANKA NEUBAUER
Before the Stars Break

New Year's Day – Taylor Swift
If We Make It Through December – Phoebe Bridgers
Cold December Night – Michael Bublé

GABRIELLA SANTOS DE LIMA

Prolog

Und wieso genau datest du nicht, Bella?

Keine Ahnung, wie oft mir diese Frage schon völlig verwirrt entgegengeschleudert wurde, wenn das Thema aufkam. Dabei war die Antwort ganz simpel. Und sogar nachvollziehbar. Fanden wir Männer meistens nicht sowieso eher unausstehlich? In Gesprächen mit Freundinnen waren sie oft das Thema Nummer eins, weil wir uns über sie aufregten und/oder sie einfach nicht verstanden. Wie cool und unnahbar sie ständig rüberkommen müssten, so als könne sie in der Tat nichts berühren, selbst wenn wir ihre nackte Haut Zentimeter für Zentimeter entlangfuhren. Denn am Ende waren sie es, die uns jedes Stück Stoff vom Körper reißen und jede Stelle darunter ganz, ganz genau betrachten konnten, ohne uns am nächsten Tag zurückzuschreiben. Als würden sie uns gar nicht kennen. Als würde ihre DNA nicht irgendwo in uns herumschwimmen, weil wir uns geküsst hatten und man die Spucke von anderen Menschen fast fünf Jahre in sich behielt. Romantisch, nicht wahr?

Oder wenn sie unsere Fragen auf WhatsApp zwar beantworteten, aber nie mehr als ein *Ja* oder *Gut* oder *Nichts* schrieben und erst recht nichts zurückfragten.

Ich verabscheute es, an Grüppchen von ihnen auf der Straße vorbeizulaufen, weil ich immer fürchtete, sie könnten mir etwas Unangenehmes hinterherrufen. Wenn ich früher samstagabends von der Dortmunder Innenstadt nach Hause gefahren war, hatte ich Angst, dass eine Prügelei in der S-Bahn zwischen den betrunkenen BVB-Fans und denen des Gegners ausbrechen würde. Ich mochte es nicht, dass immer alles so *rau* bei Männern war. Sie begrüßten sich mit hartem Schulterklopfen und festen Handschlägen, nach denen mir die Knöchel schmerzen würden. Es war nicht so, dass ich sie hasste, aber ich hatte eben meine Erfahrungen gemacht.

Denn ja, ich hatte es versucht. Ich war auf Dates gegangen und hatte Typen mit glasigen Augen auf Hauspartys meine Nummer gegeben, in der Hoffnung, diesmal könnte es vielleicht anders ausgehen. Schlussendlich endete es trotzdem immer damit, dass ich mir in meinem Bett die Augen ausweinte, weil Julian Kovac, Nils Müller oder Fabian Wozniak sich irgendwie doch nicht mehr so sicher mit mir war. Einige würden behaupten, dass ich nicht ganz unschuldig war. Dass ich nicht so viele Erwartungen haben dürfe, es langsam angehen lassen und generell das Leben einfach auf mich zukommen lassen solle. Dabei erwartete ich keinen Liebesfilm, der Realität wurde. Ich brauchte keine Rosenblätter über der Bettdecke oder Gedichte, dir mir heimlich zugesteckt wurden. Alles, was ich wollte, war, dass die Person, die ich mochte, mich genauso gut behandelte, wie ich versuchte, sie zu behandeln. Ohne Ghosting, Unsicherheiten und Nie-wissen-woran-ich-bin.

Irgendwann hatte ich es aufgegeben, weil ich es nicht mehr ausgehalten hatte. Ich verteufelte Männer nicht, aber ich hielt sie gefühlstechnisch absichtlich auf Abstand. Nicht weil ich ihnen etwas Böses wollte, sondern weil ich das Beste für mich wollte. Weil ich nicht mehr verletzt oder enttäuscht werden wollte.

Und klar, es war einfach zu behaupten, ich wäre üüüberhaupt nicht an Männern interessiert. Es wirklich so zu meinen, war allerdings etwas anderes. Denn der versteckte Drang nach männlicher Bestätigung war real. Das Bedürfnis nach zwischenmenschlichen Beziehungen war real. Das Gefühl, irgendetwas Verrücktes in meinen Zwanzigern erleben zu müssen, war real. Manchmal ging ich deshalb trotz allem auf ein Date, wenn mir danach war.

Ein Date.

Mehr nicht.

Das war meine Regel.

Doch dann trat Matteo, dieser unverschämt charmante Mistkerl, in mein Leben.

Zum zweiten Mal.

Bella

Dritter Advent

»Und?«, fragte meine beste Freundin Nova, die das Kinn in ihrem karierten Schal vergrub. »Bist du bereit?«

Der Wind blies uns kalt in die Gesichter, ihre blonden und meine dunklen Haare nach hinten. In Kombination mit dem eisigen Schneeregen, der uns vor die Füße fiel, war es wirklich kein Winterwonderland-Wetter. Trotzdem mussten wir kurz nach der Bahnhaltestelle links einbiegen und noch einige Hundert Meter laufen, bis wir unser Ziel erreichten.

Wir waren auf dem Weg zum *Zuckermonarchie*, dem Café, in dem die weihnachtliche Keramikmalstunde stattfand, zu der Nova uns angemeldet hatte. Aus den Augenwinkeln erkannte ich bunte Lichterketten in einigen Wohnhausfenstern. Sogar der Kiosk, den wir passierten, hatte ein blinkendes Rentier in sein Schaufenster gestellt. Ich vergrub die Hände tiefer in meine Jackentaschen, wobei ich spürte, wie der Schneeregen meine Stoffmütze durchnässte. Dann hob ich die Brauen.

»Die Frage ist eher, ob du bereit bist, mir dabei zuzusehen, wie ich eine Keramiktasse verunstalten werde.«

»Verunstalten ist ein hartes Wort.«

»Es ist zutreffend«, erwiderte ich. »Erinnerst du dich nicht an meine Noten bei Frau Schilling? Ich habe echt alles gegeben, aber nie etwas Besseres als eine Drei minus für meine Bilder bekommen.«

»Hat sie dir nicht immer eine glatte Drei im Zeugnis gegeben?«

»Aus Mitleid, ja.«

»Was hat sie immer gesagt?«

»Dass ich seeehr bemüht bin.«

»Oh Mann«, seufzte Nova plötzlich nostalgisch. »Was würde ich dafür geben, noch einmal die Oberstufe zu besuchen. Ein Tag würde reichen.«

Ich protestierte leidenschaftlich dagegen, indem ich meine Freundin darauf hinwies, dass sie dann jede Sekunde auf ihr Handy starren würde, in der Hoffnung, Leon aus der 10b hätte sie angeschrieben.

»Bitte lass uns diese Phase vergessen.« Sie deutete eine abwinkende Handbewegung an. »Das waren harte Zeiten.«

Ich warf Nova einen Seitenblick zu, woraufhin wir nicht mehr anders konnten, als drauzloszulachen.

Als wir das Café endlich erreichten, erkannten wir schon von draußen die große Tafel, die mit einfarbigen Tassen, Farbtuben und Pinseln eingedeckt war. Einige Besucherinnen saßen bereits an dem Tisch, einen dampfenden Becher in der Hand, und unterhielten sich. Sobald wir eintraten, nahm ich Sias *Snowman* wahr, das aus den Lautsprechern plätscherte. Außerdem stieg mir der Duft von heißer Schokolade, Zimt und Tannennadeln in die Nase.

»Hey, willkommen«, begrüßte uns die Barista hinter dem Tresen, während wir unsere Jacken öffneten und überlegten, auf welchen Plätzen wir sitzen sollten.

Genau in diesem Moment hörten wir plötzlich Novas Namen. Unsere Blicke schossen nach links, wo sich eine kleinere Frau in einem schrecklichen Weihnachtspullover erhob, um meine Freundin in den Arm zu nehmen. Dem Himmel sei Dank waren Nova und ich nicht die Einzigen, die sich an den Ugly-Christmas-Sweater-Dresscode gehalten hatten. Ich stellte fest, dass die Frau klein war, kleiner als ich mit meinen eins zweiundsechzig. Sie hatte ihren Pullover mit *Grinch*-Aufdruck zu einem Rock, Strumpfhosen und silberfarbenen Creolen kombiniert, die mit den Reißverschlüssen ihrer kniehohen Stiefel harmonierten.

»Oh Gott«, stieß meine beste Freundin aus. »Was machst du denn hier? Ich dachte, du bist nur über die Feiertage in der Umgebung.«

»Ich bin früher aus Berlin gekommen, damit ich mehr Zeit mit meinen Freundinnen und der Familie verbringen kann«, erklärte sie. »War relativ spontan. Aber total schön, dich hier zu sehen.« Dann wandte sie sich lächelnd an mich. »Hi, ich bin Lucy. Setzt euch doch zu uns.« Sie deutete in Richtung einer Ecke, wo schon zwei andere junge Frauen hockten.

Nova sah mich fragend an, so als wolle sie sicherstellen, dass es okay für mich war.

»Klar«, sagte ich und lächelte zurück. »Wir bestellen uns nur eben zwei Heißgetränke.«

»Super!« Lucy strahlte, ehe sie sich winkend von uns abwandte und in Richtung ihrer Freundinnen verschwand.

Während wir winterliche Chai Lattes mit Spekulatiusgeschmack orderten, erklärte Nova mir, dass sie an derselben Kunsthochschule wie Lucy und ihre Freundinnen studiert hatte.

»Die drei führen diesen gemeinsamen Blog, von dem ich dir mal erzählt habe. @thegirlnextdoor. Weißt du noch?«

Ich nickte, denn ich erinnerte mich tatsächlich vage an

den Instagram-Account voller wichtiger Botschaften und wunderschöner Illustrationen.

»Tillie macht diese krassen feministischen Videos, die ich immer wieder in den Stories teile. Und Mandas Illustrationen sind …« Sie formte Zeigefinger und Daumen zu einem Kreis.

Keine fünf Minuten später saßen wir neben Lucy und ihren Freundinnen, die sich mir ebenfalls vorstellten.

»Tillie«, sagte die Blondine mit den perfekt rot geschminkten Lippen.

»Amanda«, sagte die Frau mit voluminösen Curtain Bangs. »Wie heißt du?«

Innerhalb von wenigen Minuten fand ich heraus, dass alle drei ihren Master machten, Lucy in Berlin, Amanda und Tillie hier in Köln.

»Und was machst du?«, fragte Lucy, woraufhin ich erzählte, dass ich Grundschullehramt studierte und froh darüber war, mein Ref bald hinter mir zu haben, für das ich nach Köln gezogen war.

»Habt ihr das gehört?«, fragte Tillie kurz darauf und deutete auf ihren Bauch. »Ich hab so Hunger. Was für ein Jammer, dass es heute keine von Cleos Cupcakes gibt. Ich würde sterben für die mit Bratapfelgeschmack.«

»Das ist schon ein bisschen sehr dramatisch.« Amanda hob die dichten Brauen. »Ist ja nicht so, als würdest du mit ihr zusammenwohnen und gefühlt jeden zweiten Tag einen Cupcake dieser Art absahnen, weil sie die Reste von hier mitbringt.«

»Im Durchschnitt bekomme ich sie wahrscheinlich öfter als jeden zweiten Tag«, sagte Tillie schelmisch.

Ich kippte den Kopf. »Deine Schwester arbeitet in diesem Café?«

Sie nickte. »Cleo ist Konditorin im *Zuckermonarchie*.«

»Dann habe ich bestimmt schon mal eine ihrer Kreationen gegessen.«

»Du bist häufiger hier?«, wollte sie interessiert wissen.

»Na ja«, mischte sich Nova ein. »Formulieren wir es mal so: Es könnte sein, dass wir ziemlich viel Geld für Chais in diesem Laden lassen.«

»Verständlich.« Tillie wackelte mit den Brauen. »Aber die eigentliche Frage ist, ob ihr auch die Bratapfel-Cupcakes probiert habt. Ihr könnt nämlich erst dann guten Gewissens sterben, vertraut mir.«

»Ist vermerkt!« Ich lachte, während weitere Gäste in das Café strömten. Um kurz nach drei war es endlich so weit und wir durften die Pinsel in die vielen verschiedenen Farben tunken. Am Ende des Raums ertönte dabei kontinuierlich das Zischen der Kaffeemaschine hinter dem Tresen, wobei die Barista mit der blauen Schürze Milchschaum in handgemachte Kaffeebecher goss. Zu behaupten, das *Zuckermonarchie* war gut besucht, wäre eine Untertreibung. Über fünfzig Leute tummelten sich an diesem Sonntag in dem Lokal mit den vielen Pflanzen und dem Leuchtschild an der hinteren Wand. Anstatt mit den üblichen Blumenglasvasen waren die Tische in der Weihnachtszeit mit Tannenzweigen und -zapfen dekoriert.

»Sind diese grünen unförmigen Punkte etwa …« Verwirrt besah Nova sich meine Tasse näher »… Tannenbäume?«

»Ohoh«, machte Tillie. »Hast du gerade etwa das Kunstwerk deiner besten Freundin gejudgt, Nova?«

»Niemaaals«, erwiderte Letztere, bevor ich belustigt mit den Augen rollte.

»Zeigt mal, wie eure Tassen aussehen«, forderte ich.

»Das ist unfair«, protestierte Tillie. »Manda ist Künstlerin. Dagegen sehen die von Lucy und mir auch fragwürdig aus.«

»Warte mal.« Schockiert schnappte Lucy nach Luft. »Hast du gerade indirekt auch meine Tasse gejudgt?«

Weihnachtslieder über Weihnachtslieder plätscherten aus den Lautsprechern, während wir die Pinsel lachend wieder ansetzten. Aus den Augenwinkeln konnte ich durch die Fensterscheiben erkennen, wie der Schneeregen sich langsam in riesige Schneeflocken verwandelte, die wild im Wind umherflogen. Am Ende übergaben wir der freundlichen Barista – Kathi – unsere Tassen zum Glasieren und Brennen. Wir würden sie in der kommenden Woche abholen können.

»Hey«, sagte Amanda, bevor wir uns die Jacken anzogen. »In der WG meines Bruders steigt gerade eine Glühweinparty. Habt ihr Lust mitzukommen?«

»Die *eigentliche* Frage ist doch …«, warf Tillie wieder ein. »… wann er keine Party in seiner WG schmeißt.«

»Eine sehr gute Frage, aber gerade wirklich nicht die eigentliche Frage.« Amanda sah Nova und mich abwartend an. »Was ist? Habt ihr Lust?«

Matteo

Dritter Advent

Es ist so: Hätte mir jemand gesagt, dass ich Bella Marchetti in Köln wiedersehen würde, hätte ich es nicht geglaubt. Hätte dieser Jemand dann gemeint, dass ich sie auf meiner eigenen WG-Party antreffen würde, hätte ich aus reiner Ungläubigkeit gelacht. Wäre mir abschließend erzählt worden, dass sie dabei einen fürchterlichen übergroßen Rentierpullover tragen würde und ich dennoch nicht aufhören könnte, sie anzusehen, hätte ich zumindest diesen Teil geglaubt. Denn so war das einfach mit Bella und mir: Wir konnten nicht aufhören, einander anzusehen, wenn wir damit anfingen.

Das war schon immer so gewesen.

Damals in Rom.

Und jetzt. In Deutschland. In Köln. Auf meiner eigenen fucking WG-Party.

»Hey, Mann.« Mein Mitbewohner Felix stupste mich nur leicht mit dem Ellbogen an, allerdings zuckte ich so heftig zusammen, dass ich den Inhalt meiner dampfenden Tasse beinahe verschüttete. »Sie sind jetzt fast ein Jahr lang zusammen. Ich glaube, du kannst aufhören, Dubois Löcher ins Gesicht starren zu wollen. Mal ganz davon abgesehen, dass du ihnen eigentlich deinen Segen gegeben hast.«

»Hm«, brachte ich hervor, weil ich nur sie ansehen konnte.

Nur Bella Marchetti. Die Studentin, die ich während

meines und gleichzeitig auch ihres Auslandssemesters in Rom kennengelernt hatte. Sie hatte sich für Rom entschieden, um ein halbes Jahr mit der Familie ihres Vaters zu verbringen. Ich hatte mich für die Stadt entschieden, weil ein ganzer Spätsommer und Herbst in Italien nach etwas geklungen hatte, was es wert war, erlebt zu werden.

Mir fiel auf, dass sie ihre schwarzen Haare jetzt deutlich kürzer trug. Als wir uns kennengelernt hatten, hatten sie ihr fast bis zum Po gereicht, jetzt berührten die Haarsträhnen gerade einmal ihre Schultern. Sonst war alles gleich. Ja, ich fand sie wunderschön und heiß und anziehend und all das andere Zeug, aber ... keine Ahnung. Ich hatte sie nicht wegen ihres Aussehens gemocht. Da ... *Fuck.* Ich konnte nicht glauben, dass ich das noch einmal dachte.

Doch da war einfach etwas zwischen uns gewesen.

Ich hatte den Finger nicht darauflegen können, hatte es nicht verstanden, mich nächtelang in einem viel zu warmen Wohnheimzimmer von einer Seite auf die andere gedreht, um es zu begreifen.

Es war mir nie gelungen.

Bella Marchetti war Bella Marchetti. Und ich mochte sie. Das war alles, was ich wusste.

»Hast du mir überhaupt zugehört?«, fragte Felix.

»W...was?«

»Ich habe von deiner Schwester geredet.«

Meiner Schwester?

»Und Émil.«

Émil?

»Wir alle wissen, dass du nicht der größte Fan von ihnen als Paar warst, aber hast du nicht schon vor, na ja, so ungefähr elf Monaten realisiert, dass sie schon irgendwie gut zusammenpassen? Hast du ihnen nicht sogar angetrunken wortwörtlich gesagt: *Ihr habt meinen Segen?*«

Ja.

Ja, ja, ja.

Jetzt sah ich meine kleine Schwester auch, wie sie sich mit Bella unterhielt, den Blick durch den Raum schweifen ließ, bis er auf mir lag – und plötzlich auf mich deutete. Aus den Lautsprechern dröhnte irgendein Remix von *Last Christmas*. Glaubte ich zumindest. Sicher war ich mir nicht, weil es in meinem Kopf zu rauschen begann. Ringsum standen etliche Bekannte, umklammerten Tassen mit Weihnachtsmotiven und erzählten sich mit von Glühwein verfärbten Lippen, wie sie über die Feiertage nach Hause fahren würden. Ich bekam das mit, ohne es wirklich mitzubekommen. Ich hatte nicht gelogen. Ich hatte nur Augen für Bella, die jetzt auf mich zukam. Und mit einem Mal auch nur noch mich betrachtete. Mit geweiteten Pupillen und schockierter Miene. Ihr Ausdruck passte zu dem panischen Rhythmus meines Herzens.

Aber. Wieso. Schlug. Das. So. Verfickt. Schnell?

Weil da etwas zwischen euch war. Und anscheinend ist.

»Hier ist er«, sagte Amanda, als sie mit Bella im Schlepptau direkt vor meiner Nase verharrte.

»Gut, dass du da bist.« Felix lachte. Felix. Natürlich. Er stand immer noch neben mir. »Ich hatte eben die Befürchtung, dass dein Bruder wieder seine Eifersuchtsschiene fährt.«

»Wegen Émil?«, fragte Amanda verwirrt.

»Was?«, sagte ich, diesmal ohne zu stottern. »Nein, natürlich nicht.«

»Nicht?« Felix hob die Brauen. »Und wieso hast du Émil und deine Schwester dann gerade so angestarrt?«

Bellas Blick zuckte verwirrt von mir zu der Stelle, an der sie bis eben noch gestanden hatte. Dort war sie versammelt, Amandas Truppe. Lucy und Gregor, Tillie und Jonathan. Und natürlich Émil. Ich meinte sogar Tillies Schwester Cleo und ihren Freund Noel zu erkennen, aber dafür schaute ich nicht lang genug hin.

»Ich hab nicht gestarrt«, flüsterte ich, während ich wieder nur Bella ansah.

»Wie auch immer.« Meine Schwester deutete eine abwinkende Handbewegung an. »Mat, ich muss dir unbedingt jemanden vorstellen. Das ist Bella, eine Freundin von Nova. Nova kennst du. Sie hat an der gleichen Hochschule wie Lucy, Tillie und ich studiert.«

Ich wusste nicht, wer Nova war, andererseits hätte ich in diesem Moment wahrscheinlich nicht einmal meinen eigenen Namen nennen können, also …

»Und dreimal darfst du raten, an welcher Uni Bella in ihrem Auslandssemester studiert hat?«

Sapienza. Università di Roma.

Das wusste ich natürlich trotzdem.

»Sapienza«, verkündete Amanda aufgeregt, ohne dass ich etwas erwiderte. »Klingelt es bei dir? Università di Roma? Ihr habt an derselben Uni studiert, ist das nicht cool?«

»H…hallo.« Unsicher deutete Bella ein Winken an. »Bella.«

»Hey.« Meine Stimme klang so unendlich rau. »Matteo.«

Ich verstand nicht, wieso wir uns einander vorstellten. Wir kannten unsere Namen. Wir kannten uns. Wir kannten uns so gut, wie sich zwei einfache Kommilitonen im Ausland eigentlich nicht kannten.

»Willst du …?« Ich hasste es, dass ich abbrechen und erneut ansetzen musste. Aber ich konnte nichts dafür. Alles fühlte sich so unecht an. So unwirklich. Wie ein Traum. »Willst du etwas trinken?«

»Komisch.« Gespielt schockiert schnappte meine Schwester nach Luft. »Eigentlich ist er nicht so ein Gentleman.«

Wahrscheinlich hätte ich gekontert, wäre ich nicht generell so sprachlos gewesen.

»Gerne?«, fragte Bella unsicher.

»Für mich bitte auch noch einen Glühwein.« Die Augen meiner Schwester funkelten schelmisch. »Ich danke dir, Bruderherz.«

»Kein Problem«, murmelte ich, bevor Amanda mir Bellas und ihre Tasse in die Hand drückte.

»Keine Ahnung, was mit dem los ist«, hörte ich Felix lachend entgegnen, während ich mich entfernte. »Irgendwie ist er ein bisschen neben der Spur.«

Innerlich kratzte ich jedes Fünkchen Selbstbeherrschung zusammen, um mich nicht umzudrehen und mich ein weiteres Mal zu versichern, dass ich nicht träumte.

Dass sie es wirklich war.

Auf dem Weg zur Küche stolperte ich beinahe über meine eigenen Füße, streifte Schultern, wurde angehalten und aufgefordert, einen Shot mitzutrinken. Ich verneinte, lief wie in Trance in die WG-Küche mit dem runden Tisch und den Polaroids an der Wand. Auch hier war die Musik laut, vermischt mit dem Rauschen verschiedener Gespräche. Mit einem seltsamen Kloß im Hals ging ich auf die Herdplatte zu, die mit vier riesigen Glühweintöpfen zugestellt war. Ich bekam gerade die Kelle zu fassen, da spürte ich, wie mich jemand von hinten berührte. Die Hand war heiß und sandte einen Schauder voller Funken über meinen Rücken.

Ich spürte sofort, dass es sie war.

»Hey«, flüsterte sie und in diesem Licht, aus dieser Nähe erkannte ich, dass sich wirklich nur die Länge ihrer Haare verändert hatte.

Sonst war alles gleich.

Das winzige Muttermal über ihrer linken Braue, die runden Ohrringe, die sie täglich getragen hatte, wie sie mich ansah.

Selbst das war gleich geblieben.

»Ich hab deiner Schwester gesagt, ich würde dir mit dem Glühwein helfen«, murmelte sie, als müsste sie erklären, wieso sie jetzt hier war. »Sorry, falls das gerade komisch war. Ich weiß auch nicht, wieso ich mich dir vorgestellt habe. Ich glaube, ich habe noch nicht realisiert, dass wir uns gerade wirklich wiedersehen. In Deutschland.«

»Auf meiner WG-Party«, fügte ich hinzu und konnte nicht anders, als meinen linken Mundwinkel anzuheben.

»Auf deiner WG-Party«, wiederholte sie lachend.

Und Gott.

Ihr Lachen.

Alles an ihr war ausnahmslos schön, aber ihr Lachen war mit Abstand das Schönste an ihr. Ihr gesamtes Gesicht hellte sich auf, ihre Augen strahlten, ihre Ohrringe funkelten.

Ich konnte wirklich nicht aufhören, sie anzusehen.

»Das ist so verrückt«, flüsterte ich.

Bella

Matteo brachte seiner Schwester nie die Tasse Glühwein. Stattdessen fragte er mich, wie es mir ging, was ich hier machte und was ich generell so tat.

»Ich dachte, du wohnst in Dortmund?«, fragte er, bevor ich ihn darüber aufklärte, dass ich für das Ref nach Köln gezogen war.

Wir blieben in der Küche, wo er uns einen Platz am Tisch sicherte und vor den anderen Gästen abschirmte, indem er sich mit dem Rücken zur Tür setzte. Einmal sah ich seine Schwester lächelnd vorbeilaufen, als sie mich mit ihrem Bruder entdeckte. Matteo fragte so vieles, aber nicht, wieso ich ihm nicht Bescheid gegeben hatte, dass ich jetzt in seiner Stadt wohnte. Oder warum ich ihm nie auf seine Nachricht geantwortet hatte. Die, die er mir nach diesem einen Abend geschrieben hatte. Genau deshalb spürte ich mein Herz unter jedem Zentimeter meiner Haut pochen, sobald eine kurze Gesprächspause entstand.

Jetzt fragt er dich und dann wird es peinlich werden, weil du keine richtige Antwort hast.

Doch seltsamerweise passierte es nicht. Matteo redete und lächelte und beantwortete mir all die Fragen, die ich ihm stellte. Wir sprachen über Italien und Deutschland, wie sehr wir unser Auslandsjahr vermissten. Und alles war so leicht.

»Ich will auf jeden Fall noch mal nach Rom«, erklärte er.

Ich sah ihn dabei an und sah nur ihn. Nicht seine Küche und auch keine anderen Gäste, die ihre Füße rhythmisch zur Weihnachtsmusik tippen ließen.

Verflucht.

Ich hatte es schon damals gehasst, dass ich – wenn Matteo in einem Raum war – nur ihn sah. Ich mochte es nicht, dass ich so vieles an ihm mochte. Aber es war unbestreitbar. Selbst ein Jahr nach unserem letzten Aufeinandertreffen hatte sich das nicht geändert. Ich mochte es weiterhin, wie groß Matteo war, wie man seinem athletischen Körper ansah, dass er Basketball spielte. Ich mochte seine dunklen Locken. Die dunkelgrünen Augen. Den leichten Bartschatten. Die Stelle links unterhalb seiner Schläfe, die er schon damals ständig beim Rasieren vergessen hatte. Ich mochte Matteos tiefe Stimme. Die Art, wie er Fragen mit ihr stellte, weil ihn meine Antworten wirklich interessierten, nicht weil er wollte, dass ich ihn etwas zurückfragte. Ich hatte es gemocht, ihm wöchentlich im Italienischkurs an der Uni zu begegnen. Wie er mich angelächelt hatte, sobald ich den Raum betreten hatte. Dass er Letzteres *immer* bemerkt hatte. Ich hatte ihn gemocht, obwohl ich Männer eigentlich auf Abstand hielt. Wir waren natürlich kein Paar gewesen. Flüchtige Bekannte, vielleicht. Auslandsstudenten aus Deutschland, die sich auf dem Universitätsgelände und Partys immer mal wieder über den Weg gelaufen waren. Auf jeder Party, auf der wir uns getroffen hatten, waren unsere Gespräche etwas länger geworden. Und irgendwann … ja. Irgendwann hatten wir es beide nicht mehr ausgehalten.

Als er mich an diesem letzten Abend gefragt hatte, ob er mich küssen dürfe, ganz schüchtern mit leicht geröteten

Wangen, dieser große, wunderschöne Kerl mit den verwuschelten Locken – da hatte ich Ja gesagt. Wir hatten uns in der Villa di Cisterna geküsst, fernab von unseren Kommilitonen, die ihre Gläser auf den letzten gemeinsamen Abend hoben. Ich wusste noch ganz genau, wie er geschmeckt hatte. Nach Italien und Sommer, obwohl es schon Herbst gewesen war. Ich wusste auch, wie er meine Hand genommen und mich in sein Wohnheimzimmer geführt hatte. Ich hatte es gemocht, wie wir uns schwindelig geküsst hatten, bis wir auf seinem Bett gelandet, aber nicht *so* weit gegangen waren. Er hatte nicht versucht, den nächsten Schritt zu machen. Hatte einfach gespürt, dass ich ihn berühren und fühlen wollte, ohne gleich aufs große Ganze zu gehen. Ich hatte es gemocht, dass nichts am Morgen danach seltsam zwischen uns gewesen war, er mich mit diesem schiefen Lächeln verabschiedet und mir gesagt hatte, er würde mir schreiben. Und ich hatte es gemocht, dass die Fronten von Anfang an klar gewesen waren.

Ich hatte Matteo nie in seinem wirklichen Leben kennengelernt, allerdings geahnt, dass er garantiert kein Heiliger war. Außerdem waren wir beide in unserem Auslandssemester. Es konnte gar nichts Ernstes werden. Mit komplizierten Gefühlen, die der andere vielleicht gar nicht erwiderte. Mit Fragezeichen und geplanten Treffen, die spontan abgesagt wurden. Mit kryptischen Nachrichten ohne Smileys, von denen ich Nova Screenshots geschickt hätte, um herauszuanalysieren, ob er unterschwellig angepisst war.

Also war es nur bei dieser einen Nacht voller heißer Küsse und Berührungen geblieben. Eine Nacht, in der alles möglich geschienen hatte, weil wir frei und jung und in Italien und vielleicht ein klitzekleines bisschen angetrunken gewesen waren.

Das war alles, was zwischen uns passiert war.

Und jetzt saß dieser faszinierende Typ in Köln vor mir und es war alles wieder da.

Das Gefühl, dass alles möglich schien.

Das Gefühl, das aufgeregt durch meine Blutbahnen rauschte, weil ich mich plötzlich so lebendig fühlte.

Dieses verräterische Herzrasen.

Dabei würde ich lügen, wenn ich behaupten würde, ich hätte nicht manchmal an ihn gedacht. Ihn nicht alle paar Wochen auf Instagram gesucht, obwohl sein Profil auf *privat* geschaltet war. Mir nicht vorgestellt, wie es wäre, wenn wir uns rein zufällig wiedertreffen würden. Wann immer mir diese Gedanken durch den Kopf geschossen waren, hatte ich sie jedoch gleich wieder verdrängt.

Nur ein Date.

Oder was auch immer das zwischen uns gewesen war.

Doch jetzt wurde es um uns herum lauter und voller. Noch mehr Leute schienen in die WG zu schneien, verschütteten Glühwein auf den hellen Fliesen und drehten die Musik lauter, bevor sie sogar in der Küche zu tanzen begannen.

»Fuck«, sagte Matteo, als ein umherwirbelndes Paar gegen ihn stieß. »Das hier ist echt kein geeigneter Ort für eine Unterhaltung.«

Ein Teil in mir war sich sicher, dass unser Gespräch hiermit beendet wäre. Doch der andere hatte fast geahnt, dass Matteo sich unter quietschenden Stuhlbeinen erheben und jeder ihn anstarren würde. Nicht wegen des Geräuschs, das sowieso untergegangen war.

Er war einfach so präsent.

Man *musste* ihn ansehen.

Oder ging es wirklich nur mir so?

»Lust auf einen Schneespaziergang?«, fragte er und hielt mir seine Hand hin. Einfach so.

Ich hätte sie nicht annehmen dürfen. Die Warnsignale schrillten in meinem Kopf, doch sie waren zu spät. Ich legte meine Hand in seine und wäre fast zurückgeschreckt.

Da.

Da waren sie wieder.

Die unsichtbaren Funken, die ich am meisten zwischen uns gemocht hatte.

Matteo

Zugegeben: Bei Minusgraden einen Spaziergang zu machen, war nicht meine beste Idee. Doch es war die einzige, die mir eingefallen war. Genau deshalb fror ich mir gerade den Arsch ab, während der Wind Bellas dunkle Haarsträhnen nach hinten blies. Nach meinem Vorschlag hatte sie noch diese eine Sekunde gezögert, bevor sie ihre Hand in meine gelegt hatte.

Alles in mir war wärmer geworden.

Wegen einer verfluchten Berührung.

Ich war mir sicher, dass das nicht normal sein konnte. Allerdings hatte ich nicht die Gelegenheit gehabt, sie zu fragen, ob es ihr ähnlich ging. Gleich darauf war sie nämlich in das geräumige Wohnzimmer gehuscht, um sich zu verabschieden. Keinen Schimmer, ob sie ihnen von mir erzählte, ich erinnerte mich im selben Moment allerdings daran, dass sie sich vor meiner Schwester neu vorgestellt hatte.

»Was hast du den anderen gesagt?«, fragte ich deshalb, kurz nachdem wir die ersten Meter hinter uns gelegt hatten. Dabei war die Kälte kaum auszuhalten. Vorhin hatten etliche Menschen schneebedeckte Dächer in ihren Stories gepostet, weil der Anblick ja *so schön* war. Tja, gerade war es das definitiv nicht. Ohne meine Mütze würden mir garantiert die Ohren abfrieren. Außerdem lief mir die Nase und die dicken

Flocken würden langsam, aber sicher meine wenig schnee-tauglichen Schuhe durchnässen.

»Dass ich total fertig bin«, erwiderte Bella schließlich. »Und dass ich deshalb nach Hause will. Ich muss Nova also unbedingt in einer halben Stunde schreiben, dass ich angekommen bin. Sonst schickt sie noch einen Suchtrupp.«

Ich musste schmunzeln. »Woher kennt ihr euch?«

»Ach.« Sie zuckte übertrieben mit den Schultern. »Wir kennen uns erst seit dem Kindergarten.«

»Warte mal.« Ich warf ihr einen Seitenblick zu. »Ist Nova die Freundin, mit der du in Italien immer FaceTime-Dates hattest?«

»Du hast aber ein gutes Gedächtnis«, sagte sie und ich biss mir auf die Zunge, um nicht zu verraten, dass ich mich an alles in Italien erinnerte, was mit ihr zu tun hatte.

Wirklich alles.

Insbesondere an jedes Detail unseres letzten Abends.

»Oh Gott.« Bellas Zähne klapperten, während sie das Kinn in ihrer Jacke versteckte. »Es ist wiiirklich kalt, oder?«

Ich räusperte mich. »Wohnst du weit von hier?«

»Dreißig Minuten vielleicht zu Fuß. Wieso?«

»Ich …«

Fuck.

Stottern und Herumdrucksen war eigentlich nicht meine Art. Aber *eigentlich* stand meine Auslandssemesterkommili-tonin auch nicht plötzlich in meiner WG, nachdem ich sie monatelang nicht gesehen hatte. Machte es mich zu einem verblendeten Idioten, wenn ich behauptete, das sei Schicksal?

»Ich könnte dich nach Hause bringen, wenn du willst.«

Keine Ahnung, wieso ich die Luft anhielt, als ging es hier um mein Leben. Wahrscheinlich wollte ich einfach nicht wie ein Stalker rüberkommen, der herauszufinden versuchte, wo sie wohnte. Dem Himmel sei Dank schien ich die einzige Person von uns beiden zu sein, der dieser Gedanke durch den Kopf schoss. Denn Bella nickte, ohne zu zögern.

An dieser Stelle war es wichtig klarzustellen, dass ich sie tatsächlich nur nach Hause bringen wollte. *Wirklich.* Während wir liefen, unterhielten wir uns über die anderen Auslandssemester, die in Rom zu unserer Gruppe gehört hatten. Wir fragten einander, ob wir noch Kontakt zu ihnen hätten, doch die Bekanntschaften hatten sich genauso schnell verlaufen, wie die Nachrichten im Gruppenchat nach unserer Abreise aufgehört hatten.

»Vermisst du es?«, wollte Bella wissen, als wir eine ausgeschaltete Ampel überquerten.

»Sehr«, sagte ich und wollte eigentlich gar nicht weitersprechen, doch die Worte stolperten mir verflucht noch mal aus dem Mund. Weil ich wusste, dass Bella mich vielleicht verstehen konnte. »Ehrlich gesagt ging es mir zurück in Deutschland eine Zeit lang gar nicht so gut. Ich … Keine Ahnung. Wahrscheinlich hat mir einfach die Sonne gefehlt.«

Ich hätte viel weiter ausholen können. Eine Ewigkeit über dieses Thema reden können, denn ich wusste, dass ich nicht der Einzige war. Das hatte ich zumindest den Berichten im Internet entnommen. Auch andere hatten sich … seltsam gefühlt. Sie nannten es *Zurück-in-der-Heimat-Blues*. Ich hatte damals an *wieder da, aber nicht wirklich da* gedacht. Weil mir die Welt in Deutschland viel grauer vorgekommen war – und damit meinte ich nicht nur die Abwesenheit der Sonne.

Einen Moment lang fürchtete ich, Bella würde das doch nicht verstehen können, weil sie mir immer noch nicht geantwortet hatte. Da räusperte sie sich.

»Das kann ich so gut nachvollziehen.« Sie wurde ganz ernst. »Als ich zurück in Deutschland war, habe ich mir sofort Vitamin-D-Tabletten geholt. Ich war die ersten Wochen auch nicht so … gut drauf. Ich habe meine Familie in Italien total vermisst. Einfach das komplette Lebensgefühl, weil ich da … freier war? Weil … klar, ich habe weiter studiert, aber irgendwie hatte ich auch die Zeit meines Lebens? Oh Gott.« Ein nervöses Kichern entfuhr ihr. So als hätte sie viel zu viel erzählt. »Ich hoffe, das klang jetzt nicht komisch oder so. Sorry, wenn ich dich …«

»Absolut nicht«, unterbrach ich sie. »Glaub mir. Ich verstehe das. Wirklich.«

Daraufhin sagte sie nichts, doch sie lächelte mir so zu, als wären wir Verbündete.

Und fuck.

Ihr Lächeln.

Wieso ging mir das so unter die Haut?

Warum begann alles in mir warm zu kribbeln, obwohl ich das Gefühl hatte, meine Nase würde vor Kälte gleich einfach abfallen?

»Das ist meine Straße«, erklärte Bella, kurz bevor wir ihr Wohnhaus erreichten und sie den Schlüssel aus ihrer Tasche kramte. Mit ihm in der Hand verharrte sie auf der ersten Treppenstufe, sodass sie beinahe so groß war wie ich. Schneeflocken blieben im groben Stoff ihrer Mütze hängen, während unsere Blicke sich ineinander verhakten. Ich sah sie an und spürte es überall. Unter jedem Zentimeter meiner Haut. Dabei wusste ich, wie das hier ablaufen würde. Sie würde sagen: »Also, dann …«, und ich würde unbeholfen mit dem gleichen »Also, dann …« antworten, wobei ich mich innerlich fragen würde, ob ich sie auf meine Nachricht ansprechen sollte. Wieso sie mir nicht geantwortet hatte. Doch selbst wenn ich mich getraut hätte, hätte ich es in diesem Moment gar nicht gekonnt.

Keine Ahnung, woran genau es lag, vielleicht am schummerigen Schein der Straßenbeleuchtung, die mich an Rom in den kleinen Gassen erinnerte. Vielleicht war es auch einfach die Art, wie sie mich genau jetzt betrachtete, so wie sie mich betrachtet hatte, kurz bevor wir uns geküsst hatten. Ich wusste bloß, dass plötzlich etwas anders war. Ich spürte es in meinem Körper, an dem Ziehen meiner Leistengegend und dem schnellen Schlagen meines Herzens.

Ging es ihr genauso? *Musste* es ihr nicht genauso gehen, wenn dieses Gefühl schlagartig so riesig wurde, dass ich es gar nicht allein fühlen konnte?

»Willst du …« Auch sie musste neu ansetzen. »Willst du vielleicht mit hochkommen, um dich aufzuwärmen?«

Bella

Die Stimmung war plötzlich anders.

Womöglich lag es daran, dass ich *aufwärmen* gesagt hatte, es sich allerdings seltsamerweise zweideutig angehört hatte. Vielleicht, weil unsere Blicke so intensiv waren, dass alles ein bisschen anders klang, als man es meinte. Oder eben genau so, wie man es meinte.

Keine Ahnung.

Ich wusste nur, dass es seltsam war, Matteo hier so zu sehen. Auf Socken. In einem olivfarbenen Pullover anstatt wie sonst in einem Shirt. In meiner kleinen Einzimmerwohnung mit der Küchenzeile in der Ecke. Er sah so riesig aus in meiner Wohnung. So männlich zwischen all den weißen Möbeln von IKEA und meinen Dekokissen, die ich farblich in Pastelltönen aufeinander abgestimmt hatte. Ich musterte ihn dabei, wie er meine Wohnung musterte. Meine hellen Vorhänge mit dem minimalistischen Blumenmuster. Die Salzsteinlampe neben den Kerzenständern von JYSK auf meinem Nachttisch. Meine Bettwäsche, die mit kleinen Herzchen bestickt war. Mein Bett. Das musterte er viel zu lange. Dann, als hätte er meinen Blick auf sich gespürt, drehte er sich ruckartig zu mir um.

»Was ist?«, fragte er und seine Stimme war wie sein Blick: viel zu intensiv.

»Nichts«, erwiderte ich sofort. »Es ist nur, na ja, irgendwie etwas komisch, dich so in meiner Wohnung zu sehen.«

»Lass mich raten.« Herausfordernd hob er die Brauen an. »Du hast nicht damit gerechnet, mir noch einmal zu begegnen?«

»Hast du es denn?«, fragte ich, anstatt eine Antwort zu geben.

Sein Räuspern klang ganz rau. »Ich habe es zumindest gehofft, schätze ich?«

Jetzt.

Jetzt würde er mich fragen, wieso ich ihm nie geantwortet hatte. Ich hörte die Worte, noch bevor er sie aussprach, als er mit einem Mal auf mich zukam.

Und sie dann doch nicht sagte.

»Und du, Bella?«

Dass er mir so nah war, war nicht gut. So nah, dass ich ihn beinahe verschwommen sah. So nah, dass er *zum Berühren nah* war.

»Ich … ich habe nicht damit gerechnet.«

»Aber hast du es gehofft?«, setzte er sofort nach.

Die ehrliche Antwort war kompliziert. Irgendwie ja. Und irgendwie auch nicht. Wir hatten einen magischen Abend in Rom miteinander geteilt. So schön, dass er heute nicht mehr echt wirkte. Hätten wir weiterhin Kontakt gehalten, wäre der Zauber verflogen. All das Schwierige wäre zum Vorschein gekommen, weil ich dreiundzwanzig und er sechsundzwanzig und alles so kompliziert war, selbst wenn es einfach schien.

»Ja«, sagte ich trotzdem, weil es nur halb gelogen war und weil es in diesem Moment stimmte.

Weil er tatsächlich vor mir stand und seinen Arm hob, um mir eine Haarsträhne hinter das Ohr zu schieben.

»Fuck«, fluchte er.

Fuck, Bella. Du machst mich wahnsinnig.

Seine Worte von damals echoten in mir nach, während ich seine Fingerkuppen hinter meinem Ohr spürte. Ganz leicht zuckte ich zusammen, denn da waren sie schon wieder: die Funken. Die Funken, die immer zwischen uns aufgingen, wann immer er mich anfangs versehentlich und flüchtig und an diesem Abend voller Absicht berührt hatte.

»Ehrlich gesagt …«

Oh Gott.

Seine Stimme.

Wie tief sie plötzlich klang.

»… habe ich sogar darauf gehofft, dass wir uns noch mal küssen.«

Es war schrecklich und schön zugleich, dass er nicht aufhörte, mich zu berühren. Statt seine Hand von mir zu nehmen, ließ er sie in meinen Nacken wandern. Mit ihr zog er mich ein kleines Stückchen dichter zu sich heran. So dicht, dass sein Oberkörper beinahe meinen beim Atmen berührte. Alle meine Härchen stellten sich auf. Die Luft knisterte vor lauter Funken. Ich atmete sie ein und sie krochen mir unter die Haut, wo sie jedes Blutpartikelchen zum Rasen brachten. Dann glitt seine Hand weiter, schlich sich so weit nach vorn, dass sein Daumen die Form meiner Lippen nachfuhr.

Funken. Funken. Funken.

Wir hatten nur das kleine Licht angeschaltet, doch ich hätte schwören können, dass meine dreiundzwanzig Quadratmeter gerade lichterloh leuchteten.

Wegen Matteo.

Und mir.

Wegen uns zusammen.

»Keine Ahnung, wie du das siehst«, flüsterte er, während ich mit dem Rücken die Wand berührte. »Aber ich würde wahrscheinlich ein bisschen sterben, um dich noch einmal zu küssen.«

In mir kämpften zwei Seiten. Die eine schrie der anderen zu, dass es heuchlerisch wäre, mich jetzt auf die Zehenspitzen zu stellen und die Arme um seinen Nacken zu schlingen. Dass ich mich absichtlich von Männern, von Matteo, ferngehalten hatte, um Situationen wie diese zu vermeiden.

Weil sie nie gut für mich endeten.

Die andere flüsterte, dass ich Anfang zwanzig war und mich so lebendig fühlte, mich allerdings gleichzeitig unendlich nicht-lebendig fühlte, wenn ich daran dachte, mich jetzt kopfschüttelnd zurückzuziehen.

Du bist so eine Heuchlerin, Bella Marchetti.

Die eine Seite in mir protestierte, als ich mich tatsächlich auf die Zehenspitzen stellte und die Arme um Matteos Schultern legte. Doch sie verstummte, als ich die Augen schloss und es hinter meinen Lidern trotzdem hell blieb, weil unsere Lippen sich leicht streiften. Und Abermillionen von Funken explodierten. Alles in mir kribbelte und pochte, als Matteos andere Hand an meine Taille wanderte. Immer wieder berührte er meine Lippen mit seinen, so federleicht, es ergab keinen Sinn, dass alles in mir gespannt wie eine Elektroleitung war. Keine Ahnung, wie lange wir uns so küssten, ohne uns wirklich zu küssen. Bis ich spürte, dass es Matteo nicht reichte. Niemals reichen könnte. Genauso wie mir. Als sein Griff sich festigte, bohrte ich die Nägel in seine Schultern. Als er meine Oberschenkel ganz leicht mit seinem Bein spreizte, spürte ich seine Härte. Und als er dann innehielt, blieb mir nichts anders übrig, als die Augen zu öffnen.

Er sah mich schon längst an.

»Ich küsse dich jetzt richtig.« Sein Atem berührte mein Gesicht. »Okay?«

»Okay«, hauchte ich. »Aber …« Ich schluckte heftig. »Nur küssen.«

»Nur küssen«, wiederholte er. Und ja, ja, es klang ein wenig zweideutig, garantiert nicht wie *nur küssen*, dabei war es wirklich alles, was wir taten.

Nur küssen.

Nur einander ein wenig berühren.

Mir nur ein bisschen einreden, dass das hier nicht gefährlich sein konnte, weil es ja nur Küssen war.

Matteo

Montag nach dem dritten Advent, 03:21 Uhr

Nur küssen.

Wir küssten uns nur, während wir irgendwann in ihrem Bett mit dieser unendlich niedlichen Herzbettwäsche landeten. Manchmal krallte sie ihre Hand zu fest in meine Schulter und manchmal presste ich meinen Unterleib zu hart im Liegen an ihren. Manchmal keuchten wir dabei nur ein bisschen zu laut.

Aber wir küssten uns nur.

Mit Zunge und geschlossenen Augen. Mal wild, mal ganz sanft. Mit meinen Händen in ihren Haaren oder an ihrem Rücken, kurz bevor ich unter den Bund ihrer Leggings schlüpfen konnte, was ich natürlich nicht tat.

Weil wir uns nur küssten.

Doch da war dieser Moment, als sie mich noch ein bisschen dichter an sich zog und ich fast über ihr lag. Mein Knie ruhte zwischen ihren Beinen und ich konnte nicht anders, als ein wenig Druck auszuüben. Ihr Atem stockte und mein Schritt pulsierte. Ich war so kurz davor, sie zu fragen, ob ich es noch einmal tun sollte, weil das definitiv nicht nur Küssen war.

Aber ich kam nicht so weit.

»Dein Handy klingelt«, flüsterte Bella plötzlich rau.

»Scheiß drauf«, sagte ich und küsste sie weiter, doch sie setzte sich kopfschüttelnd auf.

»Vielleicht ist es wichtig.« Bella deutete lächelnd auf meine Jacke am anderen Ende des Raums, wo es vibrierte.

Weil sie recht hatte, erhob ich mich schließlich. Meine Beine fühlten sich wackelig an und ich hoffte, sie würde es nicht bemerken. Wenige Sekunden später bekam ich mein Handy zu fassen, da hatte der Anrufer schon wieder aufgelegt. Mit gefurchter Stirn starrte ich auf das Display. Felix und Émil hatten Dutzende Nachrichten in unsere Gruppe geschrieben. Die letzte:

> **Émil @Trinktruppe**
> Alter, wo bist du?? @Matteo

»Scheiße«, murmelte ich und tippte eine kurze Antwort, mit der ich meinen Freunden versicherte, dass es mir gut ging.

»Ist irgendetwas passiert?«, fragte Bella und stand ebenfalls auf, bevor sie einige Schritte vor mir stehen blieb.

»Meine Freunde machen sich nur Sorgen, wo ich bin.«

»Hast du ihnen nicht Bescheid gegeben, dass du gehst?«

»Hab das irgendwie vergessen.« Ich fasste mir in den Nacken, wollte nicht laut aussprechen, was ich dachte, doch wusste, dass ich es musste. »Ich glaube, ich sollte gehen.«

»K…klar«, entgegnete Bella sofort. »Natürlich. Das hier war ja auch alles etwas …«

Großartig.

Unwirklich.

»… ungeplant.«

»Ungeplant?« Ich konnte nicht anders, als zu lachen. »Definitiv.«

Daraufhin erwiderte sie nichts, während die Stimmung irgendwie kippte. Wenn gerade alles zu heiß gewesen war, war es jetzt zu still. Nervös drehte ich das Handy zwischen meinen Fingern, bis ich das Schweigen nicht mehr aushielt.

Trau dich, Mann.

»Ich …« Heiser räusperte ich mich. »Fuck, ich weiß auch nicht, wieso ich so nervös bin, aber … gibst du mir deine Nummer? Dann ist unser Wiedersehen vielleicht nicht mehr ganz so ungeplant.«

Mein Lachen klang ein bisschen zu schief, weil mein Herz zu schnell klopfte. Und gleich darauf einen Schlag aussetzte, was noch viel Furcht einflößender war.

Denn Bella sagte wieder nichts.

Schien einen Moment lang wie eingefroren, nur um dann den traurigsten Gesichtsausdruck der Welt aufzusetzen.

»Matteo«, begann sie und da wusste ich, dass ich einen Fehler begangen hatte.

Matteo.

Wie konnte sie meinen Namen bloß so traurig aussprechen, obwohl nichts Schlimmes zwischen uns passiert war?

»Ich glaube nicht, dass das eine gute Idee ist.«

Was?

Mein Bauchgefühl sagte mir, dass ich es hierbei hätte belassen sollen. Nicht weiter hätte nachbohren dürfen. Immerhin kassierte ich gerade einen zweiten Korb in Folge von ihr, ohne dass es Punkte dafür gab. Doch ich konnte es nicht lassen.

»Darf ich fragen, wieso? Natürlich nur, wenn du es mir sagen willst.«

Bella sah sich um, sah sich alles an, nur nicht mich. Vielleicht hatte ich mich die ganze Zeit über getäuscht. Vielleicht hatte bloß ich sie immer ansehen müssen.

»Es liegt nicht an dir«, flüsterte sie. »Oder daran, dass ich dich nicht *so* mag, was ich definitiv irgendwie tue. Ich hab da einfach diese Regel.«

»Welche Regel?«, fragte ich verwirrt.

Sie holte tief Luft. »Ich date nicht.«

»Du datest nicht?«

»Ich kann so etwas einfach nicht.« Sie wedelte hastig mit den Händen in der Luft herum, während ihr Gesicht sich rot fleckte. »Auf Dates gehen. Jemanden kennenlernen. *Wirklich* kennenlernen. Meistens endet das in einem Desaster, weil ich zu schnell zu viele Gefühle entwickle und mich in etwas hineinsteigere, das gar nicht existiert.«

Bellas Worte sickerten in mich ein, während ich plötzlich verstand. »Das ist der Grund, wieso du mir nicht auf meine Nachricht geantwortet hast, oder?« Ich schluckte. »Du hattest Angst, verletzt zu werden?«

Daraufhin sagte sie wieder nichts, zuckte nur mit den Schultern, umarmte sich bloß ein wenig fester.

»Ich …«, begann ich, allerdings schnitt sie mir nun das Wort ab.

»Ich weiß, dass das gerade ziemlich übertrieben klingt. Ich meine, wir kennen uns gar nicht und …«

»Na ja.« Jetzt war ich derjenige, der sie unterbrach. »Kann schon sein, dass wir uns nicht *wirklich* kennen, aber ich weiß, dass ich dich unbedingt kennenlernen will. Weil ja, natürlich, es besteht immer die Möglichkeit, dass man verletzt wird. Aber findest du nicht, dass es das meistens wert ist? Selbst wenn man vielleicht nur ein einziges Date hat? Oder wenn es klappt, dann jedoch nicht für immer anhält? Geht es nicht um die Erfahrungen und die Gefühle, die man in dem Moment spürt? Ich meine, wir haben in Rom zusammen studiert und plötzlich stehst du ein gutes Jahr später einfach auf meiner Party. Für mich ist das ein Zeichen, weil … keine Ahnung. Für mich war da einfach etwas zwischen uns. *Ist etwas zwischen uns.*«

Ich hätte noch mehr sagen können. Dass ich an sie gedacht hatte. Dass ich mich gerne an sie erinnerte. Dass ich alles dafür gegeben hätte, sie weiter kennenzulernen. Dass ihre seltsame Regel absoluter Bullshit war. Dass ich auch Angst hatte, verletzt zu werden, wenn ich mich einem anderen Menschen öffnete. Aber dass sich diese Angst nicht vermeiden ließ. Dass sie normal war.

Allerdings sagte ich nichts davon. Ich wollte ihr nicht zu nahe treten und sie überreden, mir ihre Nummer zu geben, wenn sie es offensichtlich nicht wollte. Also schnappte ich mir meine Jacke und ging. Ging aus ihrer Wohnung, nach draußen und dann durch einen viel zu kalten Schneeregen.

Bella

Donnerstag nach dem dritten Advent, 15:54 Uhr

Ich konnte nicht aufhören, an Matteo zu denken. An das, was er gesagt hatte. Wie dunkel sein Blick geworden war. Wie traurig er geklungen hatte. Ich hasste es, dass ich nicht anders konnte. Die meisten würden mich wahrscheinlich nicht verstehen. Annehmen, dass ich mich zierte, um mich interessanter zu machen. Vielleicht sogar, dass ich eine unnötige Dramaqueen war. Aber wussten sie auch, wie es sich anfühlte, sich jedes Mal zu denken: *Ja, ja, ja, dieses Mal ist es anders?* Und dann wieder bloß enttäuscht zu werden. Vielleicht war mein Herz nicht mehr gebrochen, weil all meine ernsthaften Beziehungen schon zu lange her waren. Doch mein Herz, es war trotzdem noch rot und geschwollen von all dem Schmerz.

Ich hatte das Richtige getan.

Oder?

Ich versuchte alles, um mich abzulenken. Ich ging im Schneematsch spazieren. Ich bezwang endlich die unmögliche Aufgabe, meinem Vater ein Weihnachtsgeschenk zu besorgen. Ich kaufte mir bei dm meine liebsten veganen Lebkuchen. Ich versuchte es vorbildlich mit Me-Time, stöpselte alle Lichterketten ein und zündete jede Kerze an, kuschelte mich ins Bett und stellte meinen Lieblingsweihnachtsfilm auf Netflix an. *Klaus.* Ich weinte zweimal während des Animationsfilms, obwohl mir das eigentlich nie passierte. Am nächsten Tag ging ich sogar ins Fitnessstudio, telefonierte mit meiner Mutter und prokrastinierte auf TikTok. Doch spätestens am Abend konnte ich nicht mehr verhindern, dass meine Finger wie automatisch seinen Namen auf Instagram eingaben und ich in unserer Unterhaltung die einzige Nachricht fand, die er mir jemals geschrieben hatte.

mttbrnngr_00
Hey, ich fand es gestern wirklich voll schön mit dir
Hättest du vielleicht Lust, mir deine Nummer zu
geben? 🐨

Es waren nur zwei Sätze. Keine große Sache. Trotzdem hatte ich mir damals eingeredet, es wäre besser, das Kapitel Rom mitsamt Matteo abzuschließen. Für meine eigene Sicherheit, auch wenn es übertrieben klang. Aber im Ernst: Ging diese Art von Geschichten jemals gut aus?

Es besteht immer die Möglichkeit, dass man vielleicht verletzt wird. Aber findest du nicht, dass es das meistens trotzdem wert ist?

Es war nicht gut, dass Matteos Stimme auf diese Frage hin in mir widerhallte. Irgendwie hatte ich das Gefühl, ich müsste etwas tun. Mich trauen. Mutiger sein. Über meinen Schatten springen.

Wieso war das nur so verflucht schwer?

Ich wollte nicht verletzt werden. Von niemandem.

Aber was, wenn ich so darauf bedacht war, dass mir niemand wehtat, dass ich mir am Ende nur selbst wehtat?

War das tatsächlich besser?

Als ich an diesem Donnerstag mit Nova wieder bei *Zuckermonarchie* zum Abholen unserer Tassen verabredet war, setzten wir uns gerade hin, da hielt ich es nicht mehr aus. Ein Weihnachtslied, das ich nicht kannte, rauschte aus den Lautsprechern, während Teelichter auf jedem Tisch flackerten. Tief holte ich Luft.

»Erinnerst du dich an Amandas Bruder?«, begann ich.

Matteo

Donnerstag nach dem dritten Advent, 17:02 Uhr

»Du hast es nicht vergessen, oder?«, flüsterte meine Schwester mir zu, während wir in meiner Küche nach Gläsern suchten.

»Manda-Schmanda.« Ich rollte mit den Augen. »Wie wenig hältst du bitte von mir, wenn du mich zum zehnten Mal fragst, ob ich das Wichtelgeschenk für meinen Freund auch ja nicht vergessen habe?«

»Ich …«

»Ne, warte«, unterbrach ich sie. »Ich will die Antwort gar nicht wissen. Hier.« Ich drückte ihr die Gläser in die Hand, ehe sie ihren Satz ausführen konnte. »Die kannst du noch zu den anderen bringen.«

Wenig später stieß auch ich mit den restlichen Gläsern ins Wohnzimmer, wo unsere gesamte Wichteltruppe saß, wie Amandas Freundin Tillie unsere WhatsApp-Gruppe getauft hatte. Ehrlicherweise verstand ich nicht, wieso sie nicht bloß unter sich gewichtelt hatten – Lucy, Gregor, Tillie, Jonathan, Cleo, Noel, Émil und Amanda. Aber nein, sie hatten auch Émils ältere Schwester Élise gefragt, die ihren Dalmatiner Milo mitgebracht hatte. Und mich. Vielleicht hatte die Clique Mitleid mit uns, weil wir die einzigen Singles waren. Aber vielleicht hatte Amanda mich auch einfach gefragt, weil meine WG das größte Wohnzimmer und eine Spülmaschine besaß, was hieß, dass Wichteln bei mir am entspanntesten werden würde. Keine Ahnung. Sicher war ich mir nur darüber, dass Alexa zum dreimillionsten Mal *Last Christmas* spielte, während Jonathan davon erzählte, dass er und Tillie im Sommer einen Roadtrip durch Südfrankreich machen wollten.

»Ihr habt schon mal einen Roadtrip gemacht, oder?«, fragte ich. »Durch Skandinavien?«

»Der berühmte Roadtrip, auf dem sie sich anfangs noch gehasst haben und Jonathans Zelt dann gaaanz plötzlich kaputt gegangen ist«, erwiderte Cleo, bevor ihre jüngere Schwester Tillie etwas dazu sagen konnte. »Ganz genau.«

»Hey«, protestierte Jonathan, wobei sich seine Wangen leicht rot fleckten. »Es war *wirklich* kaputt.«

»Hätte ich jetzt auch gesagt«, meinte Tillie und sah Jonathan dabei einen Tick zu lange, *zu verliebt* an, bevor wir alle zu lachen begannen.

»Du solltest dir Notizen machen, Gregor«, schlug Cleo vor. »Für dein nächstes Buch. Wenn der Hauptcharakter sich ein Zelt mit ihrem oder seinem Love Interest teilen muss, kommt das immer gut.«

»Sorry.« Entschuldigend hob er die Hände. »In meinem nächsten Jugendbuch macht der Protagonist eine Interrail-Reise, ganz ohne Zelt.«

»Also gibt es keinen One-Bed-Trope?«, fragte Noel.

Lucy sah Cleos Freund verwirrt an. »Woher weißt du, was das ist?«

Er deutete mit einem Lächeln auf seine Freundin. »Woher wohl?«

Ich hatte keine Ahnung, wovon zur Hölle die Gruppe da redete, doch irgendwann verkündete Tillie, dass wir jetzt wirklich wichteln müssten. Wir übergaben einander die Geschenke alle gleichzeitig, bevor das Geräusch von zerrissenem Geschenkpapier die Luft auflud.

»Matteo.« Keine drei Minuten später sog meine Schwester scharf die Luft ein, wobei sie mich blinzelnd ansah, als hätte ich etwas ausgefressen. Dabei hatte ich sie gar nicht beschenkt, was wohl auch besser so war. Ich wäre nämlich niemals auf die Idee gekommen, wie Élise ein Set niedlicher Sticker auszusuchen, die sich Amanda auf ihr iPad kleben konnte.

»Was?«, fragte ich, obwohl das gar nicht mehr nötig war, weil sie bereits auf die Tasse in Émils Hand deutete, auf der in großen Lettern *Bem vindo a nossa famila* stand. »Wieso guckst du so überrascht? Selbst Felix erinnert sich daran, dass ich euch meinen Segen gegeben habe.«

Meine Schwester verdrehte die Augen, doch Émil lächelte mich über den Tisch hinweg ehrlich an. Die restlichen Momente zogen an mir vorbei. Alle bestaunten ihre Geschenke und nippten dabei an ihren Tassen. Glühwein. Schon wieder. Ich blieb heute bei Wasser, weil das rote Zeug mich an die WG-Party erinnerte, die mich wiederum an Bella erinnerte.

Ich wollte nicht an sie denken, selbst wenn ich die gesamte Zeit an sie dachte. Manchmal war ich versucht, ihr doch noch eine Nachricht zu schreiben, allerdings hatte sie mir zu verstehen gegeben, dass sie mir ihre Nummer nicht geben wollte. Damals und jetzt. Weil sie nicht datete. Weil sie Angst hatte, verletzt zu werden.

Also blieb mir nichts anderes übrig, als den Gedanken an sie beiseitezuschieben, während Tillie sich plötzlich mit einer Polaroidkamera erhob.

»Gruppenbild«, flötete sie, bevor sie sich nach vorne stellte, um alle auf das Bild zu bekommen.

»Sagt alle …« Sicherlich hätte Tillie sich etwas Besseres als *Cheese* einfallen lassen, allerdings kam sie nicht dazu.

Plötzlich ertönte die Klingel, woraufhin Milo kurz laut aufbellte.

»Kommt noch jemand?«, fragte Lucy verwirrt.

Ich zuckte mit den Schultern. »Vielleicht hat Felix seinen Schlüssel vergessen.«

»Ich mach schon auf.« Amanda opferte sich freiwillig, sodass ich entspannt sitzen bleiben konnte. Ich nippte an meinem Wasser, während Noel von seinem nächsten Auftritt im neuen Jahr erzählte.

»Ich glaube, das wird richtig …«

Ich hörte ihm nicht länger zu, als ich Amandas verwirrte Stimme vernahm.

»Bella?«, tönte es so laut vom Flur, dass ich es über die Musik hinweg hörte. »Was machst du denn hier?«

Bella?

Mein Herz klopfte mir bis zum Hals, als ich mich automatisch erhob. Wahrscheinlich bekamen es die anderen nicht einmal mit. Sie waren so sehr damit beschäftigt, Milo zu streicheln und sich über ihre Pläne im neuen Jahr zu unterhalten.

Ich war mir so sicher, dass ich mich verhört hatte.

Bella.

Doch da stand sie.

Bella mit ihrer Stoffmütze von letzter Woche, roten Wangen und riesigen Augen, die nur mich ansahen.

Bella

»Du willst zu Matteo?«, fragte Amanda mich verwundert.

Ehrlicherweise hatte ich nicht damit gerechnet, dass seine Schwester mir die Tür aufmachen würde. Oder dass er ein volles Haus zu haben schien, denn ich hörte mehrere Stimmen und lautes Lachen, das aus dem Wohnzimmer drang. In meiner Vorstellung hatte er die Tür aufgemacht und mich verwirrt gefragt, was ich hier machte.

Ich öffnete gerade den Mund, in der Hoffnung, meinem Hirn würde schnell genug eine plausible Erklärung einfallen, da trat er in den Flur.

Matteo.

Wieder in Socken. Wieder in ungewohnter Jeans und mit einem groben Strickpullover. Seine Locken schienen heute noch eine Spur unordentlicher als sonst zu liegen. Sie passten zu dem verwunderten Ausdruck, mit dem er mich betrachtete.

»Ja«, brachte ich schließlich hervor. »Ich wollte zu Matteo. Aber ich wusste nicht, dass es gerade unpassend ist, ich …«

»Es ist nicht unpassend.«

Ruckartig zuckte Amandas Blick zu ihrem Bruder. Wie belegt er das gesagt hatte. Seine Schwester musste spüren, dass da etwas zwischen uns war, von dem sie keine Ahnung hatte. Denn plötzlich verkündete sie, dass sie schon einmal ins Wohnzimmer gehen würde, bevor sie uns allein ließ. Langsam kam Matteo mir entgegen, stellte sich vor mir auf und füllte den gesamten Türrahmen dabei mit seiner Größe aus. Bevor er sprach, musterte er mich noch einmal. So als könne er nicht glauben, dass ich wirklich hier war. Am liebsten hätte ich ihm gesagt, dass er da nicht die einzige Person war.

Ich konnte auch nicht glauben, dass ich hier war. Nachdem ich Nova allerdings alles erzählt hatte, ihr verraten hatte, dass Amandas Matteo mein Matteo aus Rom war, von dem sie natürlich wusste, hatte sie meine Hand genommen.

»Ich verstehe dich, Bella«, hatte sie gemeint. »*Wirklich.* Aber ich bin deine beste Freundin und ich muss es dir sagen, wenn du etwas tust, das du später bereuen wirst. Ich meine, hat er nicht irgendwie recht? Ist es nicht ein Zeichen – wenn nicht sogar Schicksal –, dass ihr euch zufällig genau auf seiner Party wiedergesehen habt? Und so, wie es für mich klingt, fühlst du es doch auch, oder? Dass da etwas zwischen euch ist? Wenn ja, würde es mich so unendlich traurig machen, wenn du dir selbst die Chance verwehrst herauszufinden, was dieses Etwas überhaupt sein könnte.«

Sie hatte mir genau das geraten, was ich ihr auch gesagt hätte. Nach diesem Gespräch hatte es für mich keine andere Möglichkeit gegeben, als Matteos Wohnung aufzusuchen. Natürlich hätte ich ihm schreiben können. Aber ich wollte nicht warten. Ich musste jetzt etwas tun. Um ihm zu zeigen, dass es mir wichtig war. Um mir zu zeigen, dass ich keinen Rückzieher machen würde.

Selbst wenn ich Angst hatte.

Denn die hatte ich weiterhin.

Matteo schüttelte den Kopf. »Was machst du hier?«

Ich hatte mit dieser Frage gerechnet. Und ich hatte eine Antwort darauf. Tief sah ich ihm in die Augen. Alles in mir pulsierte. Bebte.

Gott, ich hatte so viel Angst.

Trotzdem sprach ich.

»Ich weiß, das wirkt bestimmt alles sehr überraschend und vielleicht willst du das auch gar nicht mehr hören, aber ich konnte nicht aufhören, an dich zu denken, und das, was du gesagt hast. Ganz ehrlich? Ich habe immer noch Angst.« Meine Stimme zitterte. »Und ich will auch gar nicht sagen, dass aus uns etwas werden muss oder sollte, nur …«

»Nur *was*?«, hakte er sofort nach.

Ich bemerkte, dass Matteo die Türkante so fest umklammerte, dass seine Fingerknöchel weiß hervorstachen. Als wäre auch er nervös. Als wäre ich nicht allein mit meinen Gefühlen.

»Ich würde dich trotzdem gerne fragen, ob du mir deine Nummer geben würdest. Trotz Sonntag. Trotz allem. Oder vielleicht genau wegen allem. Ich …« Tief atmete ich durch. »Ich hoffe, das ergibt irgendwie Sinn.«

Nachdem ich verstummt war, echote meine Stimme im Treppenhaus wider. Sonst war da nichts. Na ja. Außer das Lachen der anderen im Wohnzimmer und das Rauschen auf der Straße, weil das Flurfenster links von mir geöffnet war.

Aber es kam nichts von Matteo.

Auch dann nicht, als Tillie hinter ihm in Richtung Küche lief und mich vor der Tür entdeckte.

»Hey, Bella.« Im Vorbeigehen winkte sie mir fröhlich zu. »Wie gut, dass du hier bist. Cleo hat ihre Bratapfel-Cupcakes mitgebracht.«

Ich hatte keine Ahnung, was Amanda den anderen gesagt

hatte. Oder was ich Tillie erwidern sollte. Deshalb schwieg ich, lächelte bloß gezwungen, bis sie nicht mehr in Sichtweite war. Dann sah ich Matteo wieder ins Gesicht. Seine grünen Augen strahlten mir dunkel entgegen. Sie schienen so undurchdringbar.

Als er sich räusperte, war ich mir so sicher, dass er mir erklären würde, dass es ihm leidtue, er allerdings kein Interesse mehr habe. Und ich hätte es verstanden. Wirklich. Doch genau in diesem Moment beobachtete ich, wie er die Tür etwas weiter öffnete.

»Willst du vielleicht erst mal reinkommen?«, fragte er heiser.

»Etwa wegen der Cupcakes?«, fragte ich vorsichtig zurück, weil es für mich die einzig plausible Lösung schien.

»Fuck, nein.« Matteo runzelte die Stirn. »Garantiert nicht wegen dieser Cupcakes.«

»Und wieso dann?«

»Damit ich dir meine Nummer geben kann.« Mit einem Mal begann er zu lächeln. »Und vielleicht willst du auch noch ein bisschen bleiben? So ganz ungeplant?«

KYRA GROH

Sternen-knistern

Amelie

Mist! Wann hat Lola eigentlich herausgefunden, wie sie meinen Handyklingelton ändern kann?

Ich balanciere die Kuchenschachtel, die ich eben beim Bäcker eingesammelt habe, auf meinem Unterarm, umklammere meinen Kaffeebecher und drücke mit dem Ellbogen den Aufzugknopf, während ich mit den Zähnen den Handschuh von meiner freien Hand ziehe, um mein Smartphone aus der Tasche zu kramen.

Bitte lass es nicht die Kita sein, bete ich inständig, als ich mich durch Taschentücher, Handcremes, Pflastersets, Müsliriegel, Schleich-Pferde, Haarspangen und etwa eine Million zerknitterter Kassenbons wühle.

Da! Mein Handy. Na endlich. Wenn Elsa noch ein weiteres Mal »Ich lass los« durch den Aufzug geträllert hätte, hätte ich mich von ihrem Enthusiasmus anstecken lassen und Kaffee, Kuchen, Handtasche und Co. wären einfach zu Boden gegangen.

Eine Nummer, die ich unter *Sweet Lemon Weihnachtsfeier* eingespeichert habe, wird auf dem Display angezeigt, auf dem die verräterischen Fingerabdrücke einer Fünfjährigen zu sehen sind.

Was könnten die denn wollen? Unsere Weihnachtsfeier findet am Freitag statt, noch vier Tage, und ich habe alles längst im Detail durchgeplant. Die Location in einem Event

Space direkt am Mainufer ist schon seit Sommer fest gebucht.

Ich wische das Handy an meinem Oberschenkel ab, entriegele den Lockscreen in Ermangelung freier Gliedmaßen mit meiner Nasenspitze und nehme dann den Anruf atemlos entgegen.

»Amelie Pütz, schönen guten Morgen!«

Die Aufzugtüren öffnen sich, noch bevor mein Gesprächspartner sich zu Wort meldet. Ich watschele in den Flur des Bürogebäudes, in dem sich die Werbeagentur befindet, in der ich als Projektmanagerin arbeite. Ich scheine – wie so oft – eine der Ersten in der *Sweet Lemon Agency* zu sein.

»Hallo?«, frage ich in den Hörer.

»Ja? Hallo? Spreche ich mit der Frau Potz von der Zitronenagentur?«

Der Mann am anderen Ende der Leitung klingt genauso abgehetzt, wie ich mich fühle.

»Ja«, erwidere ich höflich, ohne ihn auf die Fehler in meinem Namen und dem der Agentur hinzuweisen.

»Es gibt ein Problem«, kündigt der Herr am Telefon ganz pragmatisch an.

»Okay«, sage ich langsam und bewahre die Ruhe. Ich bewahre immer die Ruhe. Täte ich es nicht, hätten mich mein Job, meine Kollegen, mein Privatleben, Lola, meine Vergangenheit und die beschissenen Dates, die ich ab und an habe, schon längst in die Knie gezwungen. Und das lasse ich auf keinen Fall zu.

»Sie ham ja wahrscheinlich mitbekomm'n, dass es arschkalt war die letzten Tage.«

»Ist mir nicht entgangen«, pflichte ich ihm bei. Immerhin bin ich diejenige, die mit Handschuhen Auto fahren und

Lola eine Wolldecke über den Kindersitz legen muss, weil die Heizung in meinem zwanzig Jahre alten Opel Agila natürlich genau dann ausfallen muss, wenn wir einen Rekordwinter erleben.

»Hören Sie.« Der Mann mit dem hessischen Dialekt seufzt geplagt, während ich mit dem kleinen Finger versuche, den Sicherheitscode in unser Türschloss einzutippen, um endlich ins Warme zu kommen. Ich kann dabei spüren, wie meine Handtasche Millimeter für Millimeter meine Schulter herunterrutscht. Und auch der Geburtstagskuchen für unseren Creative Director Felix kippelt bedrohlich in der weißen Schachtel.

Der Mann von der Event Location beginnt, etwas von einem vermeintlichen Baupfusch zu erzählen, von gefrorenen Wasserleitungen und geplatzten Rohren.

Der Pegel an Stresshormonen in meinem Blut steigt nun doch. Und das nicht nur, weil der Kuchen sich weiter zur Seite neigt und meine prall gefüllte Handtasche meinen Oberkörper gen Boden zieht. Ich winkele ein Bein an und presse mein Knie gegen die Tür, um mich − und den Kuchen − irgendwie abzustützen. Gleichzeitig versuche ich, gelassen zu bleiben. Was gar nicht so leicht ist, wenn man im Stehen eine Partie Twister austragen muss, obwohl man schon im Vierfüßlerstand zu ungelenkig für dieses verfluchte Partyspiel ist. Außerdem liegt mein halber Hintern vermutlich frei, weil mein Kleid hochgerutscht ist. Und ich will nicht, dass mein Hintern frei liegt. Ich will, dass er auf der Couch sitzt und eine Packung Macarons futtert, sobald Lola im Bett ist und ich endlich durchatmen kann.

»Was bedeutet das für unsere Weihnachtsfeier?« Meine Frage wird von einem Piepen übertönt. Jetzt habe ich auch noch den Türcode falsch eingegeben. Was ist nur los mit diesem Tag?

»Ja, Frau Plotz, hier kann dieses Jahr niemand mehr feiern. Kein Wasser, keine Klospülung, die Küche liegt lahm, das müssen se doch verstehen.«

Der Mann spricht mit mir, als hätte ich höchstpersönlich sämtliche Wasserrohre Frankfurts zum Platzen gebracht. Für wen hält er mich? Die Eiskönigin?

»Dann können sie uns aber doch sicher eine Ausweich-Location anbieten. Immerhin haben wir schon im Juli einen Vertrag geschlossen.« Mein Herz pumpt bedrohlich in meiner Brust. Gleichzeitig spüre ich diese Energie durch mich hindurchströmen, die ich immer empfinde, wenn es etwas zu organisieren gibt. Je fetter die Kuh, die es vom Eis zu holen gilt, umso besser.

»Da muss ich Sie auf den Paragraf acht in unserem Vertrag verweisen. Höhere Gewalt, was soll ich denn machen, ich hab doch hier auch die Scheiße am Bein.«

Verfluchter Mist ... Das klingt ganz so, als wäre diese Kuh bereits ins Eis eingebrochen.

»Aber ich habe ... Ich habe alles geplant! Wo soll ich denn bis Freitag eine neue Location und neues Catering herbekommen?«

»Gute Frau Post, ich hab ein ganzes Haus voller geplatzter Wasserrohre, ich kann Ihnen da jetzt auch nicht helfen.«

Der Henkel meiner Tasche rutscht vollständig herunter, die Kuchenschachtel in meiner Hand entgleitet mir und ich ...

Im letzten Moment greift jemand hinter mir nach dem Kuchen und legt mir eine Hand auf den Rücken. Erschrocken wirbele ich herum und stehe vier Arbeitskollegen und einem Hund gegenüber.

»Na dann«, sage ich missmutig und erhebe meine erste Tasse Kaffee des Tages wie einen Champagnerkelch. »Herzlichen Glückwunsch zum Geburtstag, Felix.«

»Mach dir mal um mich keine Sorgen.« Felix lässt sich mir gegenüber quer auf die Bank in unserem Essbereich fallen und nimmt eines der Kuchenstücke an, die unsere Texterin Klara gerade zwischen uns aufteilt. »Du bist diejenige, die sich jedes Jahr den Arsch für diese Party aufreißt.«

»Und die in aller Frühe Geburtstagskuchen für ihren Kollegen besorgt, der sich noch nicht mal richtig dafür bedankt hat.« Franka lässt sich zwischen Felix' ausgestreckten Beinen auf die Bank fallen und verpasst ihm mit dem Ellbogen einen Hieb in die Rippen. Unser Creative Director und die Designerin sind vor gut zwei Monaten endlich offiziell zusammengekommen – nach einer quälend langen Phase gegenseitiger Anfeindungen und heimlicher Rummach-Sessions im Büro, die wir alle nach Möglichkeit ignoriert haben. Zwar würden sich die beiden lieber auf einen Schlag all ihre Tattoos entfernen lassen, als sich gegenseitig Freund und Freundin zu nennen, aber ihnen ist deutlich anzusehen, wie glücklich sie sind. Auch wenn sie nicht anders können, als sich bei jeder Gelegenheit liebevoll zu piesacken.

»Hallo?«, mampft Felix, der mit einem Riesenbissen ein halbes Stück Marmorkuchen auf einmal in seinen Mund befördert hat. »Ich war damit beschäftigt zu verhindern, dass das Teil runterfällt.« Er wischt sich ein paar Krümel vom Kinn, die sein Hund Pablo, der unter dem Tisch Platz gemacht hat, sofort vom Boden aufschleckt.

»Halt den Schnabel und sag Danke.«

»Halt du den Schnabel, sonst darfst du den Rest des Jahres nur noch Newsletter-Layouts machen.«

Franka dreht sich zu Felix um, umspannt seinen Kiefer mit der gespreizten Hand und reckt die Augenbrauen. Dann neigt sie seinen Kopf und flüstert ihm etwas ins Ohr.

Felix rollt genervt mit den Augen und knurrt schließlich: »Okay, okay. Danke, Amelie, wirklich!«

»Will ich wissen, womit sie dir gerade gedroht hat?« Ich deute mit gestrecktem Zeigefinger zwischen den beiden Turteltauben hin und her. Wobei sie eher so etwas wie verknallte Feuervögel sind.

»Nein«, rufen Klara und Jesse wie aus einem Mund. Und die beiden müssen wissen, wovon sie sprechen. Denn unsere Texterin und der Fotograf wohnen mit Franka zusammen in einer WG und bekommen bestimmt mehr von der explosiven Mischung mit, als ihnen lieb ist.

Ich seufze und spüre einen Temperaturanstieg in meiner Magengegend. Es ist keine wohlige Wärme. Es brennt. Lodert. Bringt mich dazu, aufspringen und wegrennen zu wollen. Aber das mache ich nicht. Ich renne nicht weg. Auch wenn ich – gerade jetzt zur Weihnachtszeit – gerne hätte, was die beiden haben. Was auch Klara und ihr Freund Noel haben. Was so viele Menschen zu haben scheinen, denen es leichtfällt, eine Person zu finden, mit der sie ihr Leben teilen wollen.

Ich kann das einfach nicht. Nicht seit … Nicht seit *ihm*.

Um mich in die Realität zurückzubefördern, schüttele ich heftig den Kopf und hole meinen Laptop aus der Umhängetasche. Ich werde dieses Chaos einfach wegorganisieren. Wie ich es immer tue.

»Also … Das Meeting gleich muss ich schieben. In der

Zeit finde ich heraus, ob wir die Anzahlung für die Weihnachtsfeier zurückerhalten, und suche eine neue Location.«

»Für Freitag?« Jesse klingt skeptisch.

»Ja. Nächste Woche sind die Feiertage. Uns bleibt nur diese für die Weihnachtsfeier. Und letztes Jahr habt ihr euch alle beschwert, dass sie an einem Donnerstag war.« Ich gehe gedanklich noch einmal alle Punkte durch, die ich im Sommer bei der Planung der Party bedacht habe.

»Ja, das war keine gute Idee«, Jesse presst die Lippen zusammen und schüttelt so heftig den Kopf, dass seine schwarzen Locken fliegen.

»Ich will nicht das Arschloch sein, aber ich bin's ja eh, also …« Franka tippt mit ihren langen spitzen Nägeln einen trabenden Rhythmus auf die Tischplatte. »Ist es nicht aussichtslos, derart last minute eine geeignete Location zu finden?«

»Wenn es jemand schafft, dann Amelie!« Klara legt mir eine Hand auf den Rücken. Die Gute. Immer so optimistisch.

»Zur Not feiern wir einfach hier«, schlägt Felix vor und schiebt Pablos Schnauze zur Seite. Der Hund hat sich auf die Suche nach dem Ursprung der Kuchenkrümel gemacht. »Damit sparen wir noch dazu eine Menge Geld.«

»Wenn du jetzt den Chef raushängen lässt, der aufs Budget achtet, leihe ich euch nie wieder Kondome!« Jesse erhebt mahnend den Zeigefinger.

»Danke, Jesse«, murre ich, auch wenn ich nicht so genau über den Kondomverbrauch in der WG nachdenken will. »Es sollte ein Black Tie Event werden. Alles war perfekt geplant, ich hab es mir so schön festlich vorgestellt.« Ich habe etwa einen freien Abend im Monat. Die *Sweet Lemon*-Weihnachtsfeier sollte dieser Abend im Dezember werden –

erwachsen, glamourös und elegant. Mit edlem Essen und einem großartigen Ausblick über die gesamte Stadt.

»Guten Morgen!« Die gebieterische Stimme unseres Chefs donnert durch den Essbereich. Ümet ist ein hochgewachsener, korpulenter Mann um die fünfzig, der sich gern mal im Ton vergreift, wenn die Emotionen hochkochen. »Was ist das denn hier für ein Kaffeeklatsch?« Er nickt uns zu und steuert anschließend die Kaffeemaschine an.

»Dein Creative Director hat heute Geburtstag!« Jesse zwinkert und verschränkt die Arme vor seinem zierlichen Körper.

»Ach ja«, sagt Ümet nüchtern. Er betätigt einen Knopf an der Maschine, nimmt sich ein Plätzchen aus einer Dose, die jemand in der Küche zurückgelassen hat, und wünscht: »Glückwunsch.«

Felix salutiert unbeeindruckt. Er ist zu beschäftigt mit seinem zweiten Stück Kuchen.

»Und außerdem wurde gerade unsere Weihnachtsfeier gecancelt«, wirft Klara ein.

Ümet verschluckt sich an seinem Plätzchen. »Entschuldigung?«

»Sie wurde nicht gecancelt«, korrigiere ich sofort, bevor unser Chef auf dumme Gedanken kommen kann. »Sie wird nur verlegt. Ich regle das.«

Ich regle das. Mein Mantra in allen Lebenslagen.

»Moment mal? Was ist passiert?«

Ich weihe Ümet in Stichworten in die aktuelle Lage ein und bemühe mich, dabei so zu klingen, als hätte ich alles im Griff. Mein ganzes Leben gehe ich mit dieser Scharade an und bisher habe ich jeden getäuscht.

»Na gut, dann feiern wir einfach hier. Pizza für alle. Jede Menge Geld gespart.«

Mir sackt das Herz in die Hose. Ich starre in die Runde. Franka hat diesen rebellischen Ausdruck aufgesetzt, bei dem man nie ganz sicher sein kann, zu welchen Mitteln sie gleich greift, Klara sieht aus wie ein personifiziertes Heul-Emoji, Jesse brüllt: »Auf gar keinen Fall!«, und Felix schenkt mir seinen Ich-hab's-dir-doch-gesagt-Blick.

»Die Weihnachtsfeier sollte etwas Besonderes sein.« Ich erhebe mich und konfrontiere meinen Chef. »Ich werde eine neue Location finden. Alles wird so ablaufen, wie es auf der Einladung stand. Dresscode: Black Tie. Das krieg ich schon hin.«

Klara

»Man konnte Amelie richtig ansehen, wie es ihr das Herz gebrochen hat.«

Ich lasse das Theaterskript zwischen meine angewinkelten Beine auf die Matratze sinken und sehe zu Noel auf. Er steht frisch geduscht in nichts als Boxershorts vor dem geöffneten Kleiderschrank und sucht sich ein T-Shirt zum Schlafen aus. Natürlich pennt er bloß in einem T-Shirt, während ich bei diesen Temperaturen einen extra flauschigen Biber-Pyjama benötige, um mich über Nacht nicht in einen Eiszapfen zu verwandeln.

»Glaubst du denn, es ist realistisch, dass sie noch was anderes findet? So kurz vor Weihnachten wird sicher alles schon ausgebucht sein.« Noel entscheidet sich für ein schwarzes Shirt mit dem Aufdruck *Dresdner Theatersommer – Team*, und als er darin zu mir ins Bett schlüpft, bekomme ich dermaßen Flashbacks zu unserer Anfangszeit als Paar, dass mein Herz wild zu pochen beginnt. Alle sagen immer, die anfängliche Verknalltheit hört irgendwann auf. Aber in den neun Monaten, die ich Noel nun kenne – und ihn nicht nur als gesichtslose Stimme in meinen Hörbüchern anhimmele –, ist meine Liebe für ihn nur gewachsen und gewachsen und gewachsen. An manchen Tagen erscheint sie mir so groß, unser Glück so überwältigend, dass ich deswegen heule wie ein Baby. Und wenn Noel mich daraufhin fragt, wieso ich weine, und ich ihm ehrlich und ohne Scham sagen kann: »Ich weine, weil ich so verliebt in dich bin«, dann küsst er bloß meine Stirn und flüstert mir mit seiner tiefen Stimme Dinge ins Ohr, die direkt aus einem Romantasy-Roman stammen könnten.

»Ich fürchte auch. Ich hab sogar schon im *Brett* nachgefragt. Aber da ist am Freitag natürlich Vorstellung.«

Noel legt sich glucksend auf den Rücken, bevor er mit einer Hand in meinen Pyjama fährt und die Haut an meinem Steiß zu kraulen beginnt. Gott, ich bin so verliebt in ihn. Ich bin so verliebt in uns. In unser improvisiertes Zusammenleben in der WG, in den Geruch seines feuchten Haars, in unsere stetig wachsende Vertrautheit, in Biber-Pyjamas und Rückenkribbeln. Hätte man mir letztes Weihnachten erzählt, dass der Hörbuchsprecher, zu dessen Stimme ich jede Nacht einschlafe, nur ein Jahr später an meiner Seite liegen wird, hätte ich wahrscheinlich dazu geraten, mal einen Gesundheitscheck durchzuführen.

»Du weißt, dass wir freitagabends immer spielen.« Er klopft gegen das Skript vor mir auf dem Bett.

»Keine Ahnung, was ich gedacht habe.« Wahrscheinlich glaubt ein Teil von mir noch immer, dass es sich bei alldem um eine Halluzination handelt. Denn es ist fast zu schön, um wahr zu sein, dass Noel schon seit November durchgehend bei mir ist, weil er ein Engagement als Schauspieler in ausgerechnet dem Theater bekommen hat, in dem ich ab und an Vorführungen auf Gebärdensprache interpretiere. *Das Brett* zeigt den ganzen Dezember über eine Aufführung von Charles Dickens' *Weihnachtsgeschichte*.

»Du lernst doch im Moment den Text für die DGS-Aufführung am Mittwoch.« Noel zieht mich näher an sich, bringt mich erst zu Fall und dann auf sich. Ich bin das Theaterstück in den zurückliegenden Tagen gut hundertmal durchgegangen, um bei der Inklusionsaufführung am Mittwoch möglichst fehlerfrei zu interpretieren. Meine Eltern haben Karten für diese Vorstellung und ... nun ja, etwas an der Kombination aus Noel auf der Bühne und meinen gehörlosen Eltern im Publikum lässt mich extranervös werden. Doch lange nicht so nervös, wie es Noel macht, der für unser Essen im Anschluss seit Wochen an der Ausweitung seines Gebärdenvokabulars feilt.

»Ich wollte einfach helfen. Amelie zuliebe.«

»Ich weiß.« Noel streicht über meine Wange und lässt seine Hand anschließend in meinen Nacken gleiten. »Du sorgst dich, so bist du eben.«

»Naiv, meinst du?« Mir ist absolut bewusst, wie blauäugig ich manchmal durchs Leben gehe.

»Nein«, er schüttelt den Kopf. »Optimistisch.« Er küsst mich. »Großherzig.« Ein weiterer Kuss. »Liebevoll.« Der dritte Kuss wird begleitet von einer Hand, die sich erneut in meinen Pyjama verirrt. Dieses Mal jedoch ein ganzes Stück tiefer. »Wunderschön.« Kuss. »Supersexy.«

»Wie genau sollen mir die Qualitäten *wunderschön* und *supersexy* bei unserer Weihnachtsfeier helfen?«

Noel zuckt träge mit der Schulter. »Sorry. Bin abgedriftet.« Er küsst meinen Hals. »Ich hör mich um, okay? Vielleicht kennt am Theater jemand jemanden, der jemanden kennt.«

Ich strahle ihn an. »Danke«, flüstere ich.

»Immer.« Er lächelt sacht und dieses Lächeln lässt mich ebenfalls abdriften. Ich vergesse kurzzeitig die Enttäuschung auf Amelies Gesicht und die Texte über Ebenezer Scrooge. Ich schalte meinen Geist ab und lasse meinen Körper übernehmen. Lasse ihn mit Noels verschmelzen.

Felix

»Du wolltest mich sprechen?« Ich spähe mit einer Hand am Türrahmen in das Büro unserer Geschäftsleitung. Ümet schaut über Lesebrille und Laptopscreen zu mir auf und nickt anschließend zu dem abgeranzten Chesterfieldsofa in der Ecke. Fuck. Ich hatte gehofft, das hier würde eines dieser Gespräche werden, die man im Stehen erledigen kann. Ich bin erst seit November offiziell Creative Director von *Sweet Lemon* und seither hatte ich mehr Meetings, die im Sitzen abgehalten werden mussten, als ich zählen kann. Und natürlich hätten die Hälfte durch eine E-Mail oder die Anwendung gesunden Menschenverstandes vermieden werden können.

Ümet stellt das Radio leise, aus dem eine sehr kaugummi-poppige Version eines Weihnachtslieds gedrungen ist. Dass es mit seiner festlichen Stimmung nicht allzu weit her ist, beweist er jedoch mit seinem nächsten Satz: »Wir machen die Weihnachtsfeier hier.«

Ich seufze. »Das bricht der Belegschaft das Herz.«

»Deren Herzen oder meine Geldbörse – ich weiß, wofür ich mich entscheide.«

Ich verschränke die Arme hinter dem Kopf. »Die Party liegt im Budget. Amelie hat das doch alles schon im Sommer durchgerechnet.«

»Im Sommer hatte ich auch noch einen Kunden mehr.«

Der Treffer sitzt. Mein Ego hat noch immer nicht ganz verwunden, auf welche Weise wir im Herbst um einen Kunden ärmer gemacht wurden. Das einzig Gute ist, dass Franka und ich nur aufgrund dieses Kunden gewissermaßen … dass sie und ich … dass wir jetzt *wir* sind. Ich bekomme Herzklopfen wie ein verknallter Teenager, der kurz davor ist, im Matheunterricht einen Ständer zu kriegen, und überschlage sicherheitshalber die Beine.

»Das Team hatte ein echt hartes Jahr. So viele Überstunden mussten wir noch nie machen. Haben sie da nicht mehr verdient als 'ne labberige Pizza von Alberto und *Last Christmas* vom Band?«

»Wenn du uns was auf der Blockflöte vorspielen willst, halte ich dich nicht davon ab.«

»Komm schon, Ümet.« Manchmal hasse ich meinen Posten. Ich würde meinem Team am liebsten jeden Wunsch erfüllen. Na gut – nicht *jeden*. Jesse würde mich sonst einmal im Monat um eine neue Leica bitten, Klara würde vermutlich ständig Pro-bono-Jobs für verletzte Hasenbabys an Land ziehen, Franka nur noch Guerilla-Kampagnen im Stil von PETA auf die Beine stellen und Amelie würde mehrfach im Jahr eine Party wie diese schmeißen. Ich *kann* nicht alles möglich machen. Mit einem Seufzer erhebe ich mich aus dem Sofa. »Ich spreche mit ihr.«

»Brav«, lobt Ümet mich zynisch. »Deine Prognose für Donnerstag?« An seiner Pose kann ich erkennen, dass er nun nicht mehr geschäftlich mit mir spricht, sondern in den Small-Talk-Modus gewechselt ist. Er hat sich im Stuhl zurückgelehnt und kratzt sich mit einer Hand am Bauch. Ich brauche einen Moment, um zu verstehen, dass er über Fußball sprechen will. Am Donnerstag spielt Frankfurt auswärts gegen Wien in der Europa League. Es ist das Rückspiel, zu Hause haben wir von den Österreichern zuvor zwei zu eins auf den Sack bekommen.

Ich pruste abschätzend. Meine Begeisterung für den Sport ist zwar in letzter Zeit nicht geschrumpft. Ich hatte allerdings kaum Gelegenheit, ihn zu verfolgen. Meine Freizeit verschwimmt in meiner Erinnerung zu einem wilden Mix aus Wochenendspaziergängen mit Franka und … anderen Dingen mit Franka. Ich schiebe beide Hände in die Hosentaschen und verschaffe mir vorsichtshalber noch ein bisschen mehr Platz in meinen Jeans. Ich sollte im Büro wirklich nicht an dieses neue beziehungsähnliche Ding zwischen uns denken. Aber es ist so verdammt schön, dass ich nicht einmal beim Anblick von Ümets haariger Plauze vergessen kann, wie sehr ich ihr verfallen bin.

»Ich, ähm, denke, ein Zwei-zu-null kriegen wir schon irgendwie hin.«

»Na, dann sag deinem Freund Joscha Rittberger mal, dass er den Kasten schön sauber halten soll.« Ümet tätschelt ein letztes Mal seinen Bauch, dann richtet er sich in seinem Stuhl wieder auf. Ich nehme es als Aufforderung, zurück in mein Einzelbüro am Ende des Gangs zu gehen, wo Pablo in einem Hundebettchen schlummert.

Ich habe noch nicht ganz an meinem Schreibtisch Platz genommen, da schlüpft Franka urplötzlich durch die gläserne Bürotür und lehnt sich von innen dagegen. Mein Herz und der Kollege in meiner Hose machen synchron einen kleinen Satz, während der Rest von mir – meine Seele oder mit welchem pathetischen Schwachsinn man es auch sonst umschreiben mag – ruhig und ausgeglichen wird. Ich werde mich nie dran gewöhnen, dass sie diesen Effekt auf mich hat.

Dass sie mich aufwühlt und erdet. Dass mich ihre bloße Existenz glücklich macht, am Leben zu sein. Dass ich plötzlich sogar Freude an Feiertagen wie meinem Geburtstag gestern oder dem anstehenden Weihnachtsfest empfinde. Es ist verwirrend und … es ist alles.

»Was gibt's?«, frage ich in dem verzweifelten Versuch, mich an unsere Abmachung zu halten, im Büro professionell zu bleiben. Franka und ich haben in der Vergangenheit bewiesen, dass wir uns durchaus an Regeln halten können – sie aber auch rigoros brechen, wenn unsere Gefühle füreinander die Oberhand gewinnen.

»Deine Mutter hat mich gerade gefragt, ob ich Weihnachten mit euch feiere.«

Ich stöhne laut auf und presse mir beide Handballen in die Augenhöhlen. »Wie hat sie das denn bitte angestellt?«

»Sie hat mir eine WhatsApp geschrieben.«

»Woher zur Hölle hat meine Mutter deine Handynummer?« Ich spähe durch meine geballten Fäuste hindurch.

»Sie hat mich gestern danach gefragt.« Franka zuckt lapidar mit den Schultern. »Für Notfälle.«

»Ach ja?«, schnaube ich. »Und keine zwölf Stunden später ist der Notfall eingetreten, dich an Heiligabend dabeihaben zu müssen?«

Meine Mutter kann froh sein, dass ich ihr für ihre dezent übergriffige Art nicht schon den Hals umgedreht habe. In den letzten zwei Monaten hat sie sich auf perfideste Weise mehrere Begegnungen mit Franka erschlichen. Und ich habe sie gelassen, weil es mir irgendwie gefällt, wie die beiden Frauen sich gegen mich verschwören, wenn sie aufeinandertreffen. Auch gestern bei dem Geburtstagsessen, das meine Mutter für mich organisiert hat, haben sie an einem

Strang gezogen, um über meine schlecht gestochenen Tattoos und den Status meiner Gesichtsbehaarung herzuziehen. Doch dass sie Franka nun, ohne es vorher mit mir abzusprechen, zu Heiligabend eingeladen hat, geht eindeutig zu weit. Immerhin ist zu viel Nähe nicht gerade Frankas Stärke.

Nach einem Blick über die Schulter, als wolle sie checken, ob die Luft rein ist, kommt Franka um den Schreibtisch auf mich zu. Sie lässt ihre Finger über die Tischplatte gleiten, ehe sie sich direkt vor meiner Nase darauf abstützt. Beim Blick in ihre fast giftgrünen Augen wird mir schwindelig. Fuck, vor ein paar Monaten hat sie es kaum ertragen, dass ihr ihr ins Gesicht schaue, und jetzt rekelt sie sich so vor mir.

»Sie liebt dich eben.«

»Ich glaube eher, sie liebt *dich*.«

Ich suche in Frankas Zügen nach einem Ausdruck der Panik, die die Frage meiner Mutter erzeugt haben könnte. Doch da ist nichts. Sie schmunzelt bloß, als wolle sie mich aufziehen.

»Vielleicht liebe ich sie ja auch?«, erwidert sie. *Vielleicht liebe ich ja dich*, denke ich urplötzlich. Was weird ist. Aber nicht unwahr. »Weihnachten ist immerhin das Fest der Liebe.« Franka lächelt zynisch.

»Das klingt sehr falsch aus deinem Mund«, schnaube ich.

»Ich weiß.«

Das gespielt fiese Lachen, das daraufhin aus ihrer Kehle bricht, lässt mich einknicken. Ich greife nach ihrem Handgelenk und ziehe sie zu mir, erlaube uns einen kurzen Kuss und mir einen Klaps auf ihren Hintern.

»Also?« Sie sieht mich drängend an.

»Also was?«, frage ich.

»Was soll ich ihr antworten?«

»Sag ihr ruhig ab, das verkraftet sie schon.« Ich lasse meine Hand wegwerfend durch die Luft sausen, um sowohl den Übereifer meiner Mutter als auch das nagende Gefühl in meiner Brust zu verscheuchen. Ich hätte sie gern dabei. Ich will, dass sie da ist. Immer. Aber ich weiß, dass sie das einengt und dass Familie generell kein leichtes Thema für sie ist. »Ich erinner sie noch mal, dass sie so eine Scheiße vorher mit mir klären soll.«

Franka richtet sich auf und verschränkt die Arme vor der Brust. »Okay«, sagt sie, wirkt jedoch nicht so, als habe sich die Sache damit für sie geklärt. Wenn die Stimmung zwischen uns jetzt angespannt ist, weil meine Mutter Großfamilie spielen wollte, drehe ich durch.

»Hey! Hast du was von Joscha gehört?«, frage ich in dem schlechtesten Versuch eines Themenwechsels. Dabei wüsste ich es, wenn Franka in den letzten Tagen Kontakt mit dem Frankfurter Keeper gehabt hätte.

»Nein? Wieso?«

»Ich … Nichts … Ümet wollte nur eben Fußball-Small-Talk halten. Wollte wissen, ob er fit für Donnerstag ist.«

Franka

Nach dem Gespräch mit Felix fühle ich mich komisch. In meinem Bauch hat sich ein Grummeln ausgebreitet, das nichts mit der leicht flockigen Hafermilch in meinem Kaffee zu tun hat. Als die überraschende Nachricht von Felix' Mutter heute Morgen bei mir eingetroffen ist, war da nichts als Wärme in meinem Magen. Genau jenes wohlige Gefühl der Akzeptanz und Zugehörigkeit, das ich immer empfinde, wenn wir sie sehen. Gestern auch schon. Siska hat für den Geburtstag ihres Sohnes einen Tisch in einem sehr angesagten Restaurant reserviert, in dem Felix sich komplett unwohl gefühlt hat. Doch er hat sich nicht beschwert, was Bände über die Beziehung zu seiner Mutter spricht. Ich weiß, dass Siska nicht *meine* Mutter ist, und es ist mehr als fucking weird, dass ich diesen Gedanken überhaupt hege, schließlich darf ihr leiblicher Sohn mich nackt sehen.

Aber ich …

Ich weiß auch nicht. Dieses ganze Glücklichsein ist einfach neu für mich. Und dass nun auch noch eine positive Mutterfigur und die Aussicht auf ein besinnliches Weihnachtsfest in meinem Leben aufgetaucht sind, ist komplett verwirrend.

»Alles okay?«, fragt Klara mich, als ich beim Hinsetzen laut seufze.

»Ja«, sage ich knapp.

»Du lügst«, ruft Jesse hinter seiner Festung aus Bildschirmen und Fotoequipment. Wir sind zum Glück allein im Büro.

»Ja«, gebe ich zu. Manchmal überrascht mich meine neu entdeckte Ehrlichkeit selbst. Aber all diese bescheuerten Emotionen, die in mir kreisen, seit die Sache mit Felix irgendwie so ... so echt und schön und offiziell geworden ist, müssen schließlich irgendwohin. Und sie sind nirgendwo besser aufgehoben als bei Klara und Jesse.

»Was ist los?«, will Klara wissen. Sie rollt auf ihrem Schreibtischstuhl ein wenig zur Seite, um mich besser ansehen zu können. Sie hat beide Füße unter ihren Hintern gezogen und sich in einen monströsen, selbst gehäkelten Cardigan eingewickelt. Seit Tagen kriecht die Kälte durch die Ritzen im alten Gemäuer der Agentur, sodass Klara sich manchmal sogar mit einer Wärmflasche im Kreuz und einem Kirschkernkissen auf dem Bauch an die Arbeit macht. Sie ist eine Frostbeule, was daran liegen muss, dass ihr Herz reinster Sonnenschein ist und sie daher nicht mit diesen Temperaturen klarkommt.

»Ich glaube, ich bin sauer auf Felix«, analysiere ich.

»Und das ist neu, weil ...?«

Ich verstehe Jesses Einwand. Bis vor einigen Wochen war *Sauer auf Felix* meine Grundeinstellung. Aber es war leicht, sauer auf ihn zu sein, als ich mir ziemlich sicher war, dass dieses lodernde Brennen in meinem Inneren Hass war. Jetzt, wo ich weiß, dass es das genaue Gegenteil ist, bedrückt mich dieses Gefühl.

»Er hat mir gerade ziemlich deutlich zu verstehen gegeben, dass ich ...«

Das Quietschen der Glastür hinter mir unterbricht mich. Amelie betritt mit wallendem Kleid das Büro. Auch sie hat sich zusätzlich eine lange Strickjacke übergeworfen, die sie zusammenrafft, sobald sie unsere Gesichter bemerkt. »Oh, störe ich?«

»Nein«, sage ich schnell. Zu schnell. Ich merke, dass sie sich ausgeschlossen fühlen muss. Und ich will Amelie nicht mehr ausschließen. Ich habe in der Vergangenheit zu viel Zeit damit verbracht, sie um ihre hüftlangen welligen Haare und die entspannte Beziehung zu dem Mann zu beneiden, in den ich gegen meinen Willen völlig verknallt war. »Ich wollte gerade über Felix sprechen. Liebeslebens…scheiß«, ergänze ich, weil mir kein passenderes Wort einfällt.

»Oh, ich kann später wiederkommen.«

»Nein. Nein, bleib, du erscheinst mir wie eine Expertin in Sachen Weihnachten.« Klara, Jesse und Amelie ziehen gleichzeitig die Augenbrauen zusammen. »Ihr müsst gar nicht so gucken, ich weiß, dass ich sonst ein Grinch bin, aber jetzt will ich eben Weihnachten feiern.«

Amelie setzt sich mit der Ernsthaftigkeit einer Therapeutin, die eine besonders knifflige Patientin vor sich hat, auf das alte Ledersofa und überschlägt die Beine.

»Wie feiert ihr Weihnachten, Klara?« Meine Freundin wirkt ertappt. Dass ausgerechnet ich so eine Frage stelle, überfordert sie.

»Noel und ich?«, hakt sie nach.

»Ja.«

»Wir sind Heiligabend bei meinen Eltern. Am ersten Weihnachtstag bei meiner Oma und am zweiten bei Noels Familie.«

»Aha!« Ich hebe die flache Hand, wie um einen Punkt zu machen. »Ihr geht zu Noels Eltern, obwohl Noel seine Eltern nicht mal leiden kann.«

»Na ja, so schlimm ist es nun auch nicht. Sie haben eben nicht viel gemeinsam.«

»Und ihr seid bei *deinen* Eltern, obwohl Noel und sie nicht mal dieselbe Sprache sprechen.«

»Hey! Lass ihn das bloß nicht hören, sein DGS ist richtig gut geworden.«

Ich sinke frustriert in meinen Stuhl zurück. Noel lernt Gebärdensprache für seine Schwiegereltern, Felix hingegen empfindet es schon als übergriffig, wenn seine Mutter mit mir Zeit verbringen will.

»Du bist bei deiner Familie«, ich zeige auf Jesse, »und du doch ganz sicher auch?« Amelie neigt den Kopf, nickt dann jedoch.

»Du denn nicht?«, fragt sie schließlich.

»Ich setze mich auf keinen Fall mit meiner Mutter an einen Tisch.« Im Herbst habe ich endlich erkannt, dass ich keinen Kontakt zu ihr haben muss, wenn das für mich nur künstliche Aufrechterhaltung meiner Traumata bedeutet.

»Ich dachte irgendwie«, beginnt Jesse, der zu ahnen scheint, dass er sich auf ein emotional komplexes Feld begibt. »Ich dachte, du wärst bei Felix und seiner Mutter. Sonst hätte ich dich doch längst gefragt, ob du mit zu mir kommen willst.«

»Deine Mutter bekommt einen Herzinfarkt, wenn sie mir kein Fleisch zu Weihnachten servieren darf, Jesse.«

Klara beweist ihre Klarahaftigkeit, indem sie meinen zynischen Kommentar übergeht: »Was ist denn nun eben in seinem Büro passiert? Habt ihr Streit?«

»Nein.« Ich merke, wie der Gedanke an Streit mit Felix mir geradezu körperlichen Stress verursacht. Ich will seinen hotten, strengen Umgangston und ab und an einen gezielt eingesetzten Schlag auf den Hintern – allerdings keinen Streit. Niemals. »Er hat mir gerade bloß ziemlich deutlich zu verstehen gegeben, dass er keine Lust auf Familienstimmung mit mir hat.«

Ich rekapituliere die Szene aus seinem Büro in knappen Worten und spüre, wie sich jedes einzelne wie Säure durch meine Schleimhäute frisst.

»Ich glaube nicht, dass er es so gemeint hat«, sagt Amelie besonnen. »Er wusste wahrscheinlich einfach nicht, wie wichtig es dir ist.«

»Vielleicht wollte er dich auch nur vor seiner Mutter in Schutz nehmen«, überlegt Jesse.

»Aber ich liebe seine Mutter!«, platze ich heraus. »Sie soll mich adoptieren.«

Alle drei verziehen das Gesicht zu einer angewiderten Miene.

»Ach, doch nicht so! Nur hypothetisch.«

»Der Stiefgeschwister-Trope war nie wirklich mein Ding, aber du steuerst gerade auf einen Miscommunication-Trope zu und das ist noch schlimmer!« Klara nickt inbrünstig in die Runde, dabei kann ihr niemand folgen.

»Klara, du weißt, wir verstehen kein Wort, wenn du Liebesroman-Sprache sprichst!«

»Ihr redet aneinander vorbei statt miteinander«, übersetzt sie mit einem genervten Augenrollen.

»Also hasst er mich nicht?«

»Nur auf die Weise, die dir gefällt.« Jesse erkennt an meinem Blick, dass sein Kommentar nicht hilfreich ist. Sticheleien sind die Love Language unserer langjährigen Freundschaft, hin und wieder brauche jedoch selbst ich Einfühlungsvermögen. »Der Mann hasst dich wirklich überhaupt nicht«, korrigiert er also. »Er bekommt immer noch Wackelaugen, wenn du den Raum betrittst.«

Das Lodern in meinem Bauch wird zu einer sanft züngelnden Flamme.

»Jesse hat recht«, pflichtet Amelie ihm bei. »Und selbst wenn ihm eure Beziehung noch zu frisch wäre, um gemeinsam Weihnachten zu feiern, bedeutet das nicht, dass er dich hasst.«

Ich sehe mit zusammengepressten Lippen in die Runde. Es klingt so logisch, wenn ich es von Außenstehenden höre. Als gäbe es wirklich keinen Grund, meine Mauern als Selbstschutzmaßnahme hochzuziehen.

»Ich liebe es, dass wir neuerdings über unsere Gefühle sprechen.« Klara grinst wie ein Honigkuchenpferd und tippt die Fingerspitzen aneinander. »Könnt ihr euch bitte auch möglichst zeitnah verlieben? Ich will nur noch über Beziehungen und Liebe reden!«

»No pressure«, knurrt Jesse zynisch.

»Ich habe diesbezüglich ebenfalls wenig Hoffnung.« Amelie erhebt sich und streicht ihr Kleid glatt. »Ich stehe mit der Männerwelt auf Kriegsfuß, das wisst ihr ja.«

»Wir könnten uns *ineinander* verlieben«, schlägt Jesse vor. »Das halte ich mittlerweile für aussichtsreicher, als dass wir geeignete Kerle finden.«

»Irgendwelche neuen Horrorgeschichten von deinen Dates?«, frage ich sie.

»Der Letzte hat mir ununterbrochen von seinen Investments in Kryptowährungen erzählt und mir vorgerechnet, dass ich im Alter verarmen werde, wenn ich nicht sofort anfange, dreihundert Euro monatlich in einen ETF einzuzahlen.«

»Iiih.« Ich verziehe angewidert den Mund.

»Dann doch lieber einen mittellosen Künstler.« Klara erhebt ihren Stiftbecher mit Kugelschreibern und Markern zum Toast.

»Oder einen Workaholic mit Daddy Issues, der nicht mit dir Weihnachten feiern will.« Ich erhebe meinen flockigen Kaffee und proste ihr zu.

Wie auf Zuruf öffnet sich die Bürotür in diesem Moment erneut und mein Lieblingsworkaholic mit Daddy Issues tritt ein. Felix' plötzliches Auftauchen bringt meinen Puls zum Rauschen und mein Herz zum Flattern. Es ist verrückt, was er mit mir anstellt. Seinetwegen freue ich mich sogar auf Weihnachten, verdammt.

»Ach, hier bist du«, sagt er und nickt Amelie zu. »Ich wollte dich kurz … Ich … Wieso hab ich das Gefühl, hier wieder einen eurer Sex Talks gecrasht zu haben?« Er lässt den Zeigefinger reihum zwischen uns wandern.

»Du wirst es wohl nie erfahren!« Mein flötender Tonfall und der spöttische Gesichtsausdruck können hoffentlich überspielen, wie ich mich gerade wirklich fühle. Felix schluckt den Köder und grinst mich an. Mein armer, ahnungsloser, schöner Kerl.

»Ach ja«, er räuspert sich und scheint seinen verlorenen Faden wieder aufzunehmen. »Schlechte Nachrichten.« Felix wendet sich Amelie zu. »Ich hab heute Vormittag noch einmal mit Ümet gesprochen. Wegen der Weihnachtsfeier.«

Amelie seufzt. »Keine Chance?«, fragt sie hoffnungslos.

»Konntest du eine neue Location finden?«

Sie schüttelt den Kopf. »Ich hab mir die Ohren blutig telefoniert. Die ganze verfluchte Stadt ist am Freitagabend ausgebucht. Aber ich will nicht hier feiern. Das ist traurig. Wir hatten so ein hartes Jahr und …« Amelies Schultern sacken in sich zusammen. »Ich hasse alles.«

»Es tut mir echt leid. Ich hab's versucht.«

»Ich weiß«, sagt sie resigniert und steht vom Sofa auf. »Egal. Ich benehme mich albern.«

»Du bist nicht albern«, korrigiert sie Klara. »Wir retten das irgendwie. Wir können doch zum Beispiel den Dresscode einhalten.«

»Gute Idee«, stimmt Felix zu. »Mein Anzug ist eh schon in der Reinigung.«

»Du kannst keinen Anzug anziehen.« Ich springe auf.

Felix hebt verwirrt beide Arme. »Amelie hat zu Black Tie ausgerufen. Was soll ich sonst anziehen?«

»Es passieren schlimme Dinge, wenn du diesen Anzug anhast.« Ein Blick genügt, um Felix – und all unsere Kollegen – daran zu erinnern, was beim letzten Mal passiert ist, als wir gemeinsam auf einem Event waren, das nach Abendgarderobe verlangt hat. Wir hatten besagte Garderobe am Ende des Abends nicht mehr an. Zumindest nicht vollständig.

»Schlimme Dinge?« Felix schmunzelt auf diese zweideutige Weise, die meine Knie in rohen Keksteig verwandelt. »Reiß dich mal ein bisschen am Riemen, Babe.«

»Okay, Schluss mit eurem Vorspiel hier.« Jesse klatscht in die Hände. »Es ist kurz vor eins. Gehen wir zum Mittag in die *Gute Stube*?«

»Ich kann nicht.« Amelie geht zur Tür. »Ich muss die Zeit aufholen, die ich gestern mit Telefonieren verschwendet habe.«

Jesse

»Er nennt dich jetzt also Babe, ja?«

»Halt die Klappe.«

Ich kassiere Frankas Ellbogen in die Seite. Hab ich verdient. Schätze ich.

Wir überqueren die Straße und steuern unser Stammcafé an. Der Asphalt ist spiegelglatt, weswegen ich Frankas Seitenhieb zu einer Einladung umdeute, mich bei ihr unterzuhaken. Klara, die einige Meter vor uns mit Felix die Heiligkeit der Mittagspause entweiht, indem sie ihn über einen anstehenden Job vollquatscht, rutscht in diesem Moment aus und kann sich gerade noch an seinem Unterarm festklammern. Felix fängt sie lachend auf und legt ihr rückversichernd eine Hand auf die Schulter, nachdem sie sich wieder aufgerichtet hat. Kurz dreht er sich strahlend zu uns um. Zu Franka, besser gesagt. Und *I get it, okay? I get it.* Er ist einer von den Guten. Und Franka hat nur das Beste verdient, aber … Fuck, ich fühle mich ganz schön einsam.

»Er nennt dich Babe, du willst mit ihm Weihnachten feiern, wenn das so weitergeht, ziehst du im Januar aus und lässt mich allein.«

»Ich lasse dich niemals allein.«

»Klara und Noel ziehen bestimmt auch bald aus. Und was dann?«

»Hast du nicht gehört? Ich lass dich nicht allein. Und

Felix nennt mich nie Babe, keine Ahnung, was da eben los war.«

»Es liegt an diesem ganzen Weihnachtsscheiß«, beschließe ich und deute auf die *Gute Stube*, die ebenfalls von diesem Virus befallen wurde. Die Fensterscheiben des ein wenig heruntergekommenen Lokals wurden mit Lichterketten und Motiven aus Kunstschnee verziert.

»Macht mal hinne, Klara friert sonst am Boden fest.« Felix deutet scheuchende Bewegungen in Richtung Eingang an, durch den erst Klara, dann ich hindurchschlüpfen. Bevor ich im warmen Bistro verschwinde, sehe ich aus dem Augenwinkel, wie er Franka mit einem diebischen Grinsen an sich zieht und ihr endlich einen jener sehnsuchtsgeladenen Küsse gibt, die sich während der Arbeitszeit in der Agentur in ihnen aufzustauen scheinen. Muss nett sein. Diese Art von Liebe. Verzehrend und frei und wild und … *Fuck*, sie wird so was von irgendwann zu ihm ziehen und dann muss ich allein klarkommen. Und ich bin richtig beschissen im Alleinsein.

Kaum fällt die Eingangstür hinter mir zu, kommt ein blonder Schatten auf mich zugewirbelt und plötzlich sehe ich überall funkelnde Lichtreflexe. Ich blinzele durch die goldenen Fäden in meinem Gesicht hindurch und taste nach meinem Haar. Jakob, der dezent hyperaktive Chef der *Guten Stube*, hat Klara und mich beim Eintreten mit einer Handvoll Lametta beworfen.

»Frohe Weihnachten«, flötet er, rennt an dem alten Piano neben dem Tresen vorbei und klimpert beidhändig die Akkordfolge von *Jingle Bells* darauf.

»Geht's dir gut?«, frage ich knurrend.

»Jesse ist nicht in Weihnachtsstimmung«, entschuldigt Klara

sich für mich, während sie sich selbst die Goldfäden aus den Haaren fischt.

»Jesse ist in Stimmung für Panini und Cappuccino.« Ich stelle mich an die Theke und klopfe darauf. Jakob tritt dahinter und grinst mich auf diese Weise an. In einer anderen Welt hätte ich wahrscheinlich schon seit Jahren einen kleinen Crush auf ihn, aber diese ganze Golden-Retriever-Welpen-Nummer ist einfach nicht mein Ding.

Jakob nimmt unsere Bestellung auf und wir steuern einen Tisch in der hintersten Ecke des gut besuchten Schankraums an. Ich setze mich auf eine Bank an der Wand, wobei ich eine Trompete zur Seite schieben muss, die von der Decke baumelt und deren Trichter mit einer Christbaumkugel gestopft wurde. Vielleicht wäre das sogenannte *Fest der Liebe* erträglicher, wenn die Dekoration etwas weniger kitschig wäre?

»… Noel hat sich auch umgehört, aber es erscheint alles ziemlich aussichtslos.«

Ich erwache aus meinem Tagtraum-Rant und versuche, aus Klaras Gesichtsausdruck den Kontext herauszulesen. Felix' Antwort hilft mir schließlich auf die Sprünge.

»So leid es mir für Amelie tut, sie wird sich mit *Sweet Lemon* als Austragungsort arrangieren müssen. Vielleicht findet sie noch ein Streichquartett für die Stimmung.«

»Du bist ekelhaft zynisch«, weist Franka ihn zurecht.

»*Ekelhaft zynisch?* Aus deinem Mund?«

»Amelie liegt die Party echt am Herzen.«

»Ja«, sage ich grübelnd. »Wieso eigentlich? Ich versteh schon, dass sie gerne Dinge plant und so, aber …«

»Sie hat viel zu tun und kommt abends wenig raus. Sie kann nicht wie ihr Nasen dreimal die Woche hier einen trinken gehen. Ah, danke.« Felix nimmt eine Espressotasse entgegen, die Jakob ihm anreicht, Franka und ich übernehmen die Cappuccini, Klara trinkt einen Kakao mit kleinen schneeflockenförmigen Streuseln auf der Sahnehaube. Die Pest ist wirklich überall.

»Aber warum? Sie ist vierundzwanzig, Single … Was hält sie zurück?« Ich tauche meinen Zeigefinger in den Milchschaum auf meinem Kaffee, um das Latte-Art-Herz darin zu verwischen. Mir reicht's.

»Familienangelegenheiten«, erklärt Felix knapp.

»Du weißt mehr«, bohre ich nach. Amelie verlässt jeden Tag um fünfzehn Uhr die Agentur, wobei sie nicht selten am Abend noch E-Mails abarbeitet und Briefings erstellt. Wir wären alle aufgeschmissen ohne sie, doch ihr Privatleben bleibt uns – bis auf die seltenen Anekdoten von verkackten Dates – ein Rätsel.

»Ich weiß über euch alle mehr. Ich kenne eure Abschlusszeugnisse, eure Urlaubstage und eure Gehaltsabrechnung.« Felix zeigt uns sein diebisches Chefgrinsen.

»Dann weißt du ja auch, dass wir uns kaum diese Heißgetränke hier leisten können, Big Boss«, schnarre ich.

»Ja, ja, ist schon gut. Geht auf mich.« Felix lehnt sich auf seinem Stuhl zurück, überschlägt die langen Stelzen auf die breitbeinigste Weise und legt einen Arm auf Frankas Rückenlehne. Dort beginnt er geistesabwesend, an ihrer Schulter zu spielen. Vielleicht muss ich Jakob um einen Schuss Rum in meinen Cappuccino bitten. Oder ein wenig Arsen auf mein Sandwich.

»Aber können wir … Können wir nicht wenigstens das Essen bestellen, das sie geplant hatte?« Klara rutscht halb nervös, halb aufgeregt auf der Bank neben mir herum.

»Das Essen sollte direkt in der Location gekocht werden,

also sind mit den Wasserrohren auch Amelies kulinarische Pläne geplatzt.«

»Was sollte es denn geben?«, fragt Franka. »Amelie hat ja ein Riesengeheimnis draus gemacht.«

»Einfach fancy Quatsch mit vielen kleinen Portionen, ihr wisst schon. Ich habe das Menü irgendwo in meinen Mails.« Felix kramt das Handy aus seiner Hosentasche und legt es nach einigen Klicks in die Tischmitte.

Klara überfliegt die diversen Gänge und murmelt dabei vor sich hin. »Das können wir doch bestimmt irgendwie re-kreieren.«

»Willst du Gnocchi für vierzig Personen von Hand rollen?« Franka zieht eine Augenbraue hoch.

»Okay, wir streichen das Wort *hausgemacht* aus der Vorspei-se. Ich kann Gnocchi für vierzig Personen im Supermarkt kaufen. Wieso überhaupt vierzig?« Klara tut so, als würde sie das Kollegium an den Fingern abzählen. Das Team von *Sweet Lemon* umfasst nur gut fünfundzwanzig Personen.

»Partner waren eingeladen«, knurre ich.

»Ich wusste nicht, dass so viele ihre Partner mitbringen.«

»Kommt Noel nicht?«, will Felix wissen.

»Doch. Aber er schafft es nicht zum Essen wegen der Abendvorstellung. Wie genau macht man Schaum aus Leb-kuchen?« Sie hat bis zur Nachspeise runtergescrollt. »Und was ist der Unterschied zwischen Sorbet und Parfait?«

»Sorbet ist aus Frucht, Parfait aus Sahne«, sage ich.

»Okay, Jesse, das hat mich überzeugt. Du bist für die Nach-speisen zuständig.«

»Ich habe keine Ahnung, wie man …«, ich werfe einen Blick auf das Menü, »Zimtsternparfait und Lebkuchen-schaum für vierzig Leute herstellt.«

»Neununddreißig, Noel isst nicht mit. Außerdem mag er kein Eis.«

»Dein Freund ist weird.«

»Ja, weird, aber süß.« Sie kriegt diesen verträumten Ausdruck in den Augen. Entzückend. Und schlimm.

»Also willst du …?« Felix wird von Jakob unterbrochen, der mit den getoasteten Panini-Sandwiches an den Tisch kommt. »Danke, Mann. Also, Klara, willst du echt für vierzig Leute in der Agentur kochen?«

»Ich weiß nicht, ich finde nur einfach, wir sollten Amelie überraschen. Sie hat sich den Arsch aufgerissen und ihr ist es wichtig, deshalb …«

»Was heckt ihr aus?«, will Jakob wissen.

Klara erklärt ihm in kurzen Worten das Dilemma unserer Weihnachtsfeier, worauf er völlig gelassen mit den Schultern zuckt. »Wieso feiert ihr nicht hier?«

»In der *Guten Stube*?«

»Klar. Ich mach den Laden einfach ab Nachmittag zu. Ich kann auch ein paar Musiker anhauen, die ich kenne.« Beiläufig nickt er mit seinem Kinn in Richtung des Pianos, über dem zusätzlich noch eine Trommel und eine Gitarre hängen. Die ganze Stube ist vollgestopft mit Musikinstrumenten, bei denen es verwunderlich ist, dass sie noch Töne produzieren können.

»Dein Ernst, Mann?« Felix' Augen weiten sich.

Jakob zuckt erneut mit den Schultern. »Ihr müsst natürlich die Getränke bezahlen.«

»Was ist mit der Raummiete? Den Umlagen? Versicherungen?«

Mit einem fast schon angewiderten Blick streicht Jakob sich die langen blonden Strähnen aus der Stirn. »Alter, ich hab noch nie Steuern gezahlt, ohne dass ich drei Mahnungen kassiert habe. Glaubst du ernsthaft, ich würde euch *Umlagen* berechnen? Es ist Weihnachten, verdammt.« Er dreht sich mit weit ausgebreiteten Armen um die eigene Achse, bis er wie eine Ballerina wieder bei der Theke ankommt.

Felix zieht die Augenbrauen nach oben. »Ich glaube nicht, dass wir Ümet davon überzeugen können. Der hat sich schon auf eine billige Getränkerechnung eingestellt.«

Franka beißt sich plötzlich verschwörerisch auf die Unterlippe. »Hmmm. Ich glaub, ich kenne da eine Möglichkeit, Ümet zu überzeugen.« Sie holt ihr Handy aus der Umhängetasche und beginnt, darauf zu tippen. »Lasst mich mal machen.«

»Freitag!«, ruft Jakob uns von der Bar noch einmal wie zur Bestätigung zu. »Ihr seid jetzt fest eingebucht.« Er tut so, als würde er etwas in einem unsichtbaren Terminkalender notieren.

»Okay.« Felix klatscht in die Hände. »Wie es aussieht, müssen wir eine Party planen.«

Joscha

»Noch einmal lächeln, bitte!« Der Fotograf drückt zum etwa vierzigtausendsten Mal auf den Auslöser, ehe er uns mit einem leidenschaftslos dahingesagten »Dankeschön« erlöst.

»Gott, ich hab schon Krater in den Backen vom Dauergrinsen.«

Zach verpasst sich selbst eine Ohrfeige, um die verspannten Wangen zu lockern, dann zerrt er sich den Strickpulli über den Kopf, auf dessen Rücken sein Nachname, Gallagher, und die Nummer 9 prangen – Special-Merch für die Weihnachtssaison.

Ich greife nun ebenfalls nach meinem Pulloversaum, um den billigen Acrylstoff abzulegen, der einen unter den Lampen des Fotosets immer viel zu schnell zum Schwitzen bringt. Allerdings werde ich von unserer Social-Media-Managerin Sunny davon abgehalten.

»Hättest du … Also … Könnte ich dich vielleicht noch kurz für ein TikTok missbrauchen? Mal wieder«, ergänzt sie entschuldigend.

Ich lache entspannt. »Klar. Immer. Was soll ich tun?«

Sunny streicht sich das schwarze Haar hinter die rot angelaufenen Ohren, während sie mir den Social-Media-Trend erklärt, für den ich Modell stehen soll. Mir ist schnell klar, wieso sie mich und nicht Zach um Hilfe für ihren Content-Dreh gebeten hat. Ich kann es der unterbezahlten

Zwanzigjährigen nie abschlagen, wenn sie mich fragt, ob ich mich für die Follower unseres Vereinsaccounts zum Hampelmann mache. Selbst wenn es ein albernes Lip Sync beinhaltet, das ich dreimal üben muss, bevor ich es draufhabe.

»Du bist mein Held«, sagt sie, sobald der kurze Clip im Kasten ist. Ich strecke ihr die Faust zu unserem einstudierten Handschlag hin und sie erwidert ihn.

»Immer.« Ich winke ab. »Weißt du doch.« Für irgendetwas muss es ja gut gewesen sein, dass ich drei Jahre lang mit einer Sängerin zusammen gewesen bin, die ihren Fame zu großen Teilen einem viel geklickten Online-Profil zu verdanken hat. Der Gedanke an Tiffany lässt mich kurz ein bisschen Wehmut empfinden. Nicht nach ihr. Sondern nach der Frau, mit der ich all die Jahre lieber zusammen gewesen wäre als mit ihr. Scheiße, ich bin so ein Arschloch.

»Deine Videos laufen einfach am besten.« Sunny wird noch ein bisschen röter.

»Ja, weil unser *Schnuggelsche* so süß ist.« Gallagher haut mir von hinten auf die Schulter und strubbelt mir durchs Haar. »Wart's nur ab«, sagt er an Sunny gewandt. »Sobald der *Keeper der Herzen* wieder unter der Haube ist, klickt kein Mensch mehr deine TikToks an. Dann muss er ausnahmsweise mal guten Fußball spielen, um in der Presse zu landen.« Zach rempelt mich feixend an.

Sunny hat ihr Smartphone auf uns gerichtet und die Attacke meines Mannschaftskollegen festgehalten. »Unbezahlbares Behind-the-Scenes-Material«, rechtfertigt sie sich.

»Ist klar.« Zach winkt in die Runde und zieht mich dann, einen Arm noch immer um meinen Nacken, mit sich. Ich muss humpeln, um mit ihm Schritt halten zu können, da ich gut zehn Zentimeter größer bin und unangenehm nach unten gedrückt werde.

»Ready für morgen?« Er zwickt mich in die Seite, sobald wir den Mediaraum hinter uns gelassen haben und durch den Mittelgang des Vereinscampus schlendern. Der Flur ist mit Weihnachtsbäumen geschmückt, an denen weiß-rote Kugeln mit Vereinslogo baumeln. Ich sehne mich plötzlich nach dem Weihnachtsabend im Wohnzimmer meines Elternhauses. Ein schreiend bunter Tannenbaum und noch bunteres Geschenkpapier. Das überdrehte Kreischen meiner Zwillingsneffen, die Verzweiflung im Tonfall meiner ältesten Schwester Annabelle und das brüllende Lachen von Elias. Dazu meine Eltern, für die es nichts Schöneres gibt als das. Das Chaos. Die Lautstärke. Die Familie. Die Familie, für die ich immer nur Joscha sein werde. Und nie das *Schnuggelsche*, das in die Presse kommt, weil es ein vermeintliches Date mit einer neuen Frau hatte. Oder Rittberger, der seit sieben Spielen nicht mehr zu null gehalten hat.

»Wird schon schiefgehen.« Wir müssen morgen in Wien gewinnen, um den zweiten Gruppenplatz noch zu erreichen und weiter in Europa zu spielen. Dann noch ein Ligaspiel am Sonntag und danach werde ich für zwei Wochen nur Joscha sein. *Nur* Joscha.

In diesem Moment klingelt das Handy in der Seitentasche meiner Trainingshose. Als ich Elias' Namen darauf entdecke, empfinde ich gleichermaßen Stress und Erleichterung. Aber das ist wohl einfach so, wenn man den kleinen Bruder als Personal Assistant einstellt.

»Ich will nichts Geschäftliches hören«, sage ich grußlos. Elias wohnt die meiste Zeit bei mir und wenn wir nicht persönlich voreinander stehen, telefonieren wir fünfmal am Tag.

Hallo und *Tschüss* haben wir uns daher schon lange abgewöhnt.

»Die Chefin will wissen, ob du Heiligabend wen mitbringst.«

»Wen sollte ich mitbringen?« Aber dann dämmert es mir. »Hat irgendeine Online-Plattform mal wieder die Fotos von Franka und mir aufgewärmt?«

»Keine Ahnung.« Elias gluckst sein dezent bösartiges Lachen. »Unserer werten Frau Mutter war es plötzlich ziemlich wichtig, noch einmal deinen Beziehungsstatus zu checken. Also ist es gut möglich.«

Zach sieht sich argwöhnisch nach mir um.

»Du kannst ihr sagen, dass ich Gallagher mitbringe, wenn sie nicht aufhört, die Klatschpresse zu lesen.«

»Weihnachten bei Rittbergers? Da bin ich dabei!« Zach zwinkert mir über die Schulter zu und zeigt sein Markenzeichen: schiefes Grinsen, rausgestreckte Zunge. Es ist die Geste, die er in die Fernsehkamera macht, wenn er ein Tor schießt.

»Aber warn ihn vor.« Elias lacht dreckig. »Er wird's schwer haben. Das Muttertier wird nie mehr jemanden so sehr lieben wie Amelie.«

Ich schlucke, als er ihren Namen erwähnt, und denke zum zweiten Mal in weniger als zehn Minuten an die Frau, die mich aus unerfindlichen Gründen sitzen gelassen hat, als ich vor sechs Jahren nach England gewechselt bin.

»War's das?«, frage ich knapp.

»Soll dir noch von 'ner Handvoll Leuten ausrichten, dass sie dir die Eier abreißen, wenn ihr morgen nicht gewinnt.«

»Schön. Erklärst du Mama dann, dass sie von mir keine weiteren Enkel zu erwarten hat?« Oma zu sein, macht etwa neunzig Prozent der Identität unserer Mutter aus, weswegen das wirklich eine Hiobsbotschaft für sie wäre. Sie möchte in ein paar Jahren an Weihnachten unter dem Baum in Enkeln ertrinken.

»Davon wird sie eh ausgehen, wenn ich ihr gleich sage, dass du immer noch Single bist.«

»Immer noch?« Ich trete hinter Zach ins Freie. Es ist abartig kalt und meine Sachen liegen natürlich in der Tiefgarage im Auto. »Tiffie und ich haben im August Schluss gemacht.«

»Ja und davor im Juni und davor im Februar und davor im November sogar zweimal, glaube ich.«

»Du kannst mich mal, Elias.«

Er keckert. »Hau rein, Mann. Wir hören uns.«

Bevor ich das Handy zurück in die Zippertasche der Trainingshose gleiten lassen kann, bemerke ich eine Textnachricht. Ich öffne WhatsApp und sehe Frankas Profilbild ganz oben. Sie mit zwei Katzen, die sehr widerwillig winzige Weihnachtsmützen auf dem Kopf tragen. Ich kenne Franka noch nicht lange, aber die letzten Wochen haben uns so sehr zusammengeschweißt, dass ich glaube, wir sind Freunde. Es fühlt sich gut an, hier wieder Freunde zu haben. Freunde, die nicht Mannschaftskollegen sind. Oder der eigene Bruder.

Franka (13:15)
Ich muss meinen Chef bestechen. Brauche die besten Karten, die du mir für ein Spiel in nächster Zeit bieten kannst.

Ich hole lachend zu Zach auf. Später werde ich Franka antworten, doch vorher müssen wir unsere Sachen zum Mannschaftsbus bringen, der nach Österreich vorausfährt. Wir selbst sollen zwei Stunden später am Frankfurter Flughafen sein, von wo aus uns ein Linienflug ebenfalls nach Wien bringen wird.

Ich würde heute Nacht lieber in meinem eigenen Bett schlafen. Nach sechs Jahren in London wohne ich nun seit vier Monaten wieder in Frankfurt und das neue Bett in der neuen Wohnung fühlt sich erst seit Kurzem wie etwas an, das mir gehört. Hotelzimmer, Flüge und Busfahrten sind der Part von meinem Job, den ich am wenigsten leiden kann. Noch weniger als die Artikel in der Klatschpresse. Weil sich an einem Hotelbett wirklich nichts nach Zuhause anfühlt. Und ich hasse dieses Gefühl. Oder eher: dieses Nicht-Gefühl. In einer Jahreszeit, in der alle über Liebe und Familie und Besinnlichkeit reden, ist das Nicht-Gefühl besonders stark. Aber vielleicht liegt es auch daran, dass Elias Amelies Namen gesagt hat.

Wann immer ich ihn in den letzten sechs Jahren gehört habe – und sei es nur zufällig auf der Straße oder in einem Film –, hat mich die Erinnerung an damals tagelang nicht losgelassen.

Ein leeres, fremdes Hotelbett und der immense Druck, dieses Spiel morgen gewinnen zu müssen, werden diese Sehnsucht kein Stückchen besser machen.

Na, frohe Weihnachten, Rittberger.

Noel

Wenn ich spiele, existiert Noel Zimmermann nicht. Er tritt einfach zurück. Alles, was Noel ist, wird aus meinem Gehirn, aus meinem Blut, aus meinen Poren abgezogen. Ich verleihe meinen Körper an die Rolle, meinen Geist, mein Ganzes. Üblicherweise bemerke ich die Zuschauer nach wenigen Sekunden auf der Bühne nicht einmal mehr. Augen und Gesichter verschwimmen zu einer formlosen, anorganischen Masse, die keine Sinneseindrücke verarbeiten kann und sich deshalb einen Dreck um meine Performance schert. Wie gesagt: *üblicherweise*. Wie sich herausstellt, ist Noel Zimmermann mehr als anwesend, wenn seine Schwiegereltern in spe im Publikum sitzen.

Ich sehe sie die ganze Zeit – obwohl Klara vor ihnen steht und mit stolzer, angespannter Haltung jedes vorgetragene Wort in Gebärdensprache interpretiert.

Ich kann nicht genau sagen, ob die Rolle mich nicht vollständig übernimmt, weil ich nervös bin, oder ob ich nervös bin, weil die Rolle mich nicht übernimmt. Aber ich weiß, dass Klaras Eltern schuld sind. Dabei kann ich die beiden echt gut leiden und sie mich eigentlich auch. Immerhin kann ich behaupten, dass es seit meiner ersten Begegnung mit ihrem gehörlosen Vater stetig bergauf geht. Was auch nicht schwer ist. Man stolpert schließlich nicht alle Tage quasi nackt auf dem Flur, in den man sich mitten in der Nacht geschlichen hat, dem verdutzt dreinblickenden Hausherren im Pyjama in die Arme. Bestimmt denkt er jedes Mal, wenn er mich sieht, ebenfalls daran. Und dann stirbt ein kleiner Teil in ihm, weil er genau weiß, was seine süße unschuldige Tochter nur Minuten vorher mit mir angestellt hatte.

Ich verfange mich mit dem Ärmel meines seltsam steampunkig angehauchten, pseudohistorischen Flatterhemds in der Kulisse und muss mich mit einer komischen Geste losreißen, die unseren Ebenezer Scrooge merklich irritiert. Gott, ich hasse pompöse Kostüme. Und ich hasse Kulissen.

Fuck. Ich muss mich auf der Bühne wirklich besser konzentrieren. Ich bin der Geist der zukünftigen Weihnacht, nicht der Geist des vergangenen, postkoitalen Aufeinandertreffens mit dem Schwiegervater. Aus dem Augenwinkel bemerke ich Klara, die von einem gedimmten Scheinwerfer in diskretes Licht getaucht wird. Sie achtet überhaupt nicht auf mich. Ich sehe, wie sie tief einatmet, weil sie die Zeilen parallel mitspricht, wie ihr Rücken sich bäumt und sie die Arme anwinkelt wie eine Dirigentin.

Ich liebe sie.

Ich liebe sie so sehr, dass ich ein schlechterer Schauspieler bin, wenn sie da ist. Und ich liebe sie so sehr, dass ich das sogar gerne in Kauf nehme.

Für ein spätes Abendessen nach der Vorstellung habe ich einen Tisch in einem thailändischen Restaurant reserviert. Klara hat mir den Tipp gegeben, dass das die Lieblingsküche ihres Vaters sei, und ich werde wohl nie aufhören, Pluspunkte bei ihm sammeln zu wollen.

»Zerreißen sie meine Darbietung gerade in der Luft?« Ich beuge mich zu Klara hinunter und ziehe sie im Gehen ein wenig näher an mich. Der Weg vom Theater zum Restaurant ist zwar kurz, aber es sind locker sieben oder acht Grad unter null und sie zittert. Ihre Eltern laufen ein paar Schritte vor uns und halten sich dabei an den Händen – ein seltsamer Anblick für jemanden, dessen Eltern ihre Zuneigung seit Jahren hauptsächlich dadurch ausdrücken, einander zu fragen, was es zum Abendessen gibt.

»Quatsch, sie haben es geliebt.« Klara sieht strahlend zu mir hoch. Bei ihrem Anblick vollführt meine Brust diese physikalisch fragwürdige Parade – sie zieht sich zusammen vor schönem Schmerz und gleichzeitig weitet sie sich, um noch mehr von Klara in sich aufnehmen zu können.

»Sie lieben *dich*«, knurre ich. »Bei meinem Anblick wird dein Vater für immer daran denken, dass ich das Licht seines Lebens mit Sünde überschattet habe.«

Klara hält urplötzlich an, wirbelt herum und kommt vor mir zum Stehen, beide Hände am Revers meines Mantels. »Sag das noch mal!«

»Was? Sie lieben dich?«

»Das danach!«

Verlegenheit kriecht durch mich hindurch und lässt meine halb gefrorenen Fingerspitzen antauen. »Ich habe das Licht seines Lebens mit Sünde überschattet?«

Klara tut so, als würde ihr ein Schauer über den Rücken laufen, dann sinkt sie gegen mich, ihre Brust irgendwo auf Höhe meiner Rippen. »Bitte überschatte mich mit Sünde, sobald wir zu Hause sind, ja?«

Ich schlucke. »Willst du mich foltern? Wir müssen jetzt noch mindestens zwei Stunden mit deinen Eltern essen gehen und ich darf die zwei Brocken DGS, die ich neu gelernt habe, nicht wieder vergessen. Also sag so was nicht, okay?«

»Dann behalte du die geschwollenen Sprüche, die aus einem Fantasyroman stammen könnten, bei dir!«

Ich lege einen Finger an ihr Kinn und hebe es an. »Du bist ein sehr böses Drachenmädchen.« Sie lächelt über den Spitznamen, den ich aus dem Buch geklaut habe, das uns gewissermaßen zusammengebracht hat. Das Buch, das ich am Anfang meiner Sprecherkarriere eingesprochen habe. Das Buch, von dem eine signierte Special Edition aus den USA gut versteckt in meiner alten Sporttasche unter unserem Bett liegt, damit Klara es nicht vor Weihnachten findet.

»Ich weiß.«

Unsere Unterhaltung beim Abendessen ist eine einigermaßen gleichberechtigte Mischung aus Klaras Interpretationen, dem Lippenlesen aufseiten ihrer Eltern und meinen absolut stümperhaften Versuchen, das Gelernte aus den Nachhilfestunden, die Klara mir in ihrer Muttersprache gegeben hat, sinnvoll einzusetzen. Ich bemerke die Blicke der Leute und stelle mir vor, wie es für Klara sein muss, sie schon ein Leben lang zu spüren. Ein Leben lang zwischen der hörenden und der gehörlosen Welt zu wandeln. Sie lässt sich nichts anmerken – natürlich. Sie füllt einfach nur den Raum mit Glanz. Von ihrem Lächeln bis zu dem dunkelblauen Pullover, der mit funkelnden Steinchen besetzt ist. Wir reden über das Stück und über meine Arbeit und kein einziges Mal kommt dabei zur Sprache, ob ich beruflich abgesichert bin, ob ich weiß, wie es weitergeht, oder ob ich nicht doch lieber etwas anderes hätte lernen sollen. Klaras und meine Familie sind so grundlegend verschieden, und das nicht aus den Gründen, die die starrenden Leute am Nachbartisch vermuten würden.

Ich taste nach Klaras Oberschenkel und fahre langsam zu ihrem Knie. Halte sie dort, weil sie ihre Hände gerade für den Dialog mit ihren Eltern braucht. Versichere ihr und mir, wie verdammt wichtig das hier ist.

Wie verdammt wichtig *wir* sind.

Amelie

»Wo sind alle?« Fragend drehe ich mich in unserem Konferenzraum um die eigene Achse. Felix ist als Einziger hier. »Klara, Jesse und Franka haben das Meeting zugesagt.«

Felix schaut auf die Uhr und legt dann beide Hände in den Nacken. »Bestimmt sind sie in der Mittagspause versackt.«

Ich stocke. »Seit wann bist *du* gelassen, wenn die drei ihre Mittagspause überziehen?«

»Muss dieser legendäre Holiday Spirit sein.« Er zwinkert mir zu.

»Was ist hier los?« Ich hebe skeptisch eine Augenbraue. Lola hat mich gelehrt, jeden Braten zu riechen, noch bevor er überhaupt in den Ofen geschoben wird.

»Was soll los sein?«

»Du würdest niemals so entspannt rumlungern, während die gesamte Kreation ein Meeting verpennt. Vor allem nicht, wenn wir heute Abend eh wegen der Weihnachtsfeier eine Stunde früher Schluss machen.« Der Gedanke an das vermasselte Event lässt mich noch immer nicht los. Sie war die letzte Chance in diesem Jahr, mir vorzugaukeln, ich würde das Leben einer normalen Vierundzwanzigjährigen führen. Stattdessen gibt es Pizza, billiges Bier und eine Spotify-Playlist aus blechernen Lautsprecherboxen. Was definitiv nicht *die* Version eines normalen Lebens ist, die mir bei der Planung vorgeschwebt ist. Das ist *zu* normal.

Da Felix sich weiterhin feixend an seinem kurz rasierten Haar im Nacken kratzt, setze ich noch einen drauf: »Und seit wann packt *dich* bitte der Holiday Spirit? Du bist einfach nur verknallt.« Ich lasse mich resigniert auf den Stuhl zu seiner Rechten fallen. »Mit wem mache ich jetzt bitte mein Meeting?«

»Der Job kann theoretisch bis zum neuen Jahr warten.« Felix lässt die Hände sinken und rollt die gekrempelten Pulloverärmel zurück über seine tätowierte Haut.

»Wer bist du?«, frage ich unseren sonst so arbeitswütigen Creative Director.

»Holiday Spirit«, flötet er noch einmal, während er sich aus dem Stuhl erhebt, um das geplatzte Meeting zu beenden. Doch bevor wir aus dem Konfi gehen können, dröhnt ein ohrenbetäubender neuer Klingelton durch den Raum.

»Was ist das …?« Aber bevor ich aussprechen kann, erkenne ich die Melodie, und als Felix im selben Moment mit einstimmt, auch die gegrölten Textzeilen:

»Ich trage Rot und Weiß bis in den Tod.

Und wenn ich sterbe, grabt mich ein in Weiß und Rot.«

»Oh mein Gott, dieses Kind macht mich fertig!« Ich blicke auf das Display meines Handys und erkenne die Nummer der Druckerei, bei der wir die Neujahrsgrußkarten für einen unserer Kunden in Auftrag gegeben haben.

Die Fußballhymne, die wie eine Mischung aus Schlager und Metal-Song klingt, verstummt, bevor ich den Anruf annehmen oder mit dem Schreck klarkommen kann. Doch Felix skandiert munter weiter:

»Auf meinem Sarg sollen verwelken

Narzissen, Rosen, Nelken,

in meinen Farben, Weiß und Rooot!«

Ich ziehe eine Schnute, wobei ich mir große Mühe gebe, mir nicht anmerken zu lassen, was sein Gegröle wirklich in mir auslöst. Dass es eine Zeit gab, in der alles, was mit dieser Fußballmannschaft zu tun hatte, Herzflattern in mir ausgelöst hat. Einfach nur, weil *er* es so geliebt hat. Weil es *sein* Leben war. Seine Liebe.

»Sehr weihnachtlich, danke auch.«

Felix lacht. »Ja, sorry, nach dem geilen Sieg gestern kann ich nicht anders.«

Ich versuche, diese Information zu verdrängen. Selbst heute Morgen im Auto habe ich lieber Kindermusik laufen lassen, statt im Radio seinen Namen hören zu müssen.

»Weißt du, was?«, sagt Felix plötzlich mit einem weiteren Blick auf seine Uhr. »Wie wär's, wenn du jetzt einfach schon heimgehst, und dann sehen wir uns heute Abend auf der Weihnachtsfeier?«

»Ich muss die Druckerei zurückrufen.«

»Das mache ich.«

»Und das Briefing für …«

»Amelie! Geh einfach!«

»Wieso hab ich das Gefühl, du willst mich loswerden?«

»Ich trage Rot und Weiß bis in den Tod.« Felix hebt beide Arme und läuft singend aus dem Konfi. *»Und wenn ich sterbe, grabt mich ein in Weiß und Rot.«*

Irgendetwas ist hier mehr als faul …

Bei meiner Ankunft vor der Agentur schlottere ich. Es fühlt sich komisch an, an einem Freitagabend noch einmal hier zu sein. Genau das wollte ich mit der noblen Location vermeiden. Das Kollegium verbringt schon genug Stunden nach Feierabend in den Büroräumlichkeiten – da fühlt sich eine Weihnachtsparty im feinen Zwirn doch beinahe zynisch an.

Ich schaue an mir hinab. Auf meine viel zu dünne Strumpfhose und die Füße, die in billigen Fake-Uggs aus Kunstfell verschwinden. Auf den Saum meines besten schwarzen Kleides, das ich wegen seines offenherzigen Ausschnitts nie an einem normalen Tag im Büro anziehen würde. Als ich weitergehe, schlagen die Absätze meiner High Heels zusammen, die ich in der Tasche trage. Eigentlich wollte ich die Schuhe schon im Auto wechseln, aber ich hätte es auf ihnen niemals über das Blitzeis geschafft, das die Straßen stellenweise heimgesucht hat.

Während ich an dem gemauerten alten Hafengebäude hochschaue, in dem *Sweet Lemon* sitzt, krame ich mein Handy aus der Tasche. Die Fußballhymne wurde als Klingelton entfernt und durch ein langweiliges, emotional nicht aufgeladenes Piepsen ersetzt. Das ist sicherer. Für mein Herz. Die Anzeige auf meinem Smartphone zeigt keine verpassten Anrufe oder Nachrichten. Lola geht es gut. Sie ist bei Frau Dumitrescu aus dem Erdgeschoss und stopft sich wahrscheinlich just in diesem Moment mit Stollenkonfekt voll, bis sie mit prallem Bauch und viereckigen Augen vor dem Fernseher einschläft. Wenn ich nach Hause komme, werde ich sie in unsere Wohnung tragen, ihr einen Kuss geben und sauer auf mich sein, dass ich sie allein gelassen habe.

Ich schlucke und stecke das Handy weg.

Bei einem letzten Blick an der Fassade empor wundere ich mich, dass auf dieser Seite der Agentur kein Licht mehr zu erkennen ist. Aber wahrscheinlich sind alle schon im Foyer versammelt, in dem wir uns – Ümets Sparsamkeit sei Dank –

den ganzen Abend labberige Pizza und Spotify-Playlists mit hohem Mariah-Carey-Anteil reinziehen werden. Jesse wird Fotos machen, Franka wird tanzen und Felix damit aufziehen, dass er sich bewegt wie ein Fisch an Land, Klara und Noel werden sich in irgendeiner Ecke halb auffressen. Und ich? Ich werde den Gedanken an einen Fußballer aus meiner Vergangenheit verdrängen müssen, der am glücklichsten Weihnachten meines Lebens vor sieben Jahren schief und ekstatisch und so verdammt verknallt *All I Want for Christmas Is You* für mich gesungen hat.

Mit schwerem Herzen betrete ich das Treppenhaus und rufe den Aufzug. Ich habe keine Zeit für solche Gefühlsduseleien. Es bringt nichts, mich mental in der Vergangenheit aufzuhalten. Ich bin hier. Und heute Nacht bin ich wieder bei Lola. Wo ich hingehöre.

Die Türen des Lifts öffnen sich und ich möchte gerade von meinen praktischen Möchtegern-Uggs auf die Pumps umsteigen, da sagt plötzlich eine Stimme zu mir: »Die würde ich an deiner Stelle mal noch nicht wechseln.«

Es ist Felix.

Ganz dresscodekonform trägt er unter seiner Winterjacke einen schwarzen Anzug mit einem nicht ganz dresscodekonformen Hemd, dessen zwei oberste Knöpfe offen sind. Keine Krawatte. »Hey! Black Tie! Wo ist deine …?«

Bevor ich ausreden kann, zieht er dramatisch eine schwarze Krawatte aus seiner Jackentasche. »Beruhige dich und komm mit.«

»Aber wir …«

»Nichts aber.«

»Wo gehen wir hin?«

»*Gute Stube.*«

»Und wieso?« Ich hechte hinter Felix aus dem Agenturgebäude, wobei ich mich beeilen muss, um bei seinen Zwei-Meter-Schritten mithalten zu können. »Felix? Hallo? Wieso gehen wir in die *Gute Stube*?«

Er verrät es mir nicht. Er trabt bloß den kompletten Weg schweigend vor mir her und spricht erst wieder, als er den schweren Samtvorhang hinter der Eingangstür des Lokals für mich aufhält.

»Nach dir«, sagt Felix. »Ah, und jetzt willst du vielleicht die Schuhe wechseln.«

Ich blicke irritiert zu ihm auf. Ganz bestimmt gehe ich nicht auf Pfennigabsätzen in die Stube, deren Fußboden drei Finger dick mit Teppich ausgelegt ist. Ich würde mir sämtliche Kreuzbänder reißen.

»Jetzt mach schon, Amelie. Vertraust du mir nicht?«

»Gerade nicht, nein.« Ich wechsele trotzdem wie ferngesteuert mein Schuhwerk und trete anschließend unter Felix' ausgestrecktem Arm in das Lokal.

Auf einmal geht alles ganz schnell. Ein Schellenkranz setzt ein, dann ein Piano und eine Singstimme, die ein Weihnachtslied zum Besten gibt. Im selben Moment regnet ein Schauer aus goldenen Luftschlangen – nein: Lametta! – auf mich herab und jemand beginnt zu jubeln. Ein Blitzlicht weckt mich aus meiner Überforderung auf, als Jesse ein Foto von mir schießt und vermutlich den Ausdruck formvollendeter Überraschung festhält. Denn als er auf seinen Kamerabildschirm schaut, lächelt er. Er trägt einen purpurroten Anzug mit Einstecktuch und eine Santa-Mütze wie aus der Coca-Cola-Werbung. Neben ihm steht Klara, die noch mehr Lametta in meine Richtung schmeißt und so aufgeregt auf und ab hüpft, dass ihr dunkelblaues Samtkleid durch die

Luft wirbelt. Franka huscht auf uns zu und drückt mir ein Glas in die Hand. Ihre Plateauabsätze machen sie riesig, der schwarze Oversized Blazer, der als ihr Kleid herhalten muss, macht sie umwerfend. Die *Gute Stube* ist prall gefüllt mit der gesamten Belegschaft von *Sweet Lemon* und alle sind dem Motto entsprechend gekleidet. Schwarze Anzüge, weiße Hemden, sogar die ein oder andere Fliege kann ich in der Menge ausmachen. Ich sehe glitzernde Stoffe und bodenlange Kleider, Hochsteckfrisuren und hohe Absätze.

Der Teppich!, erinnere ich mich. Aber der Teppich ist verschwunden. Zum ersten Mal sehe ich die gräulichen Fliesen am Boden des Cafés und auch sonst ist die *Gute Stube* völlig verwandelt. Die Wände sind mit glänzenden Stoffbahnen geschmückt, auf den Tischen stehen Kerzen und goldene Weihnachtsdeko, auf der Theke wurde ein Buffet aufgebaut.

Mir bleibt die Luft weg. Etwas schnürt mir die Brust zu, bis ich Felix' Hand an meiner Schulter spüre und die Verengung gesprengt wird. Meine Fingerspitzen finden mein Brustbein, meine Augen werden feucht und ich schaffe es endlich, die vier Menschen würdig zu betrachten, die ganz sicher für diesen Abend verantwortlich sind.

»Wie habt …?« Ich kriege nicht einen weiteren Ton raus, ohne von Emotionen übermannt zu werden. Die erste Träne kullert aus meinem Augenwinkel und droht, mein sorgfältig geschminktes Cat Eye zu verwischen.

»Nicht weinen!« Franka kommt zu mir, fischt mir eine Lamettasträhne aus dem Haar und reicht mir eine Serviette vom Tresen. »Das schöne Make-up!«

»Wie habt ihr das gemacht?«, frage ich, nachdem ich den Kloß in meinem Hals einigermaßen bewältigt und die Tränen weggetupft habe. In der Zwischenzeit wurde das Buffet eröffnet, das aus allerlei Mitbringseln aus dem Kollegium besteht. Es ist nicht das edle Menü, das ich für den Abend herausgesucht hatte, aber das könnte mir nicht egaler sein. Klara und Jakob haben zusammen in der Küche der *Guten Stube* eine abgewandelte Version der Gnocchi gekocht, die für den Abend geplant waren, Jesse und einige andere haben Nachspeisen beigesteuert.

»Wie sich herausstellt, sind wir zu viert fast so gut im Organisieren wie du allein.« Auf dem Wort *fast* formt Klara eine winzige Spanne zwischen Daumen und Zeigefinger.

»Aber … die ganzen Sachen? Die Deko, der Stoff, die …«

»Noels Mutter hat genug Deko für drei Depot-Filialen im Keller eingelagert.« Klara winkt ab.

»Und wie habt ihr Ümet überzeugt?« Ich deute auf unseren Chef, der sich gerade anschickt, mit seinem dritten Glas Wein als Mikrofon zu Jakobs Klavierklängen zu singen.

»Logenplätze fürs Europa-League-Achtelfinale«, Franka grinst selbstgefällig und schwenkt eine Gabel voll Gnocchi. »Es hat mich genau eine Nachricht an Joscha gekostet und Ümets Augen haben wortwörtlich geleuchtet wie die von einem Kind am Weihnachtsabend.«

Sein Name brennt sich in meinen Magen und die Erinnerung kommt zurück. Vor sieben Jahren war ich alles, was er zu Weihnachten wollte. Jetzt führt er ein völlig anderes Leben. Eines, in dem er Millionen verdient, um die Welt reist und Celebrities datet. Eines, in das ich nicht mehr reinpasse. Und Lola schon gar nicht.

Ein kurzer eiskalter Luftzug kündigt einen neuen Besucher an. Wir gucken alle fast gleichzeitig zum Eingang, wo in diesem Moment Klaras Freund Noel in einem schwarzen Mantel mit aufgestelltem Kragen durch den Vorhang tritt.

Obwohl wir einander bisher eher im beruflichen Kontext kennen, umarmt er mich – genau wie Franka –, sobald er sich zu unserem Platz durchgeschoben hat. Felix verpasst er einen kumpelhaften Händedruck, Jesse und er salutieren einander, als handele es sich dabei um eine normale, eingeübte Geste. Als er sich neben Klara setzt, küssen sie sich auf eine Weise, die mir völlig fremd geworden ist. Ich werde vermutlich nie wieder einen Menschen so küssen.

Noel scheint frisch aus dem Theater zu kommen, in seinem Haar klebt eine auffallend große Menge Pomade, aber es lässt ihn nur noch mehr wie einen Hollywoodstar aus der Schwarz-Weiß-Film-Ära aussehen. »Hab ich was verpasst?«, fragt er, während er seinen Mantel auszieht.

»Nur Amelies Verzweiflung darüber, dass wir nun auch ohne sie in der Lage sind, etwas auf die Beine zu stellen«, spottet Jesse liebevoll-sarkastisch.

»Wir sprechen uns am Montag«, stichele ich zurück.

»Ich werde nächste Woche eh zu nichts mehr zu gebrauchen sein.« Jesse verschränkt die Arme hinter dem Kopf. »Ab da bin ich quasi schon im Weihnachtsurlaub.«

»Gut zu wissen«, sagt Felix halb ironisch.

»Mach dich locker«, weist Franka ihn zurecht. »Jesse hat recht. Ab Montag sind die meisten Kunden schon in den Ferien. Wir arbeiten erst im Januar wieder richtig.«

»Ihr vielleicht. Ich nicht.«

»Ich auch nicht. Ich muss tatsächlich zwischen den Jahren ins Tonstudio.« Noel lacht trocken.

»Oh Gott, er spricht die schmutzigste Vampire Romance ein, die ich je gelesen habe.« Klaras Wangen färben sich ein wenig rosa, doch sie kann ihren Stolz nicht ganz verbergen.

»Und das soll was heißen.« Noel quittiert den Ellbogenhieb, den Klara ihm daraufhin verpasst, mit einem kratzigen Lachen und einem Schluck aus ihrem noch unangerührten Weinglas.

»Deine Mutter reißt dir den Kopf ab, wenn du die Feiertage mit Arbeit verbringst«, sagt Franka über Noels Lachen hinweg zu Felix.

Dieser zuckt mit einer Schulter. »Ich habe sonst nichts zu tun.«

»Du *hättest* etwas zu tun, wenn du mich nicht ausgeladen hättest.«

Kurz fürchte ich, wir würden nun alle Zeugen eines sehr unfestlichen Streits werden. Doch Felix reagiert sanft: »Wann habe ich dich ausgeladen?«

Franka schürzt die Lippen. Es ist offensichtlich, dass sie sich verplappert hat. »Ich … Das … war nur … ein Witz.«

»Ich dachte, meine Mutter hätte dich überfordert?«

»Deine Mutter überfordert mich nicht, ich mag sie mehr als meine eigene.«

»Wieso hab ich das Gefühl, ihr solltet das vielleicht woanders klären?« Jesse stützt sein Kinn, heftig mit den Wimpern klimpernd, auf den Fäusten ab.

»Also willst du zu uns kommen? An Heiligabend?« Felix übergeht Jesses Kommentar einfach.

»Natürlich will ich zu euch kommen, du Ochse.«

»Jesse hat recht. Wir sollten das kurz unter uns klären.« Felix steht auf und zieht Franka mit sich. »Entschuldigt ihr uns?«

»Leute!«, stöhnt Jesse. »Nee, jetzt mal echt. Nicht hier auf dem Klo. Jakob hat da sicher seit der Einführung des Euros nicht mehr geputzt. Hey!«

Doch die beiden hören nicht auf ihn und verschwinden

im Gang zu den Toiletten. Ich lache mit einem Gefühl von Wärme im Bauch. Jesse hingegen macht ein Gesicht, als hätte er in eine schimmelige Pflaume gebissen.

»Keine Weihnachtsfeier, ohne dass zwei Kollegen miteinander im Bett landen, oder etwa nicht?« Noel erhebt das Glas zum Toast und wir tun es ihm gleich. »Frohe Weihnachten«, wünscht er und Klara und Jesse wiederholen es wie ein Echo.

Mein Herz ist wesentlich voller, als ich es mir Anfang der Woche bei der Eventabsage hätte ausmalen können. Das alles hier ist viel besser, als ich es hätte planen können. Weil man die Momente, die das Herz wirklich zum Überschäumen bringen, nun mal nicht planen kann.

»Frohe Weihnachten«, wünsche ich nun ebenfalls und in meinem Kopf singt jemand *All I Want for Christmas Is You*.

Vielleicht werde ich irgendwann wieder so glücklich sein wie an diesen Feiertagen vor sieben Jahren bei den Rittbergers. Ich habe mich damit abgefunden, dass ich es nicht planen kann. Aber wenn es passiert, wird mein Herz schäumen.

MARINA NEUMEIER

Simon

»Bist du dir wirklich sicher, dass du an Weihnachten ohne uns zurechtkommst, Liebling?«

Ich bin froh, keinen Videocall mit meiner Mutter zu führen, weil sie so nicht sehen kann, wie ich auf ihre Worte hin die Augen verdrehe.

»Jahaaa! Wir haben das doch schon hundertmal durchgekaut, Mama«, seufze ich. »Außerdem: Du bist ein wenig zu spät dran damit, Skrupel zu bekommen, wenn man bedenkt, dass heute der Dreiundzwanzigste ist und ihr euch seit zwei Tagen auf einem Kreuzfahrtschiff mit Kurs auf Puerto Rico befindet.«

Ein empörtes mütterliches Keuchen dringt durch die Leitung in mein Ohr. »Sei nicht so schnodderig, Simon! Ich mache mir nur Sorgen um dich.«

Und ich habe ihr im Vorfeld schon unendlich oft gesagt, dass es nicht nötig sei. Gibt es Schöneres, als über Weihnachten von der Familie getrennt zu sein? Definitiv. Werde ich es überleben? So was von. Ich bin fünfundzwanzig, seit sieben Jahren von zu Hause ausgezogen und komme damit klar, die Feiertage ein Jahr ohne Mama und Papa zu verbringen. Meine Eltern haben sich noch nie einen Luxus wie diese mehrwöchige Schiffsreise gegönnt und sollen sich dabei nicht den Kopf über mich zerbrechen müssen. Ich dachte, diesen Punkt hätte ich längst klargemacht.

»Aber du fährst doch zu Vreni, oder?«, stochert Mama weiter.

Ah verdammt, diese Sache … Für meine überbesorgte Mutter war es ein Trost zu wissen, dass ihr einziger Sohn in ihrer Abwesenheit Weihnachten zumindest mit seiner Cousine und deren Familie verbringen würde, nur …

»Das hatte ich vor«, räume ich ein. »Das war allerdings, bevor sie mir gestern verraten hat, dass sie nicht bei sich feiert, sondern bei ihren Schwiegereltern! Ich falle definitiv nicht bei diesen Leuten ein, die mich überhaupt nicht kennen, in der Erwartung, mich bei ihnen mit unter den Baum setzen zu dürfen.«

Mama schnappt theatralisch nach Luft. »Du bist doch trotzdem Familie! Und Aris mag dich so gern.«

»Ja, Aris mag mich, aber eben auch nur so sehr, wie man den Cousin seiner Frau mag, den man dreimal im Jahr zu Familienfeiern sieht. Ich fühle mich einfach nicht wohl damit, bei seinen Leuten aufzuschlagen.«

»Überleg es dir«, bittet Mama hartnäckig und ich bezweifle nicht, dass sie Vreni eigenhändig aus dem Urlaub anrufen würde, um einen Mitleidsplatz für mich beim Fest der Manousakis zu sichern.

»Gut, ich denk drüber nach.« Ich grummle das bloß, um sie zu besänftigen und von weiteren Einmischungen abzuhalten. »Meine Reisetasche ist immerhin schon gepackt.«

Anschließend lenke ich das Gespräch bewusst weg von *meinem* Weihnachten und höre mir an, welche Annehmlichkeiten sie auf dem Kreuzfahrtschiff bereits ausprobiert haben. Bis Papas Stimme aus dem Hintergrund ertönt, die Mama daran erinnert, dass sie gleich losmüssten, um die Ersten am Abendbuffet zu sein.

Nachdem ich aufgelegt habe, lasse ich mich mit einem Seufzen auf der Couch zurücksinken und schließe für einen Moment die Augen. Gott, es ist so ungewohnt ruhig in der Wohnung. Ich lebe seit ein paar Monaten in einer WG direkt am Gärtnerplatz. Eine richtige Luxusbude, in der ich mir mein Zimmer aber locker leisten kann, weil − man höre und staune − Schreiner wie ich durchaus überdurchschnittlich verdienen können. Trotzdem falle ich neben meinen drei Mitbewohnern ein wenig aus dem Bild: zwei Söhne aus bestem Hause und ein Fußballprofi. Mehr als einmal habe ich hochgezogene Brauen kassiert, wenn mich die Schickeria-Leute, in deren Kreisen sich Vincent, Luis und Julien bewegen, bei Partys in der WG gefragt haben, was ich mache, und ich *Handwerker* geantwortet habe. Aber das ist mir egal, denn für mich zählt bloß, dass ich meine Mitbewohner liebe und immer noch verdammt dankbar bin, dass Vincent mich im Sommer gefragt hat, ob ich Bock hätte, Teil der Wohngemeinschaft zu werden.

Normalerweise ist bei uns immer irgendwas los. Jetzt, einen Tag vor Weihnachten, sind die anderen allerdings schon alle ausgeflogen und das merkt man. Kein Besteckgeklimper in der Küche, kein Gejohle vor der Switch, kein Geschimpfe aus dem Bad, weil mal wieder einer von uns vergessen hat, das Waschbecken nach dem Rasieren auszuwischen. Stattdessen einzig ich in dieser gigantischen Wohnung − und die Frage, ob ich an Weihnachten wirklich mutterseelenallein hier hocken will oder vielleicht doch zu Vreni sollte … Bevor mich diese Frage, auf die ich irgendwie keine Antwort finde, erdrückt, meldet sich erneut mein Handy mit einem Anruf von Vincent. Er ist bereits seit gestern im Anwesen seiner Familie in Bogenhausen, um bei den Festtagsvorbereitungen zu helfen und so viel Zeit wie möglich mit seinem jüngeren Bruder Henry zu verbringen.

»Hey«, grüße ich, nachdem ich den Anruf angenommen habe. »Sag nicht, du hast dein Schnuffeltuch hier vergessen und willst, dass ich es dir in dein Bonzenheim rüberbringe.«

Dafür ernte ich einen spöttischen Schnaufer. »Haha, erwischt. Aber ich kann mir das von meinem Bruder leihen.«

Ich sehe förmlich vor mir, wie der noble Arsch blasiert die Augen verdreht, während er gegen ein Grinsen ankämpft. Vincent und ich sind nach außen komplette Gegensätze: er ein hochwohlgeborener Galerist, der sich in der High Society pudelwohl fühlt und nur in Maßanzügen existieren kann, ich ein simpler Typ aus der Mittelschicht, der gern mit den Händen arbeitet und von all dem Schnickschnack, den Vincent gefühlt *atmet*, keine Ahnung hat. Trotzdem – oder vielleicht gerade deswegen – sind wir seit Jahren gute Freunde. Wir haben uns beim Feiern kennengelernt, als ich während meiner Lehre an den Wochenenden als Barkeeper gejobbt habe, sind irgendwann Workout-Buddies geworden und inzwischen verdammt enge Kumpels.

»Ich rufe eigentlich wegen einer anderen Sache an. Lilli bräuchte deine Hilfe.«

Ich hätte wirklich mit vielem gerechnet, damit jedoch nicht. Was könnte seine Freundin von *mir* brauchen? Einen Tag vor Weihnachten, wohlgemerkt.

»Worum geht's?«

Vincent seufzt. »Es gibt einen Notfall im Auktionshaus und du bist ihre letzte Rettung. Frag mich nicht wie, aber der Rahmen eines Gemäldes, das Papa Herzog zu Weihnachten geschenkt bekommen soll, wurde beschädigt. Lilli hat schon den ganzen Nachmittag versucht, Rahmenmacher oder Ähnliches zu erreichen. Natürlich hat niemand Zeit oder sie waren schon in den Ferien. Ich weiß, Bilderrahmen sind nicht dein Fachgebiet, aber könntest du vielleicht schnell zu Herzog rüberfahren und dir das Ding anschauen? Dieses Geschenk für Franz ist ihnen wirklich superwichtig.«

Zweifelnd kratze ich mich am Kopf. »Bist du dir sicher, dass du mich an ein Gemälde lassen willst? Ich habe doch absolut keine Ahnung von Kunst.«

»Es ist ja nur der Rahmen«, beharrt Vincent mit flehentlichem Tonfall. Wow, wenn der Junge so klingt, muss die Kacke echt am Dampfen sein.

»Und bevor du es vorschlägst: Wir können keinen neuen kaufen, da die Einrahmung Teil des Kunstwerks ist.«

Ich bin zwar noch immer nicht ganz sicher, ob ich es mir zutraue, mit meinen Schreiner-Skills auf ein garantiert wertvolles Kunstwerk losgelassen zu werden, aber in erster Linie will ich meinen Freunden helfen. Wenn ich bei Herzog ankomme und feststelle, dass ich nicht der richtige Mann dafür bin, werde ich es ihnen sagen, bevor ich noch mehr Schaden anrichte.

»Natürlich komme ich«, sage ich also und stehe von der Couch auf. »Aber ich gebe keine Garantie, dass es perfekt wird oder so.«

Durch die Leitung ist zu hören, wie Vincent aufatmet. »Danke, Mann, du hast was gut bei uns. Zehnfach! Du weißt ja, wo das Auktionshaus ist. Ich gebe direkt Lilli Bescheid, damit sie die Kollegin, die bei Herzog die Stellung hält, informieren kann. Sie wäre am liebsten selbst da, aber ihre Tante Uschi feiert heute ihren sechzigsten Geburtstag und die lyncht sie, wenn sie wegen der Arbeit abzischt. Schlimm genug, dass ich noch nicht da bin.«

Eine halbe Stunde später habe ich meinen treuen VW-Bulli, der als mein Arbeitswagen für die Schreinerei fungiert, in der Tiefgarage an der Oper abgestellt. Herzog Auktionen bekommt die horrenden Kosten für die Parkgebühren definitiv von mir in Rechnung gestellt. Es war ohnehin ein Kampf auf Leben und Tod, am Dreiundzwanzigsten kurz vor fünfzehn Uhr in der Innenstadt einen Platz für meinen Bus zu finden. Jetzt stehe ich mit zwei riesigen Werkzeugkoffern bewaffnet vor dem Auktionshaus und warte darauf, von Lillis Kollegin auf mein Klingeln hin eingelassen zu werden. Mir ist klar, dass ich viel zu viel Equipment mitschleppe, aber ich habe schließlich keine Ahnung, was genau auf mich zukommt. Endlich erklingt der Summer und ich nehme die Treppe hoch ins Obergeschoss. Ich war noch nie zuvor im Auktionshaus und das Erste, was mir auffällt, ist, dass es schon im Treppenhaus nach Reichtum riecht. Für alle, die damit aufgewachsen sind, ist das wahrscheinlich eine Duftnote, die sie gar nicht wahrnehmen. Ich wiederum, der noch nicht lange in diesen Kreisen verkehrt, bemerke es sofort. Wohlstand kann stinken, aber hier duftet er nach frischen Blumenbouquets, den exquisiten Parfums der Leute, die hier täglich ein und aus gehen, und ein wenig erdig, als würden all die Gemälde die Luft mit ihrem geschichtsträchtigen Aroma anreichern.

Könnten meine Kollegen aus der Berufsschule diese Gedanken hören, würden sie sich wahrscheinlich schlapplachen, doch ich bin schon lange zu der Erkenntnis gelangt, nicht nur *Handwerker* zu sein. Ich liebe es, Dinge mit den

Händen zu schaffen, aber ich schreinere nicht bloß Gebrauchsgegenstände. Meine Arbeiten haben immer auch einen künstlerischen Touch (auch wenn ich mich im Leben nicht als Künstler bezeichnen würde), was sich langsam, aber sicher auszuzahlen beginnt – meine Kontakte in die Oberschicht ermöglichen mir den Zugang zu einem Klientel, das aufwendig gefertigte Designstücke zu schätzen weiß und sie sich leisten kann.

Ich steige den letzten Treppenabsatz hinauf, biege um eine Ecke und finde mich dann im schwach beleuchteten Foyer von Herzog Auktionen wieder. Weit und breit ist niemand zu sehen. Mein Blick schweift über einen hübsch dekorierten Weihnachtsbaum neben dem verwaisten Empfang (der eine Antiquität ist, deren Schnitzarbeiten ich mir gerne mal näher anschauen würde), ehe ich prüfend den Kopf neige und mich räuspere. »Hallo?« Meine Stimme hallt überlaut durch die verlassenen Flure und kurz frage ich mich, ob ich gerade dabei bin, der klischeehafte Hauptdarsteller in einem Slasher-Horrorfilm zu werden, als aus einem der abzweigenden Flure hastige Schritte zu hören sind. Schritte, deren Klang auf Absatzschuhe schließen lassen. Horror-Killer würden keine Absätze tragen, oder?

Dieser Gedanke erstirbt jäh, als die junge Frau im Foyer auftaucht, zu der die Schritte gehören. Die Kollegin, die laut Vincent hier die Stellung hält, weil er und Lilli nicht können, und … sie ist definitiv nicht das, was ich erwartet habe. Keine Ahnung, *womit* ich gerechnet habe (eigentlich mit gar nichts, bevor meine schrägen Slasher-Gedanken dazwischengefunkt haben), aber auf meinen Bingokarten für diesen Nachmittag stand nicht, völlig von den Socken gehauen zu werden. Oder plötzlich Probleme mit dem Atmen zu bekommen und mich wie ein ungelenker Junge zu fühlen, weil sie so … fucking hübsch ist. Kinnlange dunkelbraune Haare wippen bei jedem ihrer ausholenden Schritte, und als ihr Blick meinen findet, merke ich, wie sich meine Mundwinkel wie von selbst nach oben bewegen. Wahrscheinlich sehe ich aus wie ein verpeilter Trottel, weil ich sie wortlos anstarre und dabei grinse, doch das hier entzieht sich meiner Kontrolle. *Sie* entzieht sich meiner Kontrolle und plötzlich fühle ich mich wie ein verdammter Glückspilz.

Lucia

Ich werfe einen Blick auf mein Handy, um die Uhrzeit zu checken. *Schon nach fünfzehn Uhr, Mist.* Nervosität und Stress zirkulieren seit Stunden wie das grottigste Aufputschmittel überhaupt durch meine Blutbahnen und sorgen dafür, dass ich nicht damit aufhören kann, unruhig an meinen Fingernägeln herumzufummeln. Von dreien habe ich mir schon den tiefroten Lack abgekratzt, den ich erst gestern Abend in weihnachtlicher Vorbereitung aufgetragen habe. Jetzt hingegen bin ich von jeglichen Weihnachtsgefühlen denkbar weit entfernt. Mein letzter Arbeitstag vor den Feiertagen hat eigentlich wunderbar entspannt begonnen – Carola, die den Empfang von Herzog Auktionen betreut, hat Plätzchen und Lebkuchen für alle mitgebracht, auf den Fluren hat diese losgelöste, entspannte Stimmung vor dem Urlaub geherrscht und ich war in Gedanken schon halb auf dem Weg zu meiner Familie, bis … ein unerwarteter Notfall eingetreten ist. Ich war nach Mittag eine der Letzten im Haus, als ich einen entsetzten Schrei aus dem Büro unserer Juniorchefin Lilli gehört habe. Mit der Sorge, dass sie sich verletzt haben könnte, bin ich zu ihr gesprintet, nur um sie vollkommen aufgelöst über einem Gemälde von Thyrese Washington vorzufinden – dessen kunstvoller Rahmen zerbrochen war.

»Oh Gott, was ist hier passiert?«

Ihr panischer Blick war zu mir gehuscht. »Ich weiß nicht,

es ging so schnell! Das Bild ist ein Weihnachtsgeschenk für meinen Vater und ich wollte es gerade in Luftpolsterfolie einpacken, um es mit nach Hause zu nehmen, und dann ist diese Leiste des Rahmens abgebrochen … Verdammter Mist. Was mache ich denn jetzt?«

Sie war unverkennbar den Tränen nahe und ohne länger darüber nachzudenken, ist mein Helfermodus zum Leben erwacht. Ja, es war schon spät gewesen, aber ich konnte Lilli unmöglich hängen lassen und es sollte doch wohl möglich sein, diesen Rahmen repariert zu bekommen!

Eineinhalb Stunden und etliche erfolglose Telefonate später muss ich zugeben, dass es nicht so leicht ist, wie ich zunächst angenommen hatte. Es war nicht möglich, ihn selbst zu kitten, und am Freitag vor Weihnachten jemanden zu erreichen, der vorbeikommen und das professionell erledigen könnte, hat sich als Ding der Unmöglichkeit herausgestellt.

Nun, bis Lilli ihren Freund mit ins Boot geholt hat, der wiederum die Idee hatte, seinen Mitbewohner zu fragen. Der Schreiner ist – zwar kein Rahmenbauer, aber besser als nichts, nicht wahr?

Besagter Schreiner steht mir jetzt im Foyer von Herzog gegenüber und … er ist so groß … und breitschultrig … und irritierend attraktiv. Die Wangen von der Kälte draußen leicht gerötet, das kurze blonde Haar zerstrubbelt, schenkt er mir ein breites Lächeln, das den Stress der letzten Stunden zu harmlosen Dampfwolken verpuffen lässt. Seine blauen Augen funkeln spitzbübisch, als würde er tausend verschlagene Dinge aushecken, noch bevor wir überhaupt ein Wort miteinander gewechselt haben. Und ich kann nur starren und mich fragen, was zum Teufel ich in meinem Leben bisher falsch gemacht habe, um nie zuvor einen Handwerker wie ihn getroffen zu haben. Er könnte auf das Titelbild einer dieser Benefizjahreskalender mit heißen Feuerwehrmännern abgedruckt werden, nur eben in der Schreiner-Edition.

Okay, ganz langsam, Lucia. Der Mann ist hier, um den Herzogs aus der Patsche zu helfen, nicht damit du ihn gedanklich bespringst!

»Du bist Vincents Mitbewohner? Der Schreiner?«, platzt es schließlich ein wenig zu laut und atemlos aus mir heraus und innerlich cringe ich, weil ich so uncool klinge. Das ist *nicht* die professionelle Tonlage einer Junior-Kunstexpertin – eher die einer Frau, die mit knuddeligen Welpen redet.

Wenn überhaupt möglich wird sein Strahlen noch ein wenig breiter. »Jep. Hi, ich bin Simon.« Vielsagend wackelt er mit den Werkzeugkoffern, die er in den Händen trägt. »Und du bist?«

»Lucia, Abteilung für zeitgenössische Kunst.« Ich schiebe ein lahmes, kleines Winken hinter, weil Händeschütteln nicht drin ist, solange er dermaßen schwer beladen ist. Mit einem Räuspern straffe ich die Schultern und rufe mir in Erinnerung, warum wir hier sind: so schnell wie möglich den Rahmen reparieren, damit ich irgendwie noch meinen Zug in die Heimat erwische.

»Es ist echt mega, dass du so kurzfristig vorbeikommen konntest, um dir den Rahmen anzusehen. Wir hatten schon die Hoffnung aufgegeben.« Ich bedeute Simon, mir zu folgen, und führe ihn in Lillis Büro, wo das Sorgenkind lagert.

Hinter mir ertönt ein leises Lachen, das warm und kratzig klingt und sich so anfühlt, wie ein Schluck des teuren Whiskeys aus dem Keller meines Großvaters schmeckt. »Ich tue das nur, um Vincent für immer und ewig mit dem zehnfachen Gefallen, den er mir hierfür versprochen hat, zu quälen. Der Junge hat keine Ahnung, was er sich damit eingebrockt hat.«

Im Gehen werfe ich ihm einen Blick über die Schulter zu. »Was genau schwebt dir vor?«

»Ach, lauter Kleinigkeiten, die ihn in den Wahnsinn treiben werden und immer dann kommen, wenn er am wenigsten damit rechnet. Anrufe nach Mitternacht, Eis, das er mir nach zwanzig Uhr von der Tankstelle holen soll, Trips in den Baumarkt, um mit mir Kanthölzer zu schleppen. Das wird herrlich.«

Ich grinse in mich hinein, weil er so vergnügt klingt. Zugegeben, ich kenne Lillis Freund nur flüchtig, sehe in ihm allerdings definitiv keinen Typ, der gerne in Baumärkten Dinge schleppt.

»Erinnere mich daran, niemals in die Situation zu geraten, dir einen Gefallen zu schulden«, sage ich scherzhaft, während ich mit der Schulter Lillis angelehnte Bürotür aufdrücke. Nicht dass sich so was jemals ergeben würde. Wie ich mein Glück kenne, werde ich diesen Kerl und sein Megawattlächeln nach heute nie wieder sehen. Was höchstwahrscheinlich besser ist, denn im Grunde bin ich mit meinem Job verheiratet und habe wirklich keine Zeit für Schreiner, die mich ablenken.

Ich knipse das Licht im Büro an und deute schließlich auf das Corpus Delicti: das farbenfrohe, drei auf zwei Meter große Gemälde von Thyrese Washington, das sorgsam auf dem frei geräumten Schreibtisch aufgebahrt liegt, die beiden losen Paneele des Rahmens abgespreizt wie gebrochene Flügel. Das Besondere an diesem Bild – was es unmöglich gemacht hat, in ein Geschäft zu gehen und einfach einen Ersatzrahmen zu kaufen – ist die Tatsache, dass sich die bunten Farbtupfer, die das Motiv bilden, über die Ränder der Leinwand hinweg fortsetzen. Rahmen und Grund bilden die untrennbare Einheit dieses Kunstwerks und können nur zusammen funktionieren. Oder zusammen kaputtgehen, wie man's nimmt.

Ein dumpfes Poltern ertönt, als Simon seine Werkzeugkoffer abstellt und anschließend zu mir an den Tisch tritt. Er steht jetzt direkt neben mir, so nah, dass seine schwarze Daunenjacke meinen Arm streift und mir sein Duft in die Nase steigt. Aromatisch und würzig wie gerade geschlagenes Holz, mit etwas Frischem wie … Minze? Oder Melisse? Jedenfalls so gut, dass ich mich am liebsten weiter rüberlehnen und mehr davon einatmen würde, während er bereits fachmännisch den Rahmen begutachtet. Simons dunkelblonde Brauen sind konzentriert zusammengezogen, als er sachte, als würde er mit einem Küken oder etwas vergleichbar Zerbrechlichem hantieren, über die Bruchstelle streicht. Ich komme nicht umhin zu bemerken, wie schön seine Hände sind. Kräftig und sehnig, als wüssten sie genau, wie sie zupacken müssen, nur um dann wieder sanft und geschickt zu werden.

Oookay, jetzt aber wirklich piano, Lucia! Steigt mir gerade etwa der Eierpunsch zu Kopf, den mein Kollege Raúl an alle verteilt hat, bevor er sich in den Urlaub verabschiedet hat? Plötzlich ein wenig befangen, räuspere ich mich. »Und? Meinst du, du bekommst ihn auf die Schnelle gekittet?«

Ohne den Blick von seinem *Patienten* zu nehmen, gibt Simon ein Brummen von sich. »Ich hab zwar einen Heidenrespekt davor, ein Kunstwerk anzufassen, das weiß der Geier wie viele Millionen wert ist, aber die Bruchstelle sollte machbar für mich sein. Mit Holzleim und Heißwachssticks, um die Stellen zu fixen, die hier rausgebrochen sind.« Er hebt das Bild leicht an und zeigt mir an der Hinterseite des Rahmens, wo Holz abgesplittert ist.

Unfassbar erleichtert, weil das nicht nach einem langwierigen Act klingt, atme ich auf. »Keine Scheu mit dem Gemälde«, sage ich dann deutlich gelöster. »Es ist keine Millionen wert und auch kein Alter Meister oder so, der jeden Moment unter deinen Händen zerbröseln könnte.«

Simon wirft mir ein schnelles, verschmitztes Grinsen zu. »Um ehrlich zu sein … ich hoffe, Lilli hat nicht mehr als den Materialpreis dafür bezahlt. Die Qualität dieses Rahmens ist schrottiger als Pressspan von IKEA. Wenn das Teil noch eine Weile halten soll, würde ich empfehlen, es nach Weihnachten direkt zu einem Profi zu geben, der sich um die Konservierung kümmern soll. Sonst geht der Rest davon bis spätestens Silvester kaputt.«

Amüsiert presse ich die Lippen zusammen und verzichte, darauf hinzuweisen, dass es im Kunstmarkt nicht so läuft. Leute würden – und es ist auch bereits vorgekommen – Gemälde auf Bananenschalen von bestimmten Kunstschaffenden kaufen. Auch wenn Langlebigkeit und gute Werkstoffe natürlich superwichtig sind. Dass dieser Rahmen hier so minderwertig ist, könnte daran liegen, dass Thyrese ihn in den Anfangsjahren seiner Karriere benutzt hat, als er noch ein unbekannter Künstler aus L.A. ohne Geld und Verbindungen war. Er hat verwendet, was er in die Finger kriegen konnte, und heute zahlen Menschen Unsummen für diese Werke von damals.

Simon wühlt in seinen Werkzeugkoffern und macht sich an die Arbeit, während ich mich auf die tiefe Fensterbank setze und mein Handy raushole. *Kurz vor sechzehn Uhr inzwischen.* Unruhig nage ich an meiner Unterlippe herum und überschlage, wie wahrscheinlich es ist, dass ich meinen Zug um kurz nach fünf noch nehmen kann. Sollte ich den verpassen … Ich öffne die Bahn-App und checke wider besseres Wissen die Verbindungen – von denen ich längst weiß, dass sie nicht existieren. Mir entwischt ein gestresstes Seufzen.

Simon, der mit einer Tube Leim und zwei Metallklemmen am Rahmen herumhantiert, hebt den Blick. Ein paar blonde Strähnen fallen ihm in die Stirn, als er mich neugierig mustert. »Alles okay?«

»Hm?«

»Ich will dir nicht zu nahe treten, aber dieses Seufzen gerade klang schon ziemlich verzagt.«

Verzagt. Hm, ja so könnte man es ausdrücken.

»Ach, nichts …« Wir kennen uns ja überhaupt nicht und er ist definitiv nicht hier, um von mir über meinen Reisestress vollgeheult zu werden. Allerdings ist da etwas in seinem Blick, das mir sagt, dass es ihm gar nicht so viel ausmachen würde. Und dass er nicht ohne Grund nachgefragt hat.

»Es stört mich nicht, länger im Büro zu bleiben, ich habe das freiwillig angeboten. Aber jetzt sieht es so aus, als würde ich meinen Zug in die Heimat womöglich nicht schaffen.«

Simon verteilt Leim in der Bruchstelle, die Stirn leicht gerunzelt. »Wann geht dein Zug?«

»In einer Stunde.«

»Danach geht keine andere Verbindung mehr?«

Entnervt schüttele ich den Kopf. »Nicht bis in die Einöde, wo meine Familie wohnt. Das ist echt weitab vom Schuss. Ohne Handynetz und so. Wahrscheinlich würde ich über Nacht in Passau stranden.«

Er stößt einen leisen Pfiff durch die Zähne aus. »Du wirst Weihnachten also in einer Waldhütte im tiefsten Niederbayern verbringen? Verstehe ich das richtig?«

Erneut muss ich mir ein allzu breites Lächeln verkneifen – das würde sich entschieden zu flirty anfühlen. »Ja, so in die Richtung.«

Schweigen senkt sich über uns, während er weiterarbeitet und ich mich mit jeder zusätzlich verstreichenden Minute mehr in ein hibbeliges Nervenknäuel verwandele.

»Weißt du …« Ich schaue auf, als Simon wieder spricht, und beobachte fasziniert, wie er ein stiftförmiges dunkelbraunes Wachsstück an einen kleinen Bunsenbrenner hält und das schmelzende Material akribisch in die abgesplitterten Stellen tropfen lässt, um sie aufzufüllen. Gott, warum wirkt es so heiß, dass er aussieht, als wisse er genau, was er da tut? Wahrscheinlich, weil ich eine Schwäche für Männer habe, die ihre *Skills* draufhaben.

»Ich könnte dich nach Hause fahren. Wenn ich schon dafür sorge, dass du hier so lange festsitzt.«

Mein Mund klappt sperrangelweit auf. »Was? Warum solltest du … Äh nein, wirklich nicht nötig!« Die Worte kommen als einziger Schwall aus mir herausgequollen. »Es ist doch nicht deine Schuld, dass ich noch hier bin.« Wenn überhaupt habe ich mir dieses Dilemma vollkommen selbst eingebrockt.

Er hebt die rechte Schulter. »Irgendwie schon, oder? Ich biete es dir an. Ernst gemeint.«

Hilflos und komplett überfordert von diesem Angebot, das ich unmöglich annehmen kann, starre ich ihn an. »Aber … aber hast du nichts Besseres zu tun? Es ist der Abend vor Weihnachten. Musst du nicht …?« *Einen Baum schmücken?*

Sexy aussehen, während du Last-minute-Holzgeschenke schrei-nerst? Eine Freundin bespaßen, die durchaus existieren könnte, wenn ich genauer darüber nachdenke?

Simon dreht den Bunsenbrenner runter und schenkt mir erneut dieses Grinsen, das heller strahlt als die üppig dekorierten Schaufenster bei Dallmayr. »Willst du mein trauriges Geheimnis hören? Ich habe absolut keine Pläne für die Feiertage, weil meine Eltern auf Reisen sind, und die einzige andere Option wäre, mich bei der Schwiegerfamilie meiner Cousine einzuschmuggeln – was weird wäre, weil ich diese Leute alle gar nicht wirklich kenne. Also nope, ich habe nichts Besseres zu tun, und würde mich freuen sicherzustellen, dass *du* zu deiner Familie kannst. Und dich nicht zu Tode stressen musst, weil in der Arbeit was schiefgelaufen ist. Oder mitten in der Nacht in Passau strandest.«

Kann ein Mensch wirklich so nett sein? Ich bin, wie leider viele Mädchen, mit dem Credo aufgewachsen, Fremden, vor allem Männern, nicht so schnell zu vertrauen. Aber Simon würde es mir so irre leicht machen. Und streng genommen ist er nicht wirklich fremd. Er ist ein Kumpel von Lillis Freund und wenn Saint Clair mit ihm zusammenwohnt … Einfach *alles* an Simon schreit *Goldstück* und mein anerzogenes Misstrauen schafft es einfach nicht, gegen mein Bauchgefühl anzukommen. Das mich anschreit, sein Angebot anzunehmen – und sei es bloß, um noch ein wenig mehr Zeit in seiner Gesellschaft zu verbringen, die sich schon nach einer knappen Stunde so anfühlt, als würde ich immer mehr davon wollen.

»Dir ist klar, dass das eine Fahrt von zweieinhalb Stunden ist?«, versuche ich es mit einer letzten Warnung, damit ihm klar wird, worauf er sich da einlassen will.

Simon schnalzt nur mit der Zunge. »Das schafft mein Bulli in zwei Stunden fünfzehn.«

Matt schüttele ich den Kopf. »Wer bist du und warum kommst du genau heute Abend in mein Leben geschneit?«

Sein Megawattlächeln dreht noch ein wenig mehr auf. »Ein guter Geist, der liebreizende Kunstexpertinnen in Not in Holzhütten im bayerischen Wald chauffiert.«

Simon

Dreißig Minuten später ist es mir gelungen, den vermaledeiten Rahmen mit dem Mut der Verzweiflung zu kitten. Dabei habe ich Lucia zum hundertsten Mal versichert, dass ich sie wirklich gerne fahre und es für mich kein Act ist. Nachdem sie Lilli darüber informiert hat, dass wir das Weihnachtsgeschenk ihres Vaters retten konnten, habe ich es schließlich geschafft, uns beide in den Bulli zu verfrachten. Ihr Koffer liegt auf der Ladefläche zwischen meinen Werkzeugen, Materialkisten und der Reisetasche, die ich gestern hineingeworfen habe, als ich noch dachte, ich würde bei Vreni feiern. Und Lucia sitzt neben mir auf der Beifahrerseite, die Beine locker überschlagen. Ich mustere sie immer wieder verstohlen aus dem Augenwinkel. Jemanden wie Lucia in meinem Bus sitzen zu haben, fühlt sich echt ungewohnt an. Ich arbeite größtenteils allein, aber wenn hier jemand mitfährt, dann Kerle in Arbeitshosen, die wie nebenbei drei Leberkässemmeln wegatmen. Nicht … eine grazile Quasi-Fremde in einem kurzen schwarzen Blazerkleid, Absatzschuhen und funkelnden Ohrsteckern in der Form von Schneeflocken.

Im Hintergrund läuft leise das Radio, und als wir es durch die Münchener Innenstadt und auf die Autobahn geschafft haben, löst sie den Blick von der Frontscheibe und wendet sich mir zu.

»Also, Simon.« Ich muss mich darauf konzentrieren, den

Verkehr um mich herum im Blick zu behalten, was irre schwer ist, wenn ich viel lieber sie anschauen würde. »Erzähl mir was von dir. Ich hab dir einen massiven Vertrauensvorschuss gegeben, indem ich in deinen Bus eingestiegen bin, und will ein bisschen was zurückbekommen.«

»Ach ja?« Meine Wangen tun schon weh und trotzdem kann ich mein Grinsen einfach nicht unterdrücken. »Was denn ungefähr?«

Lucia fuchtelt mit den Händen durch die Luft. »Der Bus hier zum Beispiel, der zum Glück keine Entführermobil-Vibes hat. Ist er dein Arbeitswagen? Und in welchen Bereichen bist du als Schreiner tätig? Wie lange schon? Bist du bei einer größeren Firma angestellt, schneidest du den ganzen Tag Holzplatten zurecht oder … zimmerst du Särge?«

Ein Prusten entwischt mir. »Särge?« Gott, ihr eifriger Fragenstrom ist dermaßen süß.

Lapidar zuckt sie mit den Schultern. »Kam mir als Erstes in den Sinn. Aber wenn ich drüber nachdenke … *Sargbauer* ist wahrscheinlich eine ganz eigene Berufskategorie, oder?«

Ich nicke. »Gehört zur Tischlersparte, auch wenn die Fertigung inzwischen weitestgehend industriell erfolgt.« Mit den Fingern streiche ich das glatte Lenkrad des Bullis entlang. »Ich habe direkt nach der Realschule meine Schreinerausbildung begonnen, war mit neunzehn ausgelernt und habe dann den Meister gemacht. Letztes Jahr habe ich die Werkstatt meines Lehrmeisters übernommen, als er in Rente gegangen ist und niemand sonst da war, der den Betrieb weiterführen wollte.«

»Das … Wow. Hört sich an, als wärst du irre zielstrebig. Du hast jetzt schon deine eigene Werkstatt? Mit …?«

Ihre offenkundige Bewunderung führt dazu, dass mir

Hitze ins Gesicht schießt, und garantiert glühen auch meine Ohren scharlachrot. Verdammt, ich bin einfach schlecht darin, gelobt zu werden. »Ich bin fünfundzwanzig. Und na ja, für mich war früh klar, was ich machen will. Die Arbeit mit dem Holz, das Handwerk … Ich liebe das, seit ich ein kleiner Junge war, und es strengt mich nicht an, dafür alles zu geben, weißt du, was ich meine?«

Ich sehe, wie Lucia nickt. »*Das* verstehe ich sehr gut. Es ist zwar das krasse Gegenteil von deinem Job, aber für mich ist es dasselbe mit der Kunst. Manchmal arbeite ich bis zum Umfallen, doch es macht mir nicht so viel aus, wie wenn ich dieselben Stunden als … keine Ahnung, Sachbearbeiterin im Finanzamt verbringen müsste.«

Als sie diesen Vergleich bringt, ziehen wir synchron missmutige Mienen, was sie zum Lachen bringt. Draußen rast die bereits nachtdunkle Landschaft vorbei, leichter Sprühregen beginnt die Frontscheibe zu benetzen, hier drinnen wiederum ist es warm und gemütlich von Lucias Gelächter und der leise summenden Wagenheizung.

»Also ja, der Bulli ist mein Arbeitswagen«, führe ich schließlich die letzte Antwort auf ihren Fragenstrom aus. »Ich habe ihn mit der Werkstatt von meinem alten Chef Lutz übernommen. Musste ihn nur neu bekleben.«

Lucia schnappt nach Luft. »Darauf habe ich vorhin gar nicht geachtet.«

»Schreinerei Herzl«, sage ich stolz, weil es sich immer noch ein wenig surreal anfühlt, wirklich und wahrhaftig mein eigener Chef zu sein. Ich werde den Kredit, den ich aufnehmen musste, um mir die Übernahme zu leisten, noch eine ganze Zeit abstottern müssen, aber das ist okay. Das Geschäft läuft und wenn ich es schaffe, genug zu sparen, ist in den nächsten Jahren vielleicht schon Gelegenheit für eine üppige Sondertilgung.

»Das ist dein Nachname? *Herzl?*«, kiekst Lucia. Sie klingt so angetan, als hätte sie gerade erfahren, dass ich Besitzer von fünf flauschigen Hundewelpen bin. Solche Reaktionen auf meinen Nachnamen bin ich gewohnt.

Gespielt leidgeprüft seufze ich. »Meine Mutter will mich stur davon überzeugen, einen Slogan für die Schreinerei zu verwenden. *Herzl – Holz mit Herz* oder so was.«

»Oje«, kichert Lucia. »Alliterationen sind cool, aber das ist definitiv ein H zu viel. Wie wär's mit … Hmm … *Schreinerei Herzl. Ihr Holz hat unser Herz.*«

»*Holziges von Herzen*«, schlage ich grinsend vor.

»*Der Schreiner Ihres Herzens!*«

So machen wir weiter, während wir über die A92 düsen und es sich so anfühlt, als würden wir uns schon ewig kennen. Da ist eine mühelose Verbindung zwischen Lucia und mir, die Funken schlägt und sich wie eine Gewissheit tief in meiner Brust einnistet. Wahrscheinlich ist es der weihnachtliche Spirit, der mich so fühlen lässt – Lilli war erst vor ein paar Tagen in der WG und hat uns alle abkommandiert, zusammen *Liebe braucht keine Ferien* zu schauen. Etwas von dieser Kitschigkeit muss auf mich abgefärbt haben. Normalerweise bin ich nicht gefühlsduselig oder schnell zu beeindrucken oder … irgendwas von dem, das sich gerade in mir zusammenbraut. Merkwürdigerweise kein oberflächlicher Weihnachtsfunkelkram, sondern vielleicht der erste, unverhoffte Hauch von etwas, das ich noch nicht benennen kann.

Trotz des regen Vorweihnachtsverkehrs kommen wir wie von mir prophezeit gut voran. Als wir auf halber Strecke einen Tankstopp einlegen müssen, besteht Lucia darauf, den Sprit zu bezahlen (wohlweislich erst, nachdem ich den Tank randvoll gefüllt habe, diese Gerissene) und kommt anschließend voll beladen aus dem Kassenhäuschen zurück. »Proviant!«

Sie hat dampfende Becher mit heißer Schokolade und Kaffee besorgt und mehrere Tüten mit Knabberzeug. Wir futtern uns durch eine Auswahl von Lebkuchen, Zimtsternen und Crackern und diskutieren ausführlich über die schrecklichsten Weihnachtssongs – seit vorhin *Driving Home for Christmas* gelaufen ist, was ich sehr passend fand, Lucia hingegen entschieden weggeschaltet hat.

»Ich kann mit Chris Rea einfach nichts anfangen«, hat sie naserümpfend erklärt und nichts davon hören wollen, als ich den Song verteidigt habe. Während sie nicht verstehen konnte, warum ich *All I Want for Christmas Is You* von Mariah Carey nicht leiden kann. Zumindest sind wir uns darin einig, dass *Thank God It's Christmas* von Queen in unsere jeweilige Top Fünf gehört.

Wir sind kurz vor Passau, als sich der Nieselregen langsam, aber sicher in Schnee verwandelt – etwas, womit ich als Münchner Stadtpflanze diesen Dezember ehrlich gesagt gar nicht mehr gerechnet habe.

»Werden das jetzt noch weiße Weihnachten, oder was?«, brumme ich, als ich ein wenig später auf eine Staatsstraße abfahre. Bald säumt Wald die Straßen und ich habe das Gefühl, dass es immer hügeliger wird. Mein Bulli schafft das, auch bei diesem Wetter, allerdings schaue ich der Rückfahrt nicht gerade freudig entgegen.

Lucia gibt auf meine Frage hin ein nachdenkliches »Mhm«

von sich. »Hier ist das gut möglich. Wir haben noch immer viel Schnee im Winter.«

Na, Prost Mahlzeit. Um mir über das sich verschlechternde Wetter nicht weiter den Kopf zu zerbrechen, frage ich: »Bist du eigentlich in der Gegend aufgewachsen?«

»Nein. Mein Vater kommt von hier, ist zum Studium aber nach München gezogen, hat meine Mutter kennengelernt und ist lange dortgeblieben. Inzwischen wohnen sie wieder bei Passau.«

Ah, das erklärt den fehlenden niederbayerischen Dialekt, der ... so eine Sache für sich ist.

»Also Weihnachten bei deinen Großeltern?«, hake ich nach, während mich das Navi auf diverse Landstraßen und schließlich eine Fahrbahn durch den Wald abbiegen lässt, die nicht mal mehr Markierungen oder Leitpfosten hat. Lucia hat wirklich nicht übertrieben, als sie gesagt hat, ihre Familie wohne in der Einöde weit ab vom Schuss.

»Jep«, bestätigt sie und ich nehme wahr, wie sie sich aufsetzt. »Wir sind gleich da!«

Gott sei Dank. Noch ein wenig länger durch diesen stockfinsteren Gruselwald und meine Überlegungen von vorhin, ob ich in einem Slasher-Horrorfilm gelandet bin, hätten ein grandioses Comeback gefeiert. Die Bäume lichten sich, bis in der Dunkelheit vor uns warme goldgelbe Lichter auftauchen. Wir haben die Spitze einer Anhöhe erreicht, auf der ... so was von *keine* Holzhütte im Wald thront. Sondern ausgehend von allem, was ich erkennen kann, ein fucking Schlösschen. Mit Zinnen und Türmen und allem Drum und Dran. Wir halten vor einem mächtigen Eisentor, das in die Schlossmauer eingelassen ist, und ich drehe mich zu Lucia.

»Wie war das mit der Hütte?«

Unruhig rutscht sie auf ihrem Sitz herum und weicht meinem Blick aus. »Ich hab gesagt, *so in die Richtung*. Da ist jede Menge Deutungsspielraum enthalten.«

Ich schnaube, was direkt in ein Lachen übergeht. »Das ist … ziemlich cool. Gehört das Teil deiner Familie?«

Sie nickt und wirkt ein wenig entspannter angesichts meiner Reaktion. Was hat sie erwartet? Hat sie schon … schlechte Erfahrungen gemacht, als Leute erfahren haben, woher sie kommt?

»Jep, seit Generationen. Bei uns bekommst du das volle Programm.« Ich stutze, als mir Lucia über die Mittelkonsole hinweg die Hand entgegenstreckt. Verwirrt ergreife ich sie und bin kurz abgelenkt von der Tatsache, wie weich sich ihre Finger zwischen meinen sehr viel raueren anfühlen. Und wie mein Griff sie beinahe verschluckt.

»Lucia Amalie Genoveva von Wolffenstein. Mein Großvater ist ein Baron, aber ich bin eine ganz normale Bürgerliche, trotz des Nachnamens.«

»Cool. Simon Herzl. Aber das weißt du ja schon. Ich verstecke übrigens keine Schlösser auf der Ladefläche oder so was.«

Wir grinsen uns an, die Hände weiterhin ineinander verschlungen, und plötzlich fühle ich mich ehrlicherweise etwas niedergeschlagen, dass wir am Ziel sind und ich in die leere WG zurückkehren muss.

Lucia

Mein Magen fühlt sich seltsam verknotet an, seit wir auf Schloss Wolffesruh angekommen sind. Was wahrscheinlich an dem vielen Süßkram liegt, den wir uns unterwegs reingezogen haben, was so was von keine gute Idee war. In einer Stunde wird das Abendessen serviert und es ist eine Schande, ohne Bärenhunger am Tisch zu sitzen, weil die Köchin meiner Großeltern einfach zu göttlich kocht. Jep, es waren definitiv die Lebkuchen. *Nicht* die Tatsache, dass ich Simons Bulli nicht verlassen will oder unaufhörlich daran denken muss, was er mir im Auktionshaus verraten hat: Er wird an Weihnachten allein sein. Nachdem wir gerade zwei Stunden Fahrt miteinander verbracht haben, während derer ich mehr gelacht habe als im vergangenen halben Jahr zusammen, fühlt es sich plötzlich komisch an, ihn gleich wegfahren zu sehen. Auf direktem Weg einsamen Feiertagen entgegen. Was … was einfach so falsch ist! Niemand sollte an Weihnachten allein sein! Besonders nicht Simon Herzl, der für eine Frau, die er gerade erst kennengelernt hatte, bereit war, diesen Trip auf sich zu nehmen. Der nicht mit der Wimper gezuckt hat, als er erfahren hat, welchen familiären Hintergrund ich habe, nachdem so viele zuvor sich nach dieser Info komplett anders verhalten haben. Anbiedernd oder ablehnend oder nur noch an Verbindungen interessiert – die ich gar nicht besitze. Vielleicht hat es mir deswegen so gut mit ihm in seinem Bus gefallen – weil ich einfach nur Lucia war, ohne Nachnamen, ohne Erwartungen.

Aber gut, es ist lächerlich, jetzt so was wie Wehmut zu verspüren, richtig? Stattdessen springe ich vor dem verschlossenen Zufahrtstor aus dem Bulli, hinein in eine klirrend kalte Nacht im niederbayerischen Outback, und betätige die Klingel, damit wir eingelassen werden. Es dauert einen Moment, bis sich am anderen Ende der Gegensprechanlage jemand meldet.

»Ja, bitte?« Ah, Onkel Rudi.

»Hi, ich bin's, Lucia!«

»Was machst du denn schon hier? Wolltest du nicht anrufen, sobald du in Hauzenberg angekommen bist, damit jemand dich abholt?«

Bibbernd schlinge ich die Arme um mich, während mein Onkel munter mit mir Small Talk hält. »Es gab eine Planänderung. Lässt du uns bitte rein? Es ist eisig.«

Ich hechte zurück in die mollige Wärme des Bullis, wo es nach Schokolade und Holz duftet, als sich das Tor leise knarzend öffnet. Auf dem runden Vorplatz angekommen, wo schon die anderen Wagen der Familie rings um einen barocken Springbrunnen parken, schlüpfe ich in meinen Mantel, ehe ich aussteige und auch Simon seinen Platz hinter dem Lenkrad verlässt. Er hilft mir dabei, meinen Koffer aus dem hinteren Teil des Busses zu holen, und besteht wie ein Gentleman darauf, ihn mir die Stufen bis zum Portal hinaufzutragen – dessen große hölzerne Doppeltür just in dem Moment auffliegt, in dem wir die Schwelle erreichen. Ein wenig überrumpelt starre ich geradewegs in die leuchtenden Gesichter meiner versammelten Familie. Mama und Papa, meine Großeltern, Onkel Rudi neben seiner Frau Iman,

Tante Maria und zwei meiner Cousins, Xaver und Valentin. Die Szene ist regelrecht filmreif, wie sie da alle auf einem Haufen stehen und uns angaffen, als hätte Rudi sie eilends zusammengerufen.

Wenig überraschend ist es meine Oma Amalie, die ausspricht, was allen anderen zweifelsohne auf der Zunge brennt: »Wir waren ganz außer uns, als Rudi über die Kameras gesehen hat, dass du mit einem fremden Wagen vorfährst, Lucia, Liebling. Wer ist denn der fesche junge Mann, der dich gefahren hat?«

Alle Blicke heften sich auf Simon, der zum Glück herrlich entspannt bleibt – zumindest nach außen hin – und souverän vortritt, um Oma die Hand zu reichen. »Simon Herzl. Ich bin ein … Freund von Lucia und eingesprungen, als sie wegen der Arbeit ihren Zug verpasst hat.«

»Ach da schau her. Wie ehrenhaft, eine junge Frau nicht allein in die Nacht hinauszuschicken.« Sie erwidert seinen Händedruck und wirkt sofort angetan. Ob es an den guten Manieren liegt, auf die sie schon immer Wert gelegt hat, oder seinem unwiderstehlich charmanten Lächeln, bleibt vorerst ein Rätsel. Von Oma ausgehend schüttelt Simon nun ringsum die Hände aller, wird mit mehr Namen bombardiert, als sich irgendein Mensch innerhalb von sechzig Sekunden merken kann, und dann …

»Du bleibst aber zum Essen, Bursch, nicht wahr?« Das ist mein Opa, Rudolf von Wolffenstein senior, und jäh spanne ich mich an. Ich schaue zu Simon, der mit leicht geweiteten Augen meinen Blick erwidert, als würde er mich um Hilfe anflehen, wie er mit dieser Einladung umgehen soll. Überfordert zucke ich mit den Schultern. Am liebsten würde ich ihn kurz zur Seite ziehen und ihn in Ruhe fragen, ob er noch bleiben möchte, aber das würde meine Familie nicht zulassen. Zu aufdringlich, dieses Pack. Schließlich bringt Simon raus: »Oh nein, danke, das kann ich nicht annehmen! Das hier ist immerhin ein Familientreffen, nicht wahr?«

Überraschenderweise ist es mein Vater, der ihm widerspricht. Moment mal, Papa, der postwendend jeden Kerl vergraulen will, der *seinem kleinen Mädchen* zu nahe kommt? Was ist nur los hier? »Du hast unsere Lucia sicher nach Hause gebracht, da ist es das Mindeste, dass du zum Essen bleibst! Ihr habt eine anstrengende Fahrt hinter euch und wenn du heute noch zurück nach München willst, brauchst du davor eine Stärkung.«

Bei diesem Stichwort strafft Oma energisch die Schultern, die in einem auberginefarbenen Tweedjäckchen stecken. »Heute noch zurück nach München? Spinnt's ihr? Laut Wetterbericht sollen die Verhältnisse heute Abend mit jeder Stunde ekelhafter werden. Bei uns Schnee, weiter drüben Eisregen. Nein, nein, mein Lieber, du bleibst schön hier bei uns.« Ihre braunen Augen nehmen Simon mit der Schärfe eines gnadenlosen Elitegenerals ins Visier. Jep, Opa mag vielleicht der geborene Baron sein, aber auf Wolffesruh führt seit jeher seine Frau das Regiment.

Diese Ansage lässt Onkel Rudi die Stirn runzeln. »Haben wir denn noch ein Gästezimmer für den jungen Mann verfügbar?«

Oma schnalzt mit der Zunge. »Ich bin über siebzig, aber nicht von vorgestern! Lucia und ihr Freund können sich ihr Zimmer teilen. Die Betten hier sind groß genug.«

Mein … mein Zimmer teilen? Große Betten? Nein, Hilfe! Entsetzen zirkuliert durch meine Adern, als ich hilflos dabei zuschauen muss, wie meine Familie Simon in diese Ecke manövriert. Und mich gleich mit dazu! Gott, in so was wollte ich ihn definitiv nicht mit hineinziehen. Wofür ist das hier ein Schloss, um Himmels Willen, wenn nicht genug Platz für einen weiteren Übernachtungsgast ist!

»Simon ist nicht *mein* Freund«, wende ich ein. Die Intriganten, die sich meine Familie schimpfen, setzen sich jedoch schon in Bewegung, zweifellos auf dem Weg zum Abendessen.

»Ach papperlapapp, Schnuckerl«, ruft Oma vergnügt über die Schulter. »Was nicht ist, kann ja noch werden!«

Simon

»Und das ist wirklich in Ordnung für dich?«, raunt mir Lucia zum gefühlt hundertsten Mal zu, seit wir uns im Schneckentempo in Bewegung gesetzt haben, um ihrer Familie zu folgen. *Ich hasse sie, ich hasse sie, ich hasse sie! Unmöglich, alle zusammen.*«

»Hey.« Ich fasse nach ihrer Hand, um sie zu stoppen, kurz bevor wir die angelehnte Tür am Ende eines Flurs erreichen, hinter der die Stimmen der anderen Wolffensteins zu hören sind. Lucia erstarrt und kurz denke ich, dass sie sich losreißen wird, doch dann atmet sie durch, scheint sich zu sammeln, und macht keine Anstalten, sich mir zu entziehen. Was mein Herz augenblicklich in doppelter Geschwindigkeit losjagen lässt. Und das wiederum ist … völlig neu für mich. So was Schlichtes wie Finger zu spüren, die sich zwischen meine schieben, kam mir nie wie eine große Sache vor. Jetzt, da ich in diesem Schloss mit den stuckverzierten Wänden, goldenen Wandleuchtern und schweren Webteppichen stehe, jagt diese Berührung wie ein Blitz durch mein Inneres. Keine Ahnung, ob es wirklich an diesem Ort liegt, der so surreal und fremd auf mich wirkt, dass ich mir selbst wie ein anderer Mensch vorkomme, oder an der Magie dieses Tages. Jedenfalls schaue ich Lucia in die unsicheren waldgrünen Augen und sage: »Es ist okay für mich, wirklich. Ich habe eine gepackte Reisetasche im Wagen und was die Schlafsituation angeht … Wir finden eine Lösung, damit es nicht unangenehm wird. Ehrlich, deine Familie scheint echt nett zu sein, und ich kann mir Schlimmeres vorstellen, als bei diesem Wetter nicht wieder zurückfahren zu müssen. Was ich getan hätte. Hab nur nicht mit dieser Einladung gerechnet.« Ich lächle aufmunternd, während ich darauf warte, dass sie meinen Wortschwall verarbeitet.

Kopfschüttelnd schaut sie zu mir hoch. »Ich glaube, ich habe noch nie jemanden wie dich kennengelernt.«

»Ach nein?« Mein Herz macht einen unvernünftigen Satz.

»Niemand würde das hier freiwillig mitmachen und dabei auch noch lächeln. Oder hätte mir überhaupt erst die Fahrt angeboten. Was ist der Haken an dir, Simon Herzl?«

Wie von selbst neige ich mich ihr entgegen, erhasche mit jedem Atemzug einen Hauch ihres exquisiten Parfums. »Vielleicht schnarche ich ja ohrenbetäubend und werde dich die ganze Nacht wach halten?«

Sie zieht die Nase kraus. »Irgendwas sagt mir, dass das eine Lüge ist.«

»Du wirst es spätestens in ein paar Stunden herausfinden.«

Schließlich betreten Lucia und ich den festlich geschmückten Salon – nicht mehr Hand in Hand, wohlgemerkt. Egal, was ihre Großmutter denken mag, wir kennen uns erst ein paar Stunden. Und obwohl sich dieses hartnäckige Prickeln in mir festgesetzt hat, bleibe ich realistisch. Es mag eine Anziehung geben, die ich vom ersten Moment gespürt habe, aber so was kommt vor. Passiert ständig. Das bedeutet nicht, dass wir uns Hals über Kopf verlieben werden oder so. Auch wenn das schön wäre. Eine Partnerin zu haben, diese eine Person nur für mich, wie ich es in den letzten Wochen bei Vincent und Lilli beobachtet habe. Jep, ich habe Sehnsucht nach einer Beziehung wie dieser, was allerdings nicht bedeutet, dass ich mich kopflos in irgendwas stürzen werde. Um mich von diesen Gedanken abzulenken, lasse ich den Blick durch den Raum schweifen. Mir ist schon in der zweigeschossigen Eingangshalle die geschmackvolle Weihnachtsdekoration aufgefallen. Tannengirlanden mit winzigen Kugeln, die sich um steinerne Treppengeländer und Balustraden schlingen, ein gigantischer Adventskranz mit armdicken Kerzen, der an Seidenkordeln von der Decke hängt, und zwei Ritterrüstungen mit Weihnachtsmannmützen. Zwischen den wunderschönen antiken Holzmöbeln und Ahnenporträts an den vertäfelten Wänden zieren diesen Salon Lichterketten, Samtschleifen und jede Menge kleiner Dekofiguren. Es wirkt heimelig und elegant zugleich, was von dem offenen Kamin am anderen Ende des Raumes, in dem ein munteres Feuer prasselt, unterstrichen wird. Und obwohl ich im Begriff bin, gleich mit einer waschechten Baronenfamilie zu essen, fühle ich mich seltsamerweise nicht fehl am Platz. Bevor ich mich versehe, werde ich von allen Seiten in Gespräche verstrickt, als wäre es das Natürlichste auf der Welt, dass ich bei diesem Familienessen mit am Start bin. Die Fragen, die Lucia mir im Bulli über mich gestellt hat, prasseln nun erneut und im Schnelldurchlauf auf mich ein. Ich ernte einige »Ohs« und »Ahs«, als ich von meiner Werkstatt erzähle. Die Wolffensteins scheinen ehrlich beeindruckt von meiner Profession zu sein, was ein klammheimliches Vorurteil widerlegt, das die High Society von München in mir gesät hat. Die *Reichen und Schönen* müssen wohl doch nicht zwingend snobby sein. Oder ich bin einfach an eine verdammt coole Baronenfamilie geraten, who knows.

Besonders Lucias Großvater ist Feuer und Flamme, als er

hört, dass ich Schreinermeister bin. »Endlich haben wir jemanden im Haus, der sich der kaputten Krippe annehmen kann!«

Lucia fährt zu ihrem Großvater herum. »Opa! Jetzt spann Simon nicht auch noch zum Arbeiten ein!«

Ich suche ihren Blick und zwinkere, was ihre angespannte Miene prompt weicher werden lässt. Und ein wenig Röte in ihre blassen Wangen zaubert. Heute bin ich wohl *der* Mann, wenn es um Last-minute-Reparaturen geht.

»Was fehlt der Krippe denn?«, erkundige ich mich, wofür ich von Lucia einen warnenden Tritt unter der Tischplatte kassiere. Verstohlen neige ich mich ihr zu und raune: »Was? Ich habe schließlich das ganze Werkzeug im Bus.«

Mit einem dröhnenden Lachen hebt der alte Baron sein Weinglas zum Toast. »Das ist mal ein Mann mit Format!«

Die Gespräche kommen kurz zum Erliegen, als von einer rotwangigen Frau, bei der es sich um die Köchin handeln muss, sowie einem Mann mittleren Alters, von dem ich spontan denke, dass er so was wie ein Butler sein könnte – Kinder, Kinder, wo bin ich hier nur gelandet! –, die Vorspeise aufgetragen wird. Ein Maronensüppchen mit Schaumhaube. Obwohl ich mir auf der Fahrt noch den Bauch mit Snacks vollgeschlagen habe, läuft mir beim Anblick der Suppe das Wasser im Mund zusammen. Jep, es war definitiv kein Fehler, dass ich mich habe überreden lassen zu bleiben.

Das Abendessen entwickelt sich zu einer feuchtfröhlichen Angelegenheit mit jeder Menge Wein und Gelächter. Wenn überhaupt möglich schmeckt es mit jedem weiteren Gang besser und mein Weinglas füllt sich gefühlt von alleine auf. Was gibt es bei diesen Leuten bitte an Weihnachten, wenn sie schon am Vorabend so köstlich schmausen? Lucias Teenager-Cousins Xaver und Valentin verwickeln mich in eine Unterhaltung über Fußball und können sich kaum noch halten, als sie erfahren, dass ich mit einem München-Profi zusammenwohne. Anschließend lenkt der Baron das Gespräch geschickt zurück auf das Thema *Krippen* und ich verspreche, mir sein Exemplar gleich morgen früh anzusehen.

Schließlich ist es Lucias Großmutter, die die Tischgesellschaft gegen halb zwölf auflöst. »Na los, ins Bett mit euch«, kommandiert die Baronin resolut. »Morgen wird ein langer Tag und ich habe keine Lust, einem Haufen verkaterter Jammerlappen am Heiligen Abend gegenüberzusitzen.«

Ich stehe auf und halte Lucia galant die Hand hin, um ihr aufzuhelfen. Ihre Wimpern flattern, dann greift sie zu und ich beglückwünsche mich selbst, dass es mir nun zum dritten Mal an diesem Tag gelungen ist, ihre Hand zu halten. Nicht dass ich wirklich mitzählen würde oder so.

Nachdem sich reihum alle eine gute Nacht gewünscht haben, hole ich meine Reisetasche aus dem Bus. Inzwischen herrscht dichtes Schneetreiben und der Bulli ist von einer fingerdicken weißen Puderschicht bedeckt.

Die geräumige Sporttasche geschultert, steige ich die Stufen zu Lucia hinauf, die an der offenen Pforte wartet. »Bereit für eine Pyjamaparty?«, frage ich scherzhaft. Gleichzeitig mustere ich aufmerksam ihr Gesicht, suche nach Spuren der Anspannung oder des Unwohlseins, die sie vorhin gezeigt hat, als ich in diesen Übernachtungsbesuch in ihrem Zimmer manövriert wurde. Zwar entdecke ich nichts mehr davon, bekomme aber trotzdem leise Skrupel.

»Du hast keine Chance bekommen, deine Meinung zu sagen: Ist es dir wirklich recht, dein Schlafzimmer mit mir zu teilen? Bitte sei ehrlich. Wenn nicht, finde ich garantiert einen Winkel in diesem Schloss zum Übernachten.«

Eine Bö treibt Schneeflocken auf uns zu, von denen einige wie glitzernde Kristalle in ihrem dunkelbraunen Haar hängen bleiben, ehe sie in Sekundenschnelle schmelzen. Lucia schüttelt den Kopf. »Mir macht es nichts aus«, sagt sie leise, es ist fast nur ein Hauchen. »Ich mache mir hauptsächlich Gedanken um dich. Weil meine Familie dich so überrumpelt hat.«

Ich kann mich nicht aufhalten, als der Wind eine kinnlange Strähne quer über ihre Wange weht, und strecke die Finger aus, um sie ihr hinters Ohr zu stecken. »Ich hab's dir zwar schon gesagt, aber ich wiederhole es gerne, bis du mir glaubst: Für mich ist das fein. Ich … ich bin gerne in deiner Gesellschaft.«

Ihre Lippen zucken ein wenig, aber es wird kein ganzes Lächeln. »Selbst wenn sich herausstellen sollte, dass *ich* diejenige von uns beiden bin, die fürchterlich schnarcht?«

»Selbst dann. Wie es aussieht, mag ich es wirklich, neue Dinge über dich zu lernen, selbst wenn es so was sein sollte.«

Sie kichert und greift nach meinem Oberarm, um mich beherzt mit sich in die Eingangshalle zu ziehen. »Na gut, immerhin habe ich dich gewarnt.«

Lucia

Ich habe das dringende Bedürfnis, mich selbst zu kneifen. Fest. Mehrmals. Weil ich an diesem Tag absolut nicht mehr hinterherkomme und nicht so ganz fassen kann, dass ich Simon gerade in mein Schlafzimmer auf Wolffesruh führe. Das Zimmer ist streng genommen nicht ausschließlich *meins*, hier werden in meiner Abwesenheit auch andere Besucher untergebracht, aber immer wenn ich bei meinen Großeltern bin, gehört es mir. Ich liebe diesen Raum im obersten Wohntrakt des Schlosses. Das – Klassiker – Himmelbett mit Stützpfosten aus dunklem Holz, die eleganten, handbemalten Barockmöbel und die Sprossenfenster, die tagsüber einen phänomenalen Ausblick auf das Tal und den umliegenden Bayerischen Wald bieten. Jetzt beobachte ich Simon gespannt dabei, wie er sich in meinem Refugium umschaut, seltsam erpicht darauf, dass es seine Zustimmung findet. Es wird allerdings rasch deutlich, dass ich mir darum keine großen Sorgen machen muss, denn seine Augen werden beim Anblick der Einrichtung prompt groß wie Unterteller.

»Ist dieser Tisch von Pichler?« Wie in Trance geht er auf ein kunstvoll verschnörkeltes Tischchen unter dem Fenster zu, das ich als Schminkplatz benutze.

»Von wem?«

Neugierig beobachte ich, wie Simon davor in die Hocke geht und sich dann halb darunterduckt, um irgendwas unter der Tischplatte zu begutachten. »Johann Adam Pichler, er leitete die königliche Hofwerkstatt unter Kurfürst Max Emanuel und hat genau in diesem Stil … Ach du Scheiße, ja! Hier ist sein Brandzeichen. Krass.« Er kommt wieder unter dem Tisch hervor und grinst mich an, als hätte er gerade ein verfrühtes Weihnachtsgeschenk bekommen. »Ich habe noch nie ein Möbelstück von ihm außerhalb eines Museums oder so gesehen. Und das hier ist in einem Topzustand.«

Wow. Er ist ja wirklich ein Schreiner-Nerd. Gleichzeitig ist die Begeisterung für seinen Beruf so niedlich und bewundernswert und etwas, worin ich mich selbst erkenne. Historische Möbel sind zwar nicht meine Spezialität, als Kunstliebhaberin kann ich jedoch genau nachfühlen, wie es sich für ihn anfühlen muss, so ein Stück live und in Farbe entdeckt zu haben.

»Du kannst gerne auf dem Tisch schlafen, wenn du ihm ganz nah sein willst. Oder darunter«, necke ich und wuchte meinen Koffer auf die Ablage neben dem Kleiderschrank. »Tu dir keinen Zwang an.«

Simon schürzt nachdenklich die Lippen. »Verführerisch. Dieses Bett sieht allerdings auch nicht schlecht aus.« Verstohlen schaut er zu mir. »Ist es okay, wenn wir beide darin schlafen?«

»Jahaa.« Ich beuge mich absichtlich tief über mein Gepäck, damit er mein Augenrollen und das Lächeln nicht sieht, während ich meinen Kulturbeutel herausfische. »Du bist verdammt groß und breit, aber das Gleiche kann man über dieses Bett sagen. Wir werden zurechtkommen.«

Mit dem Kulturbeutel winkend verabschiede ich mich ins Bad und kuschele mich zwanzig Minuten später fröstelnd unter die Decke, weil es in einem alten Gemäuer wie diesem besonders im Winter einfach immer etwas kalt ist. Währenddessen bin ich heilfroh, das einzige zusammenpassende Pyjamaset in meinem Besitz für diesen Trip eingepackt zu haben. Ansonsten schlafe ich die meiste Zeit in alten Shirts, die so ausgeleiert sind, dass sie mir bis zu den Knien reichen, und ungefähr so hübsch wie Kartoffelsäcke sind. Nicht dass es wegen Simon plötzlich wichtig wäre, hübsche Schlafklamotten zu tragen, oder er gerade überhaupt viel davon sehen könnte, aber … Also … vielleicht ist es das doch. Vielleicht ist es mir durchaus wichtig, wenn ich mir mit diesem viel zu attraktiven, viel zu charmanten, viel zu … *alles* Kerl mit dem Megawattlächeln ein Bett teile.

Wie aufs Stichwort geht die Schlafzimmertür auf und Simon kommt aus dem Badezimmer zurück. Schlagartig wird mein Mund unangenehm trocken, als ich ihn in nichts als einem weißen, verdammt eng anliegenden Shirt und weiten dunkelblauen Boxershorts hereinkommen sehe. Er … Mamma Mia, es hat keinen Zweck mehr zu leugnen, dass er zum Anbeißen aussieht. Sein blondes Haar ist feucht und verstrubbelt, als wäre er schnell unter die Dusche gesprungen, und der Geruch eines Pflegeprodukts – Duschgel, Shampoo, was auch immer – steigt mir wie eine Droge zu Kopf.

Ich werde diese Nacht so was von nicht überleben. Oma will nicht, dass jemand morgen wie ein verkaterter Jammerlappen unter dem Baum sitzt? Nun, dann hätte sie mich nicht wie eine ausgefuchste Intrigantin mit Simon in ein Zimmer stecken sollen, denn ich werde kein Auge zutun können. Und beschwipst bin ich auch längst – von ihm. Davon, was seine bloße Anwesenheit mit mir macht. Wie die Matratze neben mir unter seinem Gewicht absinkt, sein Arm leicht meinen streift, als er sich das Kissen zurechtschiebt, und wie sein Atem so nah an meinem Ohr klingt. Streng genommen ist so viel Platz zwischen uns, dass locker eine dritte Person in den Spalt gepasst hätte, aber für mich fühlt es sich so intim an, dass flüssige Wärme bis in meine Zehenspitzen sickert.

Während ich den Blick stur auf den Baldachin über dem Bett richte in dem Versuch, mich am Riemen zu reißen, spüre ich, wie Simon den Kopf zu mir dreht. »Hast du eigentlich einen Weihnachtswunsch?«

»Hm?«

»Eine Sache, die du gerne hättest, ganz egal, ob es etwas Materialistisches oder Ideelles ist.«

Ich verliere gegen mich selbst in dem Kampf, ihn nicht anzusehen, und rolle mich zu ihm herum auf die Seite. Wir liegen uns jetzt gegenüber, so verdammt wenige Zentimeter voneinander entfernt.

»Ich weiß nicht«, gebe ich nach ein wenig Bedenkzeit zu und kaue an meiner Unterlippe herum. »Irgendwann bin ich erwachsen geworden und habe erkannt, dass Wünsche, die über ein neues Paar Schuhe oder eine Beförderung hinausgehen, etwas sind, das kaum je in Erfüllung geht. Wenn etwas so unerreichbar ist, dass man es sich wünschen muss und es nicht aus eigener Kraft erlangen kann, dann bleibt es das meist. Unerreichbar.«

Simon lauscht mir mit nachdenklicher Miene, den Blick auf meine Lippen gerichtet, die ich gerade noch mit meinen Zähnen malträtiert habe. »Klingt logisch«, stimmt er mir dann zu. »Logisch, aber auch ziemlich deprimierend. Ich glaube noch an Wünsche, besonders zu Weihnachten.«

Kurz dreht er sich auf den Rücken und reckt sich zum Nachtkasten, um die Lampe dort, die letzte Lichtquelle im Raum, auszuknipsen.

Die Dunkelheit, die uns daraufhin umgibt, verstärkt jäh alles, was ich fühle, um ein Hundertfaches. In diesem Moment wird mir klar, dass Finsternis nicht dazu gut ist, um sich zu verstecken oder irgendetwas von dem zu dämpfen, was das Licht den Augen zeigt. Ganz im Gegenteil. Alle anderen Sinne werden hypersensibel, bis ich das Gefühl bekomme, Simons Nähe würde mich berühren. Mich einhüllen wie eine tatsächliche Umarmung, nach der ich mich nicht zu fragen traue. Weil es zu früh ist, zu schnell, zu unfassbar. Wie ein Wunsch, der doch nie in Erfüllung gehen wird, weil die Realität mächtiger ist.

»Meinst du«, wispere ich schließlich in die Nacht zwischen uns, »ich sollte mir etwas zu Weihnachten wünschen? Auf deine Art?«

Simons Bettzeug raschelt, als er sich bewegt, ein wenig näher rückt, und obwohl ich ihn nur hören kann, weiß ich in diesem Moment einfach, dass er schmunzelt. »Das sollten wir beide tun. Ein geheimer Weihnachtswunsch für jeden von uns und spätestens morgen Abend zur Bescherung werden wir sehen, ob er in Erfüllung geht.«

Der Weihnachtsmorgen bricht an und noch bevor ich die Augen öffne, bin ich sicher, dass es keine Minute später als acht sein kann. Das ist so ein Ding von mir – egal, ob ich Urlaub oder Wochenende habe, meine innere Uhr weckt mich verlässlich um diese Zeit und jagt mich aus den Federn. Was lästig ist, wenn man am Abend vorher feiern oder lange aus war … oder die Nacht mit einem regelrechten Adonis in dem Bett verbracht hat, in dem man als Pre-Teen von Märchenprinzen und Hochzeiten geträumt hat. Neben mir, um mich herum, ganz nah an meiner Haut, liegt der Beweis dafür, dass Prinzen so was von überbewertet sind. Denn ich brauche keine Titel oder Kronen, wenn Simon Herzl existiert, der irgendwann in den vergangenen Stunden den Weg unter meine Bettdecke gefunden hat – oder ich unter seine, wer weiß das schon? – und mich im Schlaf fest umschlungen hält. Meine Nase, die unter der Decke hervorlugt, ist eiskalt von der klammen Morgenluft im Zimmer, aber der Rest von mir … herrlich mollig warm, während ich an ihn geschmiegt daliege und vergeblich nach so was wie Beklemmung oder Sorge in mir suche, weil wir kuscheln, als wäre es eine olympische Disziplin. Es fühlt sich viel zu gut an. Meine Wange an seiner Schulter, eins seiner Beine halb zwischen meinen. Obwohl er so ein Riesenkerl ist und ich mich neben ihm regelrecht winzig fühle, passen wir. Ich bin erstaunt und voller leiser Ehrfurcht und ein wenig durch den Wind.

Eine lange Weile bleibe ich einfach nur so liegen, lasse ihn weiterschlafen, während ich durchs Fenster das noch immer dichte Schneetreiben beobachte. Es ist keine Seltenheit, dass es hier, im südlichen Bayerischen Wald, weiße Weihnachten gibt, aber in diesem Jahr fühlt es sich extra besonders an. Weil … ein Teil von mir denkt – und keine Ahnung, ob mich das creepy macht –, dass garantiert niemand hier erlauben wird, Simon heute fahren zu lassen. Es wäre lebensmüde, bei diesen Verhältnissen mit dem Bulli die Serpentinen von Wolffesruh runterfahren zu wollen. Selbst wenn ihm jemand Schneeketten aufziehen würde.

Schließlich beendet ein körperliches Bedürfnis meine Kuschelwonne. Ich muss aufs Klo und beginne, mich so vorsichtig wie möglich aus Simons Armen zu befreien, ohne ihn zu wecken. Was leichter gesagt als getan ist. Er wacht nicht direkt auf, greift aber im Schlaf instinktiv nach mir und gibt dabei drollige, unzufriedene Geräusche von sich.

»Ich bin nicht einverstanden damit«, grummelt Simon, die Stimme ganz heiser und tief vom Schlaf. Ertappt zucke ich zusammen.

Die Augen weiterhin geschlossen, gähnt er ausgiebig. »Dass du dich aus dem Bett schleichst«, fügt er ergänzend hinzu und schafft es, dabei unfassbar niedlich schmollend auszusehen.

»Ich schleiche mich nicht raus, ich muss aufs Klo.«

»Das sagen sie alle und sind danach auf und davon.« Jetzt öffnet er die Augen und blinzelt mir verschlafen entgegen.

Obwohl es langsam wirklich dringend wird, beuge ich mich über die Matratze und strecke ihm meinen abgespreizten kleinen Finger entgegen. »Kleiner-Finger-Schwur. Ich bin gleich wieder zurück und dann schleif ich dich zum Frühstück. Die Köchin macht die besten pochierten Eier mit Hollandaise. Deal?«

Er hakt bei mir ein, schläfrige blaue Augen, deren Blick sich viel zu tief in meinen bohrt. Und die mir ein Versprechen abnehmen, das sich wie ein Schwur anfühlt. Wiederzukommen und zu bleiben und vielleicht mehr zu wollen als nur diese eine Nacht vor Weihnachten.

Simon

Das war die erste Nacht, die ich jemals in einem Schloss übernachtet habe, und prompt fühle ich mich wie ein König. Was weniger an der Lokalität, sondern vielmehr an der Frau liegt, mit der ich mir das Bett geteilt habe. Keine Ahnung, wann ich das letzte Mal so wohlig gewärmt und zufrieden aufgewacht bin. Es war keine Sekunde merkwürdig zwischen uns. Auch nicht, als Lucia von der Toilette zurückgekommen ist, in diesem äußerst reizvollen salbeigrünen Pyjamaset, das mir abends zuvor gar nicht aufgefallen ist und mich dazu gebracht hat, richtig wach zu werden. Sie … hat mir den Vortritt im Bad überlassen, darüber gescherzt, dass ich mindestens drei Schichten anziehen müsste, um heute in den ungeheizten Fluren des Schlosses nicht zu erfrieren, und dabei so niedlich ausgesehen mit ihren kurzen, ungekämmten Haarwellen.

Jetzt sind wir auf den Weg hinunter in den Salon, wo jeden Tag ab neun, keine Minute früher oder später, das Frühstück serviert wird. Ihre Großeltern sitzen bereits mit zwei dampfenden Tassen Kaffee am Tisch und in der Luft liegt der köstlichste Geruch nach frischen Eiern und geröstetem Brot. Klassische Weihnachtsmusik spielt leise im Hintergrund und wieder brennt der Kamin, was ich nach dem Morgen in dem eher klammen Schlafzimmer sehr zu schätzen weiß.

»Na, gut geschlafen?«, erkundigt sich Lucias Großmutter

just in dem Moment, als auch ihre Eltern, ihre Tante und ihr Onkel hereinkommen. Von Xaver und Valentin ist weit und breit nichts zu sehen – die beiden schlafen wohl aus.

»Danke, bestens.« Ich übernehme das Antworten, weil Lucia wie hypnotisiert in ihrem Kaffee rührt und keine Anstalten macht, etwas zu erwidern. Anscheinend trägt sie es ihrer Großmutter immer noch nach, wie ungeniert sie uns in diesen One-Bed-Trope manövriert hat.

Ich überlege gerade, ob ich das Thema wechseln soll, indem ich auf die Pichler-Möbel zu sprechen komme und mich erkundige, ob es mehr von der Sorte im Schloss gibt. Ich würde sie mir liebend gern vor der Abfahrt anschauen, doch da sagt der Baron zu mir: »Ich hoffe, du magst Wildbraten.«

Ein wenig perplex erwidere ich seinen Blick aus leicht getrübten Augen, die den gleichen Farbton wie Lucias haben. »Also … ich denke schon?« Nicht dass ich viel Erfahrung mit Wild hätte. Ich bin ein basic Typ, aber auch nicht mäkelig. Solange es nicht versalzen ist, esse ich alles, was ich auf den Teller bekomme. Allerdings wundere ich mich, warum das eine Rolle spielt …

»Hervorragend, dann wird dir das Weihnachtsmenü schmecken.«

»Das Weihnachtsmenü?«, echoe ich lahm und mir schwant, worauf er hinauswill. Das kann nicht sein Ernst sein, oder? Dass sie mich an Heiligabend hierhaben wollen? Dass ich … bleiben darf? Hilfe suchend schaue ich in die Runde, suche in den Gesichtern der Wolffensteins nach Anzeichen dafür, dass sie ihrem Patriarchen nicht zustimmen, finde jedoch nichts dergleichen. Auch nicht in Lucias Miene. Sie lächelt, unfassbar breit und zufrieden, wie eine Katze, die unverhofft einen Topf Sahne entdeckt hat.

Trotzdem muss ich protestieren – zumindest der Form halber. »Ich kann das wirklich nicht annehmen …«

Die Baronin schnalzt mit der Zunge und ihre ordentlich frisierten stahlgrauen Löckchen wippen leicht, als sie sich mir zuwendet. »Es wäre lebensmüde, bei diesem Schnee wegfahren zu wollen. Ich verstehe, wenn es Familie oder Freunde gibt, mit denen du feiern wolltest, aber ich fürchte, du sitzt erst mal hier fest.«

Ich schlucke schwer. Nicht aufgrund der Tatsache, mehr oder weniger eingeschneit zu sein, sondern wegen dem, was ich eingestehen muss. »Nein, auf mich wartet dieses Weihnachten niemand. Meine Eltern sind verreist und ich bin Einzelkind.«

Daraufhin setzt kurz mitfühlendes Schweigen ein, ehe die Baronin resolut erklärt: »Na, dann sehe ich keinen Grund, sich länger zu sträuben. Wir sind vielleicht ein bunter, sonderbarer Haufen, doch wir haben immer einen Platz in unserer Mitte frei. Und Weihnachten sollte niemand allein sein.«

Damit scheint das Thema beendet zu sein und ich benötige drei wirklich perfekt pochierte Eggs Benedict, um darauf klarzukommen. Während ich kaue und mir die buttrige Soße auf der Zunge zergeht, breitet sich eine Wärme in meiner Brust aus, die ein Loch stopft, das dort sitzt, seit ich erfahren habe, an den Feiertagen allein zu sein. Ich habe es bewusst ignoriert, aber es war die ganze Zeit über da und hat mich bedrückt.

Als sich eine Hand ganz sachte über meine legt, schaue ich von meinem Teller auf, zu Lucia auf dem Platz neben mir.

»Ist es sehr egoistisch von mir, wenn ich mich freue, dass du noch hierbleiben *musst*?«

»Es ist nicht egoistisch, wenn ich mich genauso darüber freue. Ich kann deine Familie echt gut leiden und das Essen … Es gibt ziemlich gute Gründe, hierzubleiben und mit euch zu feiern.«

Gespielt brüskiert zieht Lucia eine Schnute. »Meine Familie und das Essen also? Das ist alles?«

Das warme Summen in meiner Brust breitet sich jäh aus. »Willst du hören, dass auch du ein Grund bist?«

Ihr Schmollmund verwandelt sich in ein klammheimliches Lächeln. »Womöglich?«

Den restlichen Vierundzwanzigsten über lerne ich nach und nach die Weihnachtstraditionen der von Wolffensteins kennen. Oder besser gesagt: Ich werde mitten hineingeworfen. Nach dem ausgiebigen Frühstück und einer kurzen Textnachricht an meine Eltern, die in ihrer Kajüte vor dem Hafen von Puerto Rico noch seelenruhig schlummern (weil es bei ihnen dank Zeitverschiebung erst sechs Uhr morgens ist), begeben wir uns gesammelt in einen angrenzenden Salon, der als Wohnzimmer fungiert. Obwohl der Raum so groß und herrschaftlich ist, verströmt er dieselbe Gemütlichkeit wie das Speisezimmer. Und hier gibt es sogar zwei Kamine! Neben einem der beiden wartet bereits eine stattliche Tanne darauf, geschmückt zu werden. Während Lucia, ihre Tante Iman und ihre Cousins, die es zwischenzeitlich auch aus den Federn geschafft haben, alle Ornamente aus den beiden großen Pappkartons holen, erzählt mir Onkel Rudi mehr über die Ländereien, die seit Jahrhunderten in Familienbesitz sind. Er ist der älteste Sohn und damit Erbe des Anwesens und hat von seinen Eltern die Verwaltung des Besitzes übernommen. Vor allem was er über die Forstpflege zu berichten hat, interessiert mich total – inzwischen sollte klar sein, dass *Holz* ein Thema ist, mit dem man mich bekommt.

Beim Schmücken des Baumes helfen schließlich alle, was ein unvergleichliches Erlebnis ist.

Die Baronin thront neben ihrem Mann auf einem zierlichen Doppelsofa und kommandiert die gesamte Familie und mich nach Strich und Faden herum. »Nein, nein, Valentin, das sind zu viele goldene Sterne. Rudi, ganz oben fehlen noch Lichter. Simon, du bist so groß, bring doch die Spitze an!«

Wie sich herausstellt, bin ich zwar größer als die übrigen Anwesenden, allerdings reichen selbst eins neunzig nicht aus, um ohne Hilfsmittel die Spitze der Tanne zu erreichen.

»Oh no, ich will nicht in den räudigen Keller gehen, um eine Leiter zu holen«, nörgelt Xaver, der vorherzusehen scheint, dass seine Großmutter höchstwahrscheinlich ihm gleich diese Aufgabe erteilen wird.

»Sekunde«, sage ich und trete auf Lucia zu, die gerade vorsichtig Krippenfiguren aus mehreren Schichten Seidenpapier wickelt. »Kannst du mir mal kurz helfen?«

»Hm?« Fragend neigt sie den Kopf, als ich vor ihr in die Hocke gehe, den Rücken ihr zugewandt. »Steig auf.«

Ihre Entgeisterung ist förmlich körperlich spürbar. »Was soll ich tun?«

»Ich nehm dich auf die Schultern, damit du die Spitze auf den Baum setzen kannst. Easy.«

Mir ist klar, dass alle ringsum uns mit einer Mischung aus Ungläubigkeit und stillem Amüsement beobachten, aber was soll's? Sie denken sich ohnehin ihren Teil über uns und sind dabei nicht unbedingt diskret.

Lucia zögert noch einen Moment, schließlich legt sie mit einem kleinen Seufzen die Schäfchenfigur, die sie zuvor ausgewickelt hat, beiseite und steht auf. Ich richte meinen Blick wieder nach vorn und ducke mich noch ein wenig tiefer, um ihr das Aufsteigen zu erleichtern, als sie die Hände auf meine Schultern legt.

»So was hab ich seit dem Kindergarten nicht mehr gemacht«, murmelt sie kaum hörbar in sich hinein, während sie ein Bein von hinten über mich schwingt, dann das zweite. Kurz wanken wir in dieser Position, aber bevor wir so in der Hocke umkippen, erhebe ich mich in einer kräftigen, geschmeidigen Bewegung. Lucia, hoch oben auf meinen Schultern, japst, die Hände Halt suchend in meine kurzen Haare gekrallt, während ich ihre Oberschenkel umschließe. Verdammt, eine hilfreiche Hand beim Baumschmücken anzubieten, hat sich noch nie so köstlich angefühlt.

Jemand hinter uns kichert und ich höre ein verstohlenes Murmeln, aber achte nicht darauf, als ich bedächtig auf den Baum zugehe. Diese kleine Angebernummer kann richtig schiefgehen, wenn ich das Gleichgewicht verliere und wir zusammen in die Tanne stürzen oder so.

Nach ein paar Schritten stößt Lucia ein atemloses Lachen aus. »Ich bin fast unter der Zimmerdecke, du Riese.«

»Ein Mann mit Format, ich sag es doch«, höre ich ihren Großvater anerkennend sagen, ehe Valentin neben uns tritt und Lucia das Ornament für die Baumspitze in die Hand drückt. Sie spannt die Schenkel an, die Schienbeine fest zu beiden Seiten an meinen Brustkorb gedrückt, als sie sich nach vorne beugt. Obwohl sie mir dadurch ein wenig den

Atem abschnürt, fühle ich mich gerade schon wieder wie ein König. Einfach nur, weil sie auf meinen Schultern sitzt und diese alberne Einlage mitmacht.

»Hey, Lu, lächel mal!« Ich schaue zur Seite, als Xaver mit dem Handy im Anschlag auf uns zuspringt und wie wild zu knipsen beginnt. Lucia lacht auf, glockenhell und übermütig. Ein Laut, der durch ihren ganzen Körper geht und auf mich überspringt wie elektrische Ladung. Sobald die Spitze sicher angebracht ist, posieren wir für Xaver und ich nehme mir vor, ihn um die Bilder zu bitten, damit ich sie an meine Freunde schicken kann. Die werden ausrasten! Zurück auf dem Boden grinst Lucia mich mit geröteten Wangen an.

»Wann können wir das wieder machen, Thor?«

Ohne auf ihre verlockende Nachfrage einzugehen, ziehe ich die Augenbrauen hoch. »Thor, ernsthaft?«

Sie zuckt mit den Schultern und zählt anschließend an den Fingern einer Hand auf: »Du bist groß und stark und blond.«

»Und hat er auch einen Hammer, mit dem er so richtig ...?«

»Valentin! Aus!« Lucia erdolcht ihren Cousin mit Killerblicken, die komplett an ihm abprallen.

»Ich mein nur, er ist Handwerker! Wenn jemand mit Werkzeug umgehen kann, dann ja wohl er. Keine Ahnung, was du da schon wieder reininterpretierst, Cousinchen.«

Glucksend streiche ich Lucia über den Oberarm, die sich schwertut, ihre strenge Miene weiter aufrechtzuerhalten.

»Apropos Werkzeug«, mischt sich ihr Großvater ein, dem die vieldeutigen Zwischentöne dieser Unterhaltung vollkommen zu entgehen scheinen. »Wie sieht es mit der Krippe aus?«

Lucia

Gegen halb acht ist im Schloss alles fürs Weihnachtsfest gerichtet. Der Baum ist geschmückt, der Duft des Festessens zieht durch die Flure und sogar an Opas vermaledeiter Krippe wurden dank Simon endlich die abgefallenen Dachschindeln und zerbrochenen Holzzäunchen repariert. Ich habe ihn in der Gesellschaft meiner Cousins und meines Vaters gelassen, während ich hoch aufs Zimmer bin, um mich in Ruhe fertig machen zu können. Hier herrscht zwar kein Gala-Dresscode zu Heiligabend, aber es macht jedes Jahr Spaß, sich etwas mehr als sonst herauszuputzen, und ich liebe es, dass ich endlich eine Gelegenheit habe, das tannengrüne samtene Mini-Cocktailkleid auszuführen. Ich war noch im Bad mit den letzten Handgriffen an meinem Make-up beschäftigt, als Simon mir durch die Tür zugerufen hat, dass er sich im Zimmer umzieht. Jetzt bin ich fertig und klopfe mit einer seltsamen Nervosität im Bauch an meine eigene Schlafzimmertür.

»Bin schon fertig!«, ertönt Simons Stimme prompt von innen und bevor ich dazu komme, öffnet er selbst die Tür. Und sieht … so unfassbar gut aus, dass ich kurz fürchte, meine Knie könnten unter mir nachgeben. Am Nachmittag hat er mich kurz zur Seite genommen und besorgt gefragt, wie formell es an Heiligabend bei uns zugeht, weil er befürchtet hat, die Kleidungsstücke, die er ursprünglich für die Feier seiner Cousine eingepackt hat, könnten zu wenig hermachen. Aber Mannomann, hat er sich grundlos Sorgen gemacht! Er trägt eine schmal geschnittene schwarze Anzughose mit einem weißen Hemd. Schlicht, kein Schnickschnack, doch zusammen mit den Haaren, die er sich elegant zurückfrisiert hat, einfach zum Anbeißen. Und natürlich mit diesem Lächeln, seinem besten Accessoire, meiner Meinung nach. Dessen Strahlkraft wird ein wenig gedimmt, während er mich seinerseits mustert. Bis sich schließlich ein ganz anderer Ausdruck auf Simons Gesicht breitmacht. Etwas Andächtiges, Stilles.

»Du ...« Er räuspert sich. »Du siehst wunderschön aus. Du *bist* wunderschön.«

Das Herz schlägt mir bis zum Hals bei diesen Worten zusammen mit dem zaghaften Ausdruck in seinen hellen blauen Augen. Fast so, als fürchte er, sich zu weit hinausgewagt, eine Grenze übertreten zu haben.

Deshalb gebe ich mir einen Ruck, mache einen Schritt auf ihn zu und muss mich dank meiner Pumps nur ein wenig recken, um ihm einen schnellen Kuss auf die glatt rasierte Wange zu drücken.

»Du aber auch, Thor. Frohe Weihnachten.«

Als ich zurücktrete und ihm in einem weiteren Ausbruch von unerschrockenem Mut die Hand entgegenstrecke, sieht er kurz so aus, als hätte ich ihm mit dem Hammer des Donnergottes eins über den Kopf gezogen. Doch er fängt sich, seine Mundwinkel zucken und seine Finger schieben sich durch meine.

»Frohe Weihnachten, Lucia.«

Das Weihnachtsessen bei den Wolffensteins ist wie immer eine lärmende, lustige Angelegenheit. Keine Ahnung, warum nicht alle meiner Cousins und Cousinen jedes Jahr hierherkommen, um sich den Bauch vollzuschlagen und Opas Geschichten über *die alten Zeiten* zu lauschen, als es hier noch festliche Bälle und den ein oder anderen königlichen Besuch gab (Letzteres bezweifle ich sehr, auch wenn er steif und fest behauptet, Kaiserin Sisi persönlich hätte einmal auf dem Weg nach Linz hier übernachtet). Ich jedenfalls genieße jede Sekunde davon. Dieses Jahr ganz besonders wegen des Mannes, der rechts von mir sitzt. Simon fügt sich in unsere Runde ein, als wäre er schon immer ein Teil davon gewesen, und ich kann ihn nur anschauen und verdammt froh sein, dass er gerade nicht allein in seiner WG hockt. Langsam, aber sicher – und vielleicht ein wenig angeschickert von dem kitschigen weihnachtlichen Geist oder dem Haselnussschnaps, den Onkel Rudi nach dem Dessert hervorgeholt hat – komme ich zu der Erkenntnis, wie magisch die Ränke des Schicksals sein können. Wie sich urplötzlich und ohne Vorwarnung die Wege zweier Menschen kreuzen, um sich dann rasend schnell miteinander zu verknoten und eine völlig neue Abzweigung zu schaffen. Eine, die ins Ungewisse führt, ein wenig beängstigend und noch fremd ist, an deren Ende aber ein verheißungsvoller goldener Schimmer wartet.

Als alle Teller geleert sind und Oma allmählich unruhig wird, weil sie mit der Bescherung beginnen will, bevor die Übertragung der Christmette aus Passau im Fernsehen beginnt, schnappe ich mir kurz entschlossen Simon und entführe ihn nach draußen auf die halbmondförmige, erhöhte Terrasse.

»Was wird das denn?«, fragt er lachend und reibt sich die

Arme, nachdem wir aus der behaglichen Wärme hinaus in die frostklirrende Nacht getreten sind. Der Schneefall hat inzwischen aufgehört und die Außenbeleuchtung der Schlossanlage erhellt die malerisch weiß gezuckerte Landschaft ringsum.

»Ich wollte kurz an die frische Luft und durchatmen. Da drinnen ist mir alles ein wenig zu Kopf gestiegen.« Mit der Spitze meiner Pumps scharre ich durch frisch gefallenen Schnee, plötzlich selten befangen.

Simon macht einen Schritt auf mich zu. »Mir steigt gerade auch einiges zu Kopf. Und die Kälte ändert rein gar nichts daran.«

Ich schaue zu ihm auf, suche seinen Blick im Zwielicht und spüre, wie mein Magen einen Salto hinlegt, weil ich die sanfte Ernsthaftigkeit in seinem Ausdruck erkenne. »Ja?«

Ganz langsam streckt er die Hand aus und berührt mich an der Wange. »Du steigst mir zu Kopf wie nichts zuvor. Und obwohl es erst etwas mehr als vierundzwanzig Stunden sind, die wir uns kennen, bin ich mir verdammt sicher, dass du etwas bist, das ich nicht mehr loslassen will. Weißt du, was ich mir gestern vor dem Einschlafen zu Weihnachten gewünscht habe?«

Matt, aufgelöst, unfähig, auch nur ein Wort zu formen, schüttele ich den Kopf.

Simons Lächeln ist weich wie eine Liebkosung. »Ich habe mir eine Chance mit dir gewünscht. Dich kennenlernen zu dürfen, bis ich alles über dich in- und auswendig weiß. Noch öfter neben dir aufwachen und einschlafen und Autofahrten wie gestern verbringen zu können. Ich hab mir ein *Mehr* mit dir gewünscht, Lucia.«

Die Welt um uns herum ist still und wie in Watte gepackt,

während ich ihn ansehe und immer noch nicht weiß, ob meine Stimme überhaupt noch funktioniert.

»Das … das kommt dem sehr nahe, was ich mir gewünscht habe«, bringe ich schließlich hervor und rücke noch ein wenig näher zu ihm hin. »Du bist … mein Weihnachtswunsch, von dem ich bis gestern nicht einmal zu hoffen gewagt hatte, dass er für mich in Erfüllung gehen könnte.«

Keine Ahnung, wer von uns beiden sich daraufhin zuerst bewegt. Im nächsten Moment falle ich regelrecht in Simons Arme und er zieht mich an sich, als bestünde die Gefahr, ich könne ihm ansonsten entgleiten. Wie eine Schneeflocke, die zwischen seinen Handflächen schmilzt. Auch wenn das nicht passieren wird. Weil das hier nicht nur ein flüchtiger Crush ist oder eine Schnellschuss-Weihnachtsromanze. Vielmehr fühlt es sich verdammt noch mal wie der Anfang von etwas Großem an und ich habe die volle Absicht, dass es das auch wird.

»Lucia?«

»Hm?«

»Weißt du noch, als du gestern gesagt hast, ich solle dich daran erinnern, niemals in eine Situation zu geraten, in der du mir einen Gefallen schuldest?«

Neugierig zu erfahren, worauf er hinauswill, lege ich den Kopf in den Nacken, um ihm ins Gesicht sehen zu können.

»Streng genommen könnte man sagen, du bist mir einen Gefallen schuldig, nachdem ich dich hierhergefahren habe … Was, wenn ich ihn einfordern will? Jetzt und hier?« Seine Stimme sinkt um mindestens eine Oktave und ich bin froh, dass er mich weiterhin hält, denn jedes meiner Glieder wird wachsweich bei diesem Klang.

»Was stellst du dir als Gefallen vor?«

Dieses verschmitzte Funkeln leuchtet in seinen Augen auf.
»Einen Kuss.«

Seine Atemluft kondensiert beim Sprechen zu Dampf-wölkchen zwischen uns, doch noch ehe sie sich verflüchtigt haben, neige ich das Kinn und raune:

»Und worauf wartest du noch?«

ALEXANDRA FLINT

Keine Nacht zu dunkel

Liebe Leser*innen,

Idas und Noels Geschichte enthält Elemente, die triggernd oder belastend sein können.

Diese sind:
Achluophobie, Panikattacken, Mobbing und Tod von Familienangehörigen (off-page).

Ihr solltet die Geschichte also nur lesen, wenn ihr emotional mit diesen Themen umgehen könnt.

Eure Alexandra und das Loewe Intense-Team

Eine unerwartete Wendung
Ida
26. Dezember

Einzelne Schneeflocken tanzten in der Luft, während die Regio über den Hindenburgdamm in Richtung Insel rauschte. Ein bisschen war es so, als hätte der wahre Wintereinbruch nur auf meine Ankunft gewartet, denn von meinen Freundinnen wusste ich, dass es – im Gegensatz zum letzten Jahr – keine weiße Weihnacht auf Sylt gegeben hatte.

Eben weil du nicht da gewesen bist.

Genau.

Aber obwohl sich da draußen ein kleines Wetterwunder abspielte, das ich unter normalen Umständen bestaunt hätte, waren meine Gedanken gerade vollkommen woanders. Oder besser gesagt: bei jemand anderem – wie so oft in den letzten zwölf Monaten. Auch wenn ich gerne und inbrünstig sowohl vor meinen Freundinnen als auch vor mir selbst behauptete, es wäre nicht so. Doch was waren Behauptungen schon anderes als der schwache Versuch, sich von etwas absolut Absurdem zu überzeugen?

Jemand sollte das aufschreiben und auf Grußkarten drucken.

Ich stieß den Atem aus, der eine kleine Wolke auf der Scheibe hinterließ, und schüttelte kaum merklich den Kopf. Es war lächerlich, sich deswegen verrückt zu machen. Er würde nicht da sein. Weder für den großen Winterball im *Meeresrauschen*, dem meine Mädels und ich in den nächsten Tagen den letzten Feinschliff verpassen würden, noch für den Jahreswechsel – laut meinen Freundinnen war er auf einer langweiligen Geschäftsreise. Es gab also keinen Grund durchzudrehen.

Und dennoch kam ich nicht umhin zu bemerken, dass mein Herz immer schneller schlug, je näher die beinahe leere Regio dem Zielbahnhof von Westerland kam.

Westerland, Kampen und damit dem Hotel *Meeresrauschen* von Raffael und Noel Nielsen.

Noel.

Noel, den ich in den vergangenen dreihundertsechzig Tagen nur ein einziges Mal gesehen hatte.

Noel, der mich letztes Jahr an Silvester ohne Vorwarnung geküsst hatte.

Noel, der mir den berühmten einzig verbliebenen Nerv raubte und es sich trotzdem – oder gerade deswegen – so richtig bequem in meinen Gedanken gemacht hatte.

Und dabei war es vollkommen gleich, dass wir seit diesem Kuss unter dem Feuerwerkshimmel, umgeben von unseren liebsten Menschen, kaum ein Wort miteinander gewechselt hatten. Nein, diese Tatsache änderte gar nichts. Dieser dämliche Kuss, jede einzelne dämliche Sekunde davon hatte sich unwiderruflich in mir verankert und ich hasste, dass es so war. Hasste, dass Noel nur einen Moment gebraucht hatte, um mir derart unter die Haut zu gehen, und am allermeisten hasste ich, dass ich überhaupt noch darüber nachdachte.

Argh.

Definitiv zu spät für gute Affirmationen, ich drehte bereits durch.

Ein stechender Kopfschmerz breitete sich zwischen meinen Schläfen aus, genau in dem Augenblick, als die Regio quietschend zum Stehen kam und die Endstation verkündet wurde. Ich biss mir von innen auf die Wangen und raffte meine Sachen zusammen, um den Zug und damit hoffentlich auch diese verworrenen Noel-Geschichten hinter mir zu lassen.

Auf dem Bahnsteig begrüßten mich eiskalte Luft, die nach Salz und Winter und Heimat schmeckte … und mein älterer Bruder Kai. Eingepackt in eine Retro-Fleecejacke, Beanie und dicke Boots stand er unter dem wenig Schutz bietenden Dach und suchte die Fahrgäste ab, bis er mich entdeckte und leicht in die Hocke gehend die Arme ausbreitete. Jap, er ging wirklich in die Hocke, als wäre ich wieder fünf und nur einen knappen Meter groß. Grinsend ließ ich meinen Koffer los, tat ihm den Gefallen und warf mich nur einen Herzschlag später in seine Umarmung. Eine Umarmung, in der ich – trotz Hocke – förmlich versank, nachdem mein Bruder gut eineinhalb Köpfe größer war als ich mit meinen einssechzig.

»Da ist ja meine Weltenbummler-Schwester.«

»Sagt der Richtige.« Amüsiert rümpfte ich die Nase und musterte ihn von oben bis unten, nachdem wir uns voneinander gelöst hatten. Auf seinen Zügen hatte sich ein leichter dunkler Bartschatten gebildet und er wirkte sichtbar erschöpft, trotzdem leuchteten seine braunen Augen warm und vertraut. »Kaum zu glauben, dass du dich von deiner Arbeit loseisen konntest, um tatsächlich mal mehr als ein Wochenende zu Hause zu sein.«

»Es geschehen noch Zeichen und Wunder, was?« Mit einem Zwinkern schnappte er sich meinen Koffer, der vergessen ein paar Meter neben mir stand, und legte mir dann einen Arm um die Schultern. »Allerdings hat mir Lou auch keine echte Wahl gelassen. Seit Monaten liegt sie mir mit dem Winterball in den Ohren und hat diese Woche zur kooperationsfreien Zeit erklärt.«

Das glaubte ich nur zu gern. Lou – eine meiner vier besten Freundinnen – war im letzten Jahr mit Kai zusammengekommen und seitdem bildeten sie das Power-Travel-Influencer-Paar schlechthin. Wobei Lou maßgeblich darauf achtete, dass sich beide hin und wieder zu Hause blicken ließen. Ich war wirklich stolz auf die zwei, aber auch ein wenig neidisch auf ihre Reisen und Abenteuer und nicht selten traurig, dass wir uns trotz ihrer Besuche so wenig sahen.

Ich schüttelte mir ein paar Schneeflocken aus den Haaren. »Zu Recht. Das ist schließlich *das* Event. Der ultimative Höhepunkt des Jahres und ich kann es nicht erwarten, das Ergebnis unserer langen Planung an Silvester zu sehen.«

Wir verließen den zugigen Steig durch das Bahnhofsgebäude und saßen ein paar Minuten später in dem alten Land Rover, der irgendwie von meinen Eltern auf meine Geschwister und mich übergegangen war. Warme Luft pustete aus der röchelnden Klimaanlage und kämpfte verzweifelt gegen die sofort beschlagenen Scheiben an.

»Ich nehme mal an, du willst direkt ins *Meeresrauschen*?«

»Sind die anderen dort?«

Mein Bruder nickte und stellte die maximale Heizstufe ein, um uns freie Sicht zu verschaffen. »Der gesamte Hexenzirkel wartet nur auf dich, Schwesterherz.«

»Das wollte ich hören – wobei ich mich nicht auf *Hexenzirkel* beziehe.« Ein kurzer schiefer Blick. »Wie dem auch sei, ab ins Hotel, schließlich haben wir einen phänomenalen Ball zu finalisieren und weniger als fünf Tage Zeit für die restlichen To-dos.«

Sobald die Windschutzscheibe nicht länger einer Nebelwand glich, lenkte uns mein Bruder in Richtung Norden und damit nach Kampen. Mittlerweile war aus dem leichten Schneefall ein echter Flockentanz geworden, der sich auf die weihnachtlich geschmückte Insel legte. Im Radio lief *Christmas Lights* von Coldplay. Kai, der sich die Mütze von den dunkelbraunen Haaren gezogen hatte, summte leise mit und ich vergaß für ein paar süße Momente die Gedanken, die mich im Zug übermannt hatten. Genau so lange, bis wir die Dünenlandschaft auf dem roten Kliff erreichten, in der sich das imposante Luxushotel *Meeresrauschen* erhob. Denn als ich die hellen, reetgedeckten Gebäude erblickte, die im Zuge der Umbaumaßnahmen mit modernen Bauten kombiniert worden waren, kehrte auf einen Schlag der Strudel zurück. Der Strudel, der mich auf direktem Weg zu Noel Nielsen zog.

Raffael Nielsen, der Freund meiner besten Freundin Leni, hatte das Hotel vor fast zwei Jahren zusammen mit seinem Cousin Noel übernommen. Eine tragische Geschichte, nachdem Rafe in seiner Jugend genau dort Vater und Bruder bei einem Brand verloren und mehrere Jahre gebraucht hatte, um zurückzukehren. Heute leiteten die beiden Cousins das *Meeresrauschen* mit frischem Wind und innovativen Ansätzen. Innerhalb kürzester Zeit hatten sie sich nicht nur auf der Insel, sondern auch international einen sehr guten Ruf erarbeitet. Und das lag nicht zuletzt an Raffaels Ehrgeiz und Noels strategischem Denken und … charmantem Auftreten. Ein sehr charmantes Auftreten, das mich regelmäßig auf die Palme brachte und mir vergangenes Silvester zum Verhängnis geworden war.

Spielt keine Rolle, Ida. Weil es nämlich keine Wiederholung ge-
ben wird. Schluck es endlich runter. Kein Grund, das wieder und
wieder durchzukauen und am Ende noch daran zu ersticken.

Ich seufzte schwer, als Kai neben Rafes dunklem Porsche
Macan parkte, und fuhr mir durch die seit zwei Monaten
nur noch schulterlangen dunkelbraunen Haare.

»Da wären wir. Danke, dass Sie sich für meinen Fahrser-
vice entschieden haben, Trinkgeld ist gerne gesehen.«

Augenverdrehend stieß ich meinen Bruder über die Mittelkonsole hinweg an und stieg dann aus. Noch in derselben
Sekunde erfasste mich eine kalte Böe und ließ mich frösteln.
Keine Frage, Hamburg und Berlin, wo ich die letzten sechs
Monate mehr oder weniger abwechselnd mit meinem Bio-
logiestudium und einem Praktikum verbracht hatte, waren
um diese Jahreszeit auch kalt gewesen. Aber unsere schöne
Nordseeinsel verlieh dem Begriff *schneidender Eiswind* noch
einmal eine ganz eigene Note.

Mein Gepäck ließen wir deswegen vorerst im Kofferraum
und beeilten uns stattdessen, ins Warme zu kommen. Der
Portier – Janis aus Keitum – tippte sich stilecht an die Mütze
und informierte uns höflich, dass *die jungen Damen* im großen Saal auf uns warteten. Während sich Kai entschuldigte,
um die Jungs zu suchen, steuerte ich vorfreudig besagten
Saal an. Und kaum dass ich die doppelflügige Tür erreicht
hatte, wurde ich bereits von meinen besten Freundinnen
angefallen und in eine waschechte, leicht erdrückende
E.M.I.L.[2]-Umarmung gehüllt.

»Das wurde aber auch Zeit, Ida«, sagte Leni, wobei ihre
Worte durch Arme, Haare und Weihnachtspullover gedämpft
wurden. »Die Feiertage ohne dich waren einfach nicht das
Wahre. Du warst viel zu lange weg.«

Elisa – das E in *E.M.I.L.*[2], dem Akronym aus unseren Anfangsbuchstaben – pflichtete ihr sofort bei. »Nächstes Jahr muss das wieder anders laufen.«

»Ja, wir saßen nämlich alle mit Sieben-Tage-Regenwetter-Gesicht vor dem Weihnachtsbaum und haben unsere Vermissung in viel zu vielen Plätzchen und Glühwein ertränkt.« Kais Freundin Lou gab ein gespieltes Seufzen von sich. »Seeehr vielen Plätzchen und am Ende war uns allen schlecht.«

Wir lösten uns voneinander, sodass ich jede meiner Freundinnen kurz ins Auge fassen konnte. »Ich habe euch auch vermisst. Und keine Sorge, mein Praktikum ist erst mal durch. Die nächsten Semester habt ihr mich wieder wie gewohnt an der Backe.«

»Das will ich auch hoffen«, erwiderte Malia, die Fünfte im Bunde, mit einem schiefen Lächeln, das ihr ganzes Gesicht strahlen ließ. Ein Strahlen, das sicherlich auch mit einem gewissen jungen Mann zusammenhing, den sie bei ihrem Studium in München kennengelernt hatte.

Schmunzelnd schälte ich mich aus meiner Winterjacke und warf sie auf den nächststehenden Stuhl. »Ihr könnt euch nicht vorstellen, wie froh ich bin, wieder hier zu sein. Das Praktikum war zwar cool, aber so lange von euch getrennt zu sein, eher weniger. Das überlasse ich dann doch Lou und Kai.«

»Hey, wir sind hier. Wir alle.«

Ich nickte ihr zu und mein Lächeln wurde noch ein wenig breiter. Weil dieses *Hier* mir in diesem Moment alles bedeutete. »Ja, das sind wir.«

Leni berührte mich leicht am Arm und schenkte mir ihr ganz persönliches Leuchten. »Du musst uns unbedingt von dem Praktikum erzählen. Die Bilder aus dem Zoologischen Garten in Berlin waren der Wahnsinn – dieser Babykoala. Und die kleine Giraffe ...«

Amusiert stupste Elisa sie an und verschränkte locker die Arme vor der Brust, wodurch der singende Tannenbaum auf ihrem Sweater verdeckt wurde. »Das heben wir uns für den Abend auf, jetzt müssen wir erst mal etwas schaffen und vor allen Dingen die Aufgaben besprechen.«

Es wunderte mich nicht im Geringsten, dass Elisa nach wie vor den uneingeschränkten Überblick über die Organisation hatte, die in den vergangenen Monaten und während unzähliger Meetings *Schrägstrich* Videocalls immer umfangreicher geworden war. Neben Leni war sie einer der strukturiertesten Menschen, die ich kannte, und Raffael hätte keine bessere Planerin bekommen können, um den Winterball in die Tat umzusetzen.

Ich wischte mir die Hände an meiner weiten Jeans ab und nickte. »Bin für alles zu haben und für jede *Schandtat* bereit. Also, was gibt's noch zu tun?«

»Ich hoffe ja nicht, dass unsere Winterballplanung zu einer *Schandtat* wird. Oder einem Chaos.«

Leni runzelte bei Malias Worten nachdenklich die Stirn. »Ja, das Durcheinander mit Oma Eddas Hochzeit letztes Jahr hat mir voll und ganz gereicht. Noch mal brauche ich so einen Stress nicht.«

»Und deswegen gehen wir das alles geordnet an«, beruhigte Elisa unsere Freundin und zupfte ihren hellblonden Pferdeschwanz zurecht. »Kein Chaos, keine unerwarteten Wendungen, keine Schneemassen, die uns in die Quere kommen.«

Ich setzte gerade an, um Elisa zuzustimmen – mit ihr als Organisationstalent und den Ressourcen des *Meeresrauschen* konnte ganz einfach gar nichts schieflaufen –, als sich einer der Seiteneingänge öffnete … und mir prompt jedes weitere Wort im Hals stecken blieb.

Die Planung des Winterballs würde vielleicht nicht in einem Chaos enden, aber dafür wurde dieser Moment unserer Geschichte gerade zu einer einzigen *unerwarteten Wendung*. Denn in diesem Augenblick trat Noel Nielsen in schickem Dreiteiler in den Saal und nahm innerhalb eines Sekundenbruchteils nicht nur jeden Quadratmillimeter der weitläufigen Räumlichkeiten, sondern auch mein gesamtes Bewusstsein ein.

Als er locker die Hände in den Taschen seiner Anzughose versenkte.

Als er sich lächelnd umsah.

Als der Blick aus seinen grünen Augen auf mich fiel.

Und etwas auf seinen markanten Zügen verrutschte.

Noels linke Augenbraue wanderte ein wenig nach oben, sein Lächeln gefror kaum merklich und trotz seiner scheinbar entspannten Haltung wusste ich intuitiv, dass ihn dieser Moment ebenso kalt erwischt hatte wie mich.

»Noel! Was machst du denn hier?«, sprach Leni meine Gedanken nur einen Atemzug später laut aus – gut, ich hätte es anders formuliert, aber im Prinzip fragte ich mich genau das.

Warum zum verfluchten Teufel der neun Höllenkreise war Noel Nielsen hier?

Ich meine, klar, das war wortwörtlich *sein* Hotel, aber eigentlich sollte er mit seinem Vater Partnerhotels abklappern und Seminare besuchen. An einem ganz anderen Ort Klinken putzen und nicht im Saal des *Meeresrauschen* stehen und mich immer noch unverwandt anstarren.

Hastig riss ich mich von ihm los, bevor das alles noch un-

angenehmer werden konnte und meinen Freundinnen auffiel, dass zwischen Noel und mir nach dem Silvesterkuss kei-
nesfalls alles *cool* und *geklärt* war, wie ich es behauptet hatte.
Denn das war es nicht. Absolut nicht. Ehrlich gesagt wusste
ich selbst nicht, warum ich diesbezüglich gelogen hatte. Ich
erzählte meinen besten Freundinnen sonst alles – und damit
meinte ich wirklich *alles* –, aber Noel … das war irgendwie
etwas anderes. Und da er im vergangenen Jahr unzählige Geschäftsreisen und Fortbildungen unternommen hatte und
genauso wie ich kaum hier gewesen war, war es mir sinnlos
vorgekommen, diesen einen Kuss aufzubauschen. Ohne Be-
rührungspunkte kein Konfliktpotenzial.

Ich hatte es mir leicht – offensichtlich *zu leicht* – gemacht,
alles von mir geschoben und nun war diese Leichtigkeit auf
einen Schlag Geschichte. Übrig blieb nur das Gewicht der
letzten dreihundertsechzig Tage, das mich hier und jetzt er-
barmungslos zu Boden drückte.

Weil der Kuss für mich, ganz gleich wie sehr ich es mir
auch wünschte, eben nicht bloß ein Kuss gewesen war.

Und weil ich verdammt noch mal Angst davor hatte, mich
dieser Tatsache stellen zu müssen.

Unausgesprochene Worte
Noel
26. Dezember

Ich hatte mit vielem gerechnet.

Mit viel Arbeit, damit, mir die Hände schmutzig zu machen, mit dummen Sprüchen von Rafe, weil das eben seine Königsdisziplin war, und mit der Monsteraufgabe, eines der bedeutendsten Events des Jahres zum Abschluss zu bringen. Mit alldem wäre ich problemlos klargekommen. Ich liebte es, Lösungen zu finden, besonders wenn es so richtig knifflig und verzwackt, fast schon aussichtslos wurde.

Womit ich allerdings weder gerechnet hatte noch wirklich gut klarkam, war die Tatsache, dass Ida Hansen nur ein paar Meter entfernt zwischen ihren Freundinnen stand und mich anstarrte, als wäre ich der Teufel persönlich. Denn bis vor wenigen Sekundenbruchteilen war ich davon ausgegangen, dass sie den Jahreswechsel nicht auf der Insel verbringen würde. Zumindest war das mein letzter Stand gewesen.

Von wegen.

Fast ein Jahr lang hatten wir uns nicht gesehen. Nicht gesprochen. Ausgerechnet, nachdem ich meinem dämlichen Verlangen und dieser unerträglichen Spannung zwischen uns nachgegeben und sie an Silvester geküsst hatte. Einfach geküsst und dann kein Wort mehr darüber verloren hatte.

Ich hatte es nicht darauf angelegt, in diese Funkstille zu rutschen, aber es war nun mal passiert. In den letzten Monaten war ich mit meinem Vater quer durch Europa gereist, um neben Promotion und guter alter Kontaktpflege auch neue Geschäftsbeziehungen zu knüpfen und mich weiterzubilden. Ich war so gut wie nie länger als ein paar Tage auf der Insel gewesen und zu diesen Zeiten war Ida jedes Mal in Hamburg gewesen, wo sie studierte, oder bei ihrem Praktikum. Wir hatten uns verpasst. Immer wieder. Gelegenheiten zum Reden hatte es nicht gegeben. Doch jetzt, da ich in ihr Gesicht blickte, ihre Miene las, fragte ich mich, ob es sie wirklich nicht gegeben hatte, diese Gelegenheiten, oder ob wir sie eher bewusst vermieden hatten. Denn auch wenn ich Ida seit Monaten nicht mehr begegnet war, konnte ich ihr nun ansehen, dass sie an das Gleiche dachte wie ich. An diese paar Sekunden, in denen sich unsere Lippen berührt hatten. Sekunden, die eigentlich nichts Besonderes oder Großes hätten sein dürfen und mir dennoch nicht mehr aus dem Kopf gingen. Ganz gleich, wie viel ich um die Ohren hatte. Oder welche Gesellschaft ich auch genoss. Ida war stets in einem hinteren Winkel meiner Gedanken, mal lauter, mal leiser, aber immer zusammen mit ihrer … ihrer ganz besonderen Art, die mich von Beginn an fasziniert hatte. Mit jedem bisschen, das sie mich von sich gestoßen und mir in der Zeit vor dem Kuss Konter gegeben hatte, ein wenig mehr.

Ehrlich gesagt hatte es mich selbst erschreckt, wie sehr ich mich von Ida Hansen angezogen fühlte. Schließlich gab es genügend Gründe, mich nicht darauf einzulassen. Auf niemanden.

»Noel! Was machst du denn hier?«

Lenis helle Stimme riss mich aus meinen Gedanken und ich hätte sie dafür küssen können. Denn in diesem Moment hielt sie mich davon ab, irgendetwas Dämliches zu tun, das mich direkt zu Ida gebracht hätte. Hinein in ihren tödlichen Blick.

Ich räusperte mich lautlos und zuckte mit den Achseln. »Glaubt ihr wirklich, ich lasse mir den phänomenalen Winterball entgehen?«

»Nachdem du dich in der letzten Zeit kaum hast sehen lassen, sind wir davon ausgegangen, ja«, erklang hinter mir die Stimme meines Cousins und Geschäftspartners Raffael, der zusammen mit seinen besten Freunden Jonah Falk und Kai Hansen den Saal betrat.

»Einer von uns muss ja die harte Arbeit machen und networken.«

»Wohl eher sich durch sämtliche Sterneküchen schlemmen und ziellose Konversationen führen«, stichelte Rafe weiter, ehe er mich in eine kurze Umarmung zog und mir auf den Rücken klopfte. »Nein, Mann, ist gut, dich wieder hierzuhaben. Du hast gefehlt.«

Grinsend breitete ich die Arme aus und schaute mich im Saal um. »Ich versteh schon, der Laden ist ohne meine Talente in einen desaströsen Zustand verfallen. Beinahe hätte ich das *Meeresrauschen* nicht wiedererkannt.«

Ein spöttisches Schnauben kam aus Idas Richtung und prompt wanderte mein verräterischer Blick wieder zu ihr. »Ich denke, Rafe hat das ganz gut allein auf die Reihe bekommen, findest du nicht?«

Ihre Worte rauschten noch genauso mühelos in mich hinein wie vor unserer Funkstille und ich war noch genauso unfähig, die Herausforderung nicht sofort anzunehmen und zum Gegenschlag auszuholen. Weil das leichter war, als mich mit dem zu beschäftigen, was da wirklich zwischen uns vor sich ging. Weil es leichter war, jetzt laut zu sein, als die Stille zuzulassen, in der all das lauerte, was wir nicht aussprachen.

Und aus Erfahrung wusste ich, dass in dieser Stille die Macht ruhte, wirklich tiefe Wunden zu schlagen.

»Ach ja? Sieht für mich nicht so aus.« Demonstrativ deutete ich auf die unzähligen gestapelten Kisten, die halb zusammengeschobenen Tische und Stühle vor der gewaltigen Glaswand, die sich zum Meer öffnete, und den überdimensionalen Weihnachtsbaum, der neben dem Barschiff bis unter die gut fünf Meter hohe Decke ragte. Mir ein Rätsel, woher sie dieses Monstrum geholt hatten; das musste in meiner Abwesenheit auf Lenis Mist gewachsen sein.

»Und das willst du nach – wie lange bist du schon hier? – *zwei Minuten* beurteilen können?« In Idas braunen Augen blitzte es auf und aus einem mir unbegreiflichen Grund zog mich dieses Funkeln geradezu magisch an.

Damit war es offiziell: Ich war ein Masochist.

Wie ferngesteuert machte ich einen Schritt in ihre Richtung und war mir der Blicke der anderen dabei nur allzu bewusst. »Wenn ich mich nicht täusche, dann bist du vermutlich auch noch nicht viel länger da als ich, nicht wahr, Ida?«

Ihre Wangen färbten sich sichtlich und betonten die rötlichen Facetten in ihren braunen Strähnen. Mir gefielen ihre neuen, kürzeren Haare. Mir gefiel das hier.

Herrgott, Noel.

Elisa klatschte in die Hände und unterbrach damit, was auch immer Ida und ich hier trieben. »Leute, wenn wir dann wieder zum wichtigen Teil dieses … Meetings kommen könnten? Mit der Zustimmung der Herren Hoteldirektoren, wohlgemerkt.«

Als Gentleman, der mein Cousin in den tiefsten Tiefen seines Herzens trotz Dementierung war, trat er neben Elisa und neigte den Kopf. »Mein Gedanke. Uns läuft die Zeit davon und wir haben gerade ziemlich miese Neuigkeiten in Bezug auf den Winterball bekommen.«

»Sag mir bitte nicht, dass sich die Katastrophen vom letzten Jahr wiederholen, Rafe.«

Rafe gab Leni einen Kuss auf die Schläfe. »Das nicht, aber unsere Idee, den Nordpol und Santas Werkstatt als Motto zu nehmen, fällt ins Wasser. Unser Lieferant ist mit dem Lkw an der polnischen Grenze hängen geblieben und damit wird dieses Vorhaben zu knapp.«

Unzufrieden zog Elisa die Unterlippe zwischen ihre Zähne, während Lou vehement den Kopf schüttelte. »Das sind keine miesen Neuigkeiten, sondern ist genau das, was wir gebraucht haben. Ein Zeichen.«

»Zeichen?«, wiederholte Ida skeptisch und fasste ihre Freundin ins Auge, wobei sie mir noch ein wenig mehr den Rücken zuwandte. Das war dann wohl *mein* Zeichen.

»Ein Zeichen, dass meine Community – und ich, wohlgemerkt – richtiggelegen haben. Wir hätten von Anfang an das Motto *Winterwunderland* verfolgen sollen.«

»Du hast die Motto-Diskussion als Abstimmung auf deinem Travelblog gepostet?«, erkundigte ich mich ungläubig und musterte sie stirnrunzelnd.

Noch ehe Lou antworten konnte, meinte Kai: »Ja. Hat sie.«

»Na und? Alle waren für das Wunderland, weil es viel edler und passender für ein Hotel wie das *Meeresrauschen* ist.«

Ich fuhr mir nachdenklich über das Kinn und blieb an den

leichten Stoppeln dort hängen. Mein Flug nach Hamburg war so früh gegangen, dass das Rasieren heute Morgen hatte ausfallen müssen. »Lou hat da definitiv einen Punkt. Es ist eine elegante Idee und vermutlich leichter zu organisieren, auch wenn das nach wie vor eine Mammutaufgabe bleibt – so kurz vor Schluss.«

»Ach was, das bekommen wir hin!« Strahlend hielt mir Lou eine Hand zum High five hin – und ich konnte gar nicht anders, als einzuschlagen.

Dann wandte ich mich an Elisa, weil sie die organisierte Frau mit Klemmbrett war. »Gibt es dazu schon Vorschläge?«

Wie erwartet schaltete sie sofort in den Planungsmodus, wobei sie sich weder von ihrem Freund Jonah, der ihr langsam über den Arm streichelte, noch den überraschten Mienen aus der Ruhe bringen ließ. »Schneeflocken, die von der Decke baumeln, weiße Tische und Stuhlhussen, funkelnde, durchscheinende Kristallleuchter, weiße Kerzen, weißer Vlies und Tüll, vielleicht etwas Tanne als Tischdeko und Girlanden … ist eine ganze Menge. Wobei wir den Weihnachtsbaum schon haben und direkt miteinschließen könnten. Vielleicht etwas umdekoriert mit Plastikschneeflocken und Kunstschnee passend zum neuen Thema.«

»Wir könnten auch noch mehr alte Weihnachtsbäume einsammeln und einen kleinen Winterwald kreieren«, sprang Malia auf den Zug auf. »Ein paar Freunde und Bekannte treten ihre Bäume sicherlich frühzeitig an uns ab, wenn wir lieb fragen.«

»Und ich denke, ich weiß, wo wir Möbel für das richtige Ambiente finden, die das Werk vervollständigen«, ergänzte Leni. »Omas Bekannter Björn hat unten in Hörnum ein ganzes Lager voller Antiquitäten und vergessener

Dekoration. So müssten wir bei dem Wetter nichts vom Festland holen.«

Ida trat näher an Leni heran. »Björn, der den Leuchtturm dort wartet?«

»Leuchtturm-Menschen kennen sich untereinander, Weisheit von Oma«, meinte Leni, deren Großmutter das Café im Kampener Leuchtturm *Langer Christian* führte.

Begleitet von einem kleinen Dauernicken notierte sich Elisa alles Gesagte und blickte dann in die Runde auf. »Ich schlage vor, wir brainstormen noch ein wenig weiter und verteilen anschließend die Aufgaben – jetzt, da wir das neue Motto haben. Oder gibt es Einwände?«

Aus irgendeinem Grund sah ich sofort wieder zu Ida und bekam gerade noch mit, wie sie ertappt zur Seite schaute. Unwillkürlich breitete sich ein seltsames Gefühl in mir aus, das man am ehesten vielleicht mit Rastlosigkeit vergleichen konnte. Etwas drängte mich in ihre Richtung, zurück zu diesem Hin und Her, das wir gerade – nein, seit Jahren – spielten. Ich wollte mit ihr sprechen und gleichzeitig wieder den Abstand der letzten Monate zwischen uns bringen. Was nicht mal in meinen verworrenen Gedanken Sinn ergab. Wie, bitte schön, sollte man da noch durchsteigen?

»In Ordnung, dann ab in den Stuhlkreis und her mit euren Vorschlägen«, verkündete Elisa und tippte mit dem Stift auf das Klemmbrett. »Wir haben viel zu tun und wenig Zeit.«

Als wir mit der groben Planung durch und alle Notizen niedergeschrieben waren, war es kurz vor Mitternacht und ich auf dem besten Weg, im Sitzen einzuschlafen. Mir steckten die letzten Wochen in den Knochen, in denen ich gefühlt von einer Stadt zur anderen gehetzt war und mich in der ohnehin wenigen freien Zeit aus der Ferne mit den Finanzen des *Meeresrauschen* beschäftigt hatte. Keine Frage, ich liebte meinen Job und das, was Raffael und ich hier auf die Beine gestellt hatten, aber nach diesem Marathon sehnte ich mich nach Ruhe und Ausgeglichenheit. Nach der Chance durchzuatmen, nachdem ich in den vergangenen Monaten immer nur kurz Luft geschnappt hatte.

Monaten? Wohl eher Jahren, schließlich suchst du diese Ruhe, seit das mit –

»Noel? Bist du so weit?«

Ich schreckte auf und stellte fest, dass ich der Letzte war, der noch immer auf seinem Stuhl saß. Mein Hintern war schon vor Stunden eingeschlafen.

»Ja, sicher«, beeilte ich mich, Rafe zu antworten, und erhob mich, wobei ich ein wenig schwankte. Schwer zu sagen, ob das an meiner Müdigkeit, meinen kribbelnden Gliedern oder der Richtung lag, in die meine Gedanken gerade gewandert waren. Und dabei hatte ich geglaubt, dieses Kapitel irgendwann hinter mir lassen zu können.

Natürlich.

»Alles okay? Ich weiß, die Mädels können … viel sein, wenn sie einmal ihre Ideenfabrik angeschmissen haben, aber –«

»Hey, das haben wir gehört!«, ließ uns Malia wissen, die ein paar Meter entfernt mit ihren Freundinnen stand.

Raffael ging nicht darauf ein. »Aber unabhängig davon, du siehst echt fertig aus.«

Mein Cousin war vermutlich der Einzige, der verstehen könnte, was in mir vorging. Dass mir nicht die Erschöpfung nach den Geschäftsreisen zu schaffen machte, sondern etwas, das weiter in der Vergangenheit lag, genauer gesagt unserer Studienzeit in Flensburg. Etwas, das selbst heute noch dafür sorgte, dass ich wahlweise beinahe akribisch für Harmonie und Balance sorgte oder alternativ auf jede Herausforderung ansprang, um mich nicht damit beschäftigen zu müssen.

Doch hier und jetzt war nicht der richtige Zeitpunkt, um Raffael von diesem Abgrund zu erzählen, und mein Cousin hatte auch so schon genügend eigenes Gepäck. Also klopfte ich ihm nur brüderlich auf die Schulter und winkte ab. »Du weißt doch, wie mein Vater sein kann. Ich brauche nur eine heiße Dusche und ein paar Nächte ungestörten Schlaf und dann bin ich wieder ganz der Alte.«

Eine Vielzahl von Fältchen breitete sich auf seiner leicht gebräunten Stirn aus, vermutlich weil er diesen Tonfall kannte. Glücklicherweise suchte sich Leni diesen Moment aus, um sich Rafes Arm zu schnappen und an ihn zu schmiegen. »Können wir endlich ins Bett? Bevor Elisa doch noch die nächste Runde Brainstorming einleitet.«

Einen Augenblick wirkte es, als wollte Rafe widersprechen, aber schließlich nickte er. »So, wie ich Elisa kenne, stehen die Chancen nicht schlecht, dass sie die ganze Nacht an ihrem Schichtplan für uns arbeiten wird.«

»Armer Jonah«, kommentierte ich gespielt lässig, woraufhin mir dieser den Mittelfinger zeigte, ohne sein Gespräch mit Kai zu unterbrechen oder auch nur in unsere Richtung zu schauen. Seit er mit Elisa zusammen war, war Jonah nicht länger der berüchtigte einsame Wolf von Sylt, aber hin und wieder machte er mir doch noch Angst.

»Wie dem auch sei, wir sehen uns morgen, schätze ich.«

Leni gähnte und hielt sich rasch eine Hand vor den Mund. »In alter Frische, spätestens wenn Elisa uns den Plan schickt.«

Ich nickte und verabschiedete mich von den anderen, um endlich in meine Wohnung im obersten Stockwerk des Hotels zu kommen. Um diese Zeit schlief das *Meeresrauschen* längst, die Eingangshalle war verlassen und die Lichter gedimmt. Nun selbst gähnend schnappte ich mir meine Koffer, die ich vorhin nur achtlos hinter den Empfangstresen gestellt hatte. Dann steuerte ich die Treppe an, als ich ein Kribbeln im Nacken spürte.

Ida stand auf den funkelnden Fliesen mitten im Foyer und sah mich schweigend an. Zwischen uns gut sechs Meter und wieder diese widersprüchliche Spannung.

Mehrere Sekunden lang verhakten sich unsere Blicke, während sich keiner von uns rührte. Oder etwas sagte. Oder auch nur mit der Wimper zuckte. Beinahe war es so, als hätte man die Welt eingefroren, die Zeit angehalten und aus einer grausamen Laune heraus unseren Gedanken erlaubt, umso schneller umherzuwirbeln. Gedanken an den Kuss, Gedanken an das Gefühl ihrer Lippen auf meinen, Gedanken an den winzigen Augenblick, in dem wir beide nachgegeben hatten und da … da nur *wir* gewesen waren.

Ich konnte nicht sagen, wie, aber irgendwie schaffte ich es, mich aus der Starre zu reißen und einen Schritt auf sie zuzumachen, den Abstand zu verkürzen.

»Ida, wir —«, setzte ich leise an.

Doch meine Worte erreichten sie nicht mehr, denn Ida hatte sich längst umgedreht und den Moment verlassen.

Ausgerechnet wir

Ida

27. Dezember

»Das kann sie nicht machen. Das kann sie wirklich nicht einfach machen«, brummte ich in meine Schüssel Müsli und hätte mein Handy am liebsten darin versenkt.

Meine Mutter, die abwechselnd nach draußen schaute, wo meine beiden jüngeren Schwestern Lea und Fee im Schnee spielten, und zu ihrem Kuchenteig, wandte sich nun zu mir um. »Was ist denn los, Mäuschen?«

»Das ist los.« Gequält verzog ich das Gesicht und hielt ihr mein Smartphone entgegen, auf dem unsere WhatsApp-Gruppe *Winterball* samt Elisas letzten Nachrichten geöffnet war.

> **Elisa**
>
> Guten Morgen, ihr Lieben 😊 Hier kommt wie versprochen die Aufteilung für die nächsten Tage – Änderungen nicht möglich, es hat lange genug gedauert, eure Wünsche und verfügbaren Zeiten einzuplanen (mal ehrlich, wie kann man zwischen den Jahren nur so verplant sein?).

Malia, Lou und Kai: Weihnachtsbäume
einsammeln (Liste habe ich Leni geschickt) und
entsprechende Dekoration einleiten. Leni und
Rafe: Tische und Stühle und deren neue
Anordnung zum geänderten Thema besprechen
und aufbauen. Auch eventuelle Personaländerung
klären. Jonah und ich: Stoff besorgen und Gebäck
bei Mathilda und Edda abholen. Ida und Noel:
Möbel und Sonstiges bei Björn in Hörnum
abholen – dazu kann der VW-Bus von Lou und
Kai genutzt werden. Zusätzlich: Mik zur neuen
Musikrichtung briefen, Till nimmt Fotografin in
Empfang und bespricht Ablauf.

»Hm« machte Mama, als sie fertig gelesen hatte, und richtete sich wieder auf. »Für mich klingt das nach einer fairen Aufgabenverteilung.«

Ich pustete mir eine Strähne aus der Stirn, die meinem zu kurzen Zopf entkommen war. »Fair schon, aber die Aufteilung an sich? Warum hat sie mich ausgerechnet mit Noel zusammengesteckt? Warum übernehmen nicht Kai und Lou mit ihm das Möbelbesorgen? Der Bus gehört schließlich ihnen. Was habe ich damit zu tun?« Meine Stimme wurde zunehmend lauter, während ein wissendes Lächeln die Züge meiner Mutter aufhellte.

»Eventuell ist das eine gute Gelegenheit, endlich mit Noel zu sprechen.«

»Wir müssen nicht miteinander sprechen. Es gibt nichts zu bereden.«

Ihre Miene sagte mehr, als tausend Mutter-Ratschläge es gekonnt hätten.

Ich seufzte. »Ich will nicht, dass es komisch wird. Das Ganze ist ein Jahr her, bisher hat es keiner von uns zur Sprache gebracht und ich denke, das ist auch gut so.« Demonstrativ sperrte ich mein Handy und schob mir den nächsten Löffel Müsli in den Mund.

Liebevoll streichelte mir meine Mutter über die Haare und setzte sich dann auf den Hocker neben mir an die Küchentheke. »Dafür, dass es so lange her ist, beschäftigt es dich ganz schön doll, oder nicht? Vielleicht solltest du dir darüber Gedanken machen und nicht über die Sorge, es könnte *komisch* werden. Deine Freundinnen scheinen es schließlich auch bemerkt zu haben.«

Ich legte die Stirn in Falten und rührte nachdenklich in der Schüssel herum. Ihre Worte stießen irgendetwas in mir an, nur konnte ich noch nicht sagen, was genau es war.

Eine gute halbe Stunde später setzte ich mich hinter das Steuer des Land Rovers und fuhr zum *Meeresrauschen*. Kai hatte die Nacht bei Lou verbracht und würde mit ihr und dem VW-Bus, den sie aus mir unerfindlichen Gründen *Heinz* getauft hatten, direkt zum Hotel kommen. Die Straßen waren weitestgehend geräumt, an den Rändern türmten sich nun kleine Schneeberge auf und die gesamte Insel schien unter einer Schicht Puderzucker begraben. Auch wenn ich nach wie vor wegen der Sache mit Noel verstimmt war, hob sich meine Laune merklich, als ich durch die winterliche Landschaft fuhr. Aus Erfahrung wusste ich, dass der Schnee nicht lange liegen bleiben würde, aber für den Moment wirkte es, als wäre Sylt einem ziemlich kitschigen Winterfilm entsprungen – fehlten nur noch die Rentiere und Schlittenhunde unter dem endlosen graublauen Himmel.

Bedauerlicherweise verabschiedete sich meine gute Stimmung, kaum dass sich das *Meeresrauschen* vor mir erhob. Mit goldenen Lichtern bestückt ragte das Luxushotel beinahe majestätisch in der Dünenlandschaft auf und erinnerte mich zuverlässig an das, was mir heute und in den nächsten Tagen bevorstand: Teamwork mit Noel Nielsen.

Himmel.

Etwas zu ruckartig stellte ich den Schalthebel auf *Parken* und atmete aus, wobei mir die Worte meiner Mutter wieder in den Sinn kamen. Wenn Elisa diese Paareinteilung wirklich vorgenommen hatte, weil sie glaubte, etwas zwischen Noel und mir gesehen zu haben … ich würde das so was von mit ihr klären. Am besten jetzt sofort. Noch ehe sich der Gedanke in mir festigen konnte, war ich auch schon aus dem Landrover gestiegen und hatte das Hotel betreten. Im Vorbeigehen grüßte ich Janis und platzte dann direkt in den großen Saal, der zu meiner Verwunderung bis auf Elisa und Leni verlassen war.

»Wo sind denn alle?«

»Oh, guten Morgen, Ida«, begrüßte mich Leni und schloss mich kurz in die Arme. »Malia hat verschlafen, Rafe ist im Frühstückssaal, weil es dort Probleme gibt, und Lou und Kai haben Schwierigkeiten mit Heinz. Es fängt wieder einmal sehr gut an.«

Elisa drückte Leni die Schulter und schenkte mir ein schiefes Lächeln. »Nichts, was wir nicht wieder auf die Reihe bekommen. Glücklicherweise habe ich genügend Puffer eingebaut und Noel sollte jeden Moment hier sein. Ihr könnt eventuell einen der Hotelsprinter nehmen, er klärt das gerade.«

Ich öffnete den Reißverschluss meiner gefütterten Winterjacke und schüttelte den Kopf. »Elisa, was die Sache mit Noel angeht … kann ich … also ich meine … gibt es keine andere Möglichkeit als … ihn?« Bei der stürmischen Nordsee, seit wann druckste ich denn so rum? Normalerweise war es typisch für mich, erst den Mund aufzumachen und dann nachzudenken. Nicht selten etwas ruppig und zu direkt, aber das? Das war armselig.

Meine Freundinnen sahen mich gleichermaßen verwirrt an, ehe Elisa erwiderte: »Du möchtest nicht mit Noel zusammenarbeiten?« Ihre Stimme war sanft, ihr Ausdruck weich, doch ich kannte Elisa Andersen lange genug, um mich nicht davon täuschen zu lassen.

»Als ob du das nicht bemerkt hättest.«

Zumindest für einen Sekundenbruchteil huschte so etwas wie Schuldbewusstsein über ihre Züge. »Eventuell habe ich eine gewisse … Anspannung gespürt. Gestern. Und das hat mich überrascht, weil du ja gesagt hast, ihr hättet die Kusssache geklärt.«

Konnte sich bitte der Boden auftun und mich verschlucken? Ich legte den Kopf in den Nacken, während Elisa zögerlich fortfuhr.

»Ich dachte einfach, es ist eine gute Möglichkeit auszusprechen, was auch immer da ist, schließlich ist das Jahr fast vorbei und —«

»Da ist nichts, Elisa.« Meine Antwort kam ein wenig zu harsch, weshalb ich beinahe noch im selben Moment hinterherschob: »Tut mir leid. Ich bin bloß mit dem falschen Bein aufgestanden.«

Leni trat näher an mich heran und sofort spürte ich diese ... Wärme, die sie ausstrahlte. Leni-Magie. »Ida, was ist los? Du kannst uns alles sagen, das weißt du, oder?«

Seufzend schob ich eine Strähne hinter mein Ohr. »Noel ist einfach —«

»Der Größte? Der Retter der Stunde?«, schlug Noel vor, als er unangekündigt in unsere Mädelsrunde platzte und ziemlich selbstzufrieden mit einem Schlüssel vor unseren Augen herumwedelte. »Alles geklärt. Sowohl die Autofrage als auch der Zwischenfall beim Frühstück. Wir sind wieder auf Kurs. Also, können wir los, Ida?«

Bei seiner guten Laune verzog ich unwillkürlich das Gesicht und überkreuzte die Arme vor der Brust. »Sicher. Kann es kaum erwarten.«

»Ida ...«, setzte Elisa an und wirkte anders als zuvor nicht mehr so überzeugt von ihrer Idee, welche Möglichkeit mir diese Paarung eröffnen sollte. Doch ich winkte ab. Wir hatten Wichtigeres zu tun, als diese *Kusssache* weiter zum Thema zu machen. Gott, wenn das noch einmal jemand so nannte, würde ich schreien.

Ohne große Worte verabschiedete ich mich von meinen Freundinnen und schnappte Noel die Schlüssel aus den Fingern. »Ich fahre.«

Zu meinem Erstaunen hatte er nichts dagegen einzuwenden. Ganz im Gegenteil. Sobald wir den Saal verlassen hatten, verblasste jedoch das Strahlen, seine Schultern spannten sich merklich an und es war deutlich, dass er ebenso wenig erfreut über unser gemeinsames Schicksal war wie ich. Kurz dachte ich wieder an diesen seltsamen Moment gestern in der Eingangshalle, als wir einander angestarrt und dennoch keine Silbe über die Lippen gebracht hatten. Da erfasste mich die eiskalte Luft draußen und wischte jeden Gedanken fort.

»Welcher Sprinter ist es?«

»Der weiße mit dem Logo da vorne, aber Ida, warte —«

Ich fuhr zu ihm herum und hob eine Braue. »Was ist?«

An seinem Kiefer zuckte ein Muskel, dann verschloss sich seine Miene – was in Noels Fall bedeutete, dass sich ein breites Lächeln darauf ausbreitete. »Sicher, dass du bei dem Wetter fahren willst?«

Ich warf ihm nur einen vielsagenden Blick zu und steuerte den Sprinter an.

Während der halbstündigen Fahrt sprachen Noel und ich fast kein Wort und es war in etwa so angenehm wie eine Wurzelbehandlung bei schlechter Betäubung. Immer wieder kamen mir die Ratschläge von Elisa und meiner Mutter in den Sinn, die meinten, ich solle die Chance nutzen und mit Noel über das letzte Silvester sprechen. Aber jedes Mal fragte ich mich noch im selben Zug, worauf genau sich dieses *Sprechen* beziehen würde. Wir hatten uns geküsst, ja. Seitdem kaum miteinander geredet, uns nicht gesehen. Und jetzt war es ... *so* zwischen uns. Vor dem Kuss hatten wir uns gefoppt und mit dämlichen Sprüchen aufgezogen, aber diese Stimmung jetzt? Was genau war das?

Von meinen Gedanken konnte man glatt Kopfschmerzen bekommen.

»Da vorne ist es«, brach Noel schließlich die Stille, als wir Hörnum erreichten und uns nur noch ein paar Hundert Meter vom rot-weiß gestreiften Leuchtturm trennten. Das schwarz lackierte Dach war nun von einer zarten Schneeschicht bedeckt, und obwohl es erst früher Vormittag war, drehte sich das Licht bereits in der obersten Kammer.

»Björn meinte, wir sollen uns den Schlüssel für das Lager im Nebengebäude bei ihm abholen.«

Ich stellte den Motor ab und sah zum ersten Mal, seit Noel und ich in den Sprinter gestiegen waren, zu ihm. Zwischen seinen Brauen hatte sich eine tiefe Falte gebildet und anders als sonst wirkte das Grün seiner Augen nicht hell und klar, sondern ... trüb. Beinahe so, als hätten sich Schatten darübergelegt.

Ich umschloss den Autoschlüssel fester und schnallte mich ab. »Lassen wir Björn nicht warten.«

Ein kleiner Weg, der normalerweise von Heidekraut flankiert wurde und nun unter Schnee verschwunden war, führte uns zum Leuchtturm, wo uns der Wärter empfing. Björn musste etwa im Alter meiner Grams Mathilda sein, seine Wangen waren von der Kälte gerötet und trotz Dezemberluft trug er eine Matrosenmütze und keine Jacke über seinem blau-weiß gestreiften Seemannshemd. »Da seid ihr ja, Kinder.«

»Danke, dass es so kurzfristig geklappt hat«, gab Noel zurück, reichte ihm eine Hand und wirkte wie ausgewechselt.

»Ach was, ich helfe doch immer gern aus. Die Sachen stehen im Keller des Nebenhauses und ein paar Dinge habe ich noch im Leuchtturm gebunkert – aber das sagen wir nicht der Aufsicht, *aye*?«

»Von uns erfährt niemand etwas.« Charmantes Lächeln, offenes Auftreten, keine Schatten. Vielleicht hatte ich mir Noels seltsame Haltung auch nur eingebildet.

Björn brummte etwas Unverständliches und reichte Noel einen Schlüsselbund, an dem zwei alte Exemplare baumelten. »Einer fürs Haus, einer für den Turm. Damit kommt ihr nur in die ersten zwei Etagen, aber das reicht. Im Erdgeschoss des

Hauses stehen ein paar Rollwagen, die sollten euch das Leben erleichtern.«

»Sie kommen nicht mit?« Fragend sah ich den Leuchtturmwärter an und konnte nicht verhindern, dass sich eine gewisse Anspannung in mir ausbreitete. Wenn Björn uns nicht begleitete, bedeutete das im Umkehrschluss, dass ich wieder mit Noel allein sein würde. Ohne Puffer. Großartig.

»Tut mir leid, hab einen Termin im Hafen reinbekommen. Die brauchen da jemanden mit Erfahrung.« Entschuldigend setzte Björn einmal seine Mütze ab, fuhr sich durch die wenigen noch verbliebenen grauen Haare und positionierte sie dann wieder auf seinem Scheitel. »Aber ihr macht das schon. Ist ja kein Hexenwerk, nich'?«

»Natürlich, kein Problem.«

Nachdem alles geklärt war, verabschiedete sich Björn in Richtung Hafen, sodass Noel und ich, nun ja, zurückblieben. Nervös sah ich ihn von der Seite an, während ich mich tiefer in meiner Jacke vergrub. In den letzten Minuten hatte der Wind ordentlich zugenommen und mittlerweile war der gesamte Himmel von tiefgrauen Wolken verhangen.

»Dann sichten wir mal die Sachen und bringen sie so schnell wie möglich ins Hotel.« Noel sagte das mehr zu sich selbst als zu mir, trotzdem nickte ich und folgte ihm zu dem Nebengebäude des Leuchtturms.

Drinnen war es deutlich wärmer, wenn auch dunkel und staubig. Als ich nach dem Lichtschalter tastete, traf ich auf Spinnenweben und stieß einen spitzen Schrei aus.

»Scheiße, Ida!« Erschrocken drehte sich Noel zu mir um und starrte mich – nun, da das Licht eingeschaltet war – vorwurfsvoll an.

»Mache ich dir etwa Angst, Noel?«

»Haha, sehr witzig.« Er hob freudlos die Mundwinkel und deutete dann auf die Treppe zum Keller. »Gehen wir.«

Keine Ahnung, wieso, aber plötzlich klang er seltsam abgehackt und angespannt und irgendetwas sagte mir, dass es dieses Mal nicht nur mit ihm und mir und dieser – Herrgott noch mal – *Kusssache* zusammenhing.

Stirnrunzelnd stieg ich nach ihm durch die Kellertür und die knarrende Holztreppe in das Untergeschoss hinunter, wo ich einen leisen Pfiff von mir gab. Vor uns erstreckte sich das reinste Wunderland aus Krempel aller Art. Eine schräge Mischung aus Antiquitätenlager, Trödelmarkt und Kellerschätzen; mit Noel und mir mittendrin, umgeben von diffusem Licht. Schweigend machte ich ein paar Schritte in das Durcheinander, das einem Labyrinth glich. Von oben hörte man gedämpft das Zischen des Windes und hier drin ... mein mit einem Mal sehr schnell schlagendes Herz. Wie von selbst kam ich zwischen einem alten Klavier, einem hoffnungslos überfüllten Regal voller Schnicknack und einem ausgestopften Wiesel zum Stehen und wandte mich zu meinem *Partner* um.

»Noel ...«, begann ich, verstummte jedoch, als ein lauter Knall durch das Haus raste. Über uns knarzte es, das Säuseln des Windes wurde zu einem hohen Sturmgeheul. Reflexartig legte ich mir eine Hand auf die Brust und blickte hoch zur Decke, ehe ich wieder zu Noel schaute. Und den entgeisterten Ausdruck auf seinen Zügen bemerkte. Seine Augen waren geweitet, seine Hände zu Fäusten geballt, sodass seine Knöchel weiß heraustraten, und seine Miene ... war leer und gleichzeitig unheimlich düster. Anders und fremd.

»Hey, Noel, was ist?«

Er reagierte nicht, rührte sich kein Stück. Vorsichtig kam ich näher und wollte ihn gerade am Arm berühren, doch nur einen Herzschlag später erklang ein hohes Klirren. Ein zweiter Knall und dann waren Noel und ich in absoluter Finsternis gefangen.

Schatten, die nicht fragen

Noel

27. Dezember

Ich konnte nicht mehr atmen. Ich wusste theoretisch, wie es ging. Luft in die Lunge ziehen, Sauerstoff aufnehmen und wieder ausatmen. Keine große Sache, doch in diesem Moment war es unmöglich. Es. War. Unmöglich.

Alles in mir erstarrte zu Eis, meine Eingeweide zogen sich schmerzhaft zusammen und mein Puls dröhnte viel zu heftig und unkontrolliert in meinen Ohren.

»Noel.«

Mein Name wehte wie durch Watte zu mir. Durch finstere Watte, die mir die Sicht genommen hatte. Wäre es nicht schon dunkel um uns herum, wäre mir spätestens jetzt schwarz vor Augen geworden.

Warum musste es so verflucht dunkel sein?

Dunkel wie in einem Grab.

Dunkel wie die tiefste Nacht.

Ich erschauderte. Dann waren da plötzlich warme Finger, die meine Hand streiften. *Ida.*

»Noel, ich bin hier«, sagte sie leise. Ihre Stimme vermischte sich mit dem Knarren des Hauses. Mit der Dunkelheit. »Kannst du mir sagen, wo du bist?«

Trotz meiner Benommenheit wusste ich, dass Ida mit

diesem *Wo* nicht nach meinem tatsächlichen Aufenthaltsort fragte, sondern nach meinem Ich. Nach meinem Bewusstsein.

Der Griff um meine Hand wurde fester und seltsamerweise erdete mich das. Ida erdete mich, wo sie das vergangene Jahr der Grund für meine aufgewühlten Gedanken gewesen war. Ich erwiderte den Druck und schaffte es endlich, irgendwie Luft in meine Lunge zu bekommen. Das Atmen war schmerzhaft, aber nicht länger unmöglich und Ida schien das zu spüren.

»Du kannst mit mir reden oder auch nicht, aber ich bin hier direkt neben dir, in Ordnung?«

»In Ordnung«, krächzte ich und biss die Zähne aufeinander. »Warum ist es … so dunkel?«

Unter anderen Umständen hätte ich die Antwort auf diese banale Frage gekannt. Es gab unzählige Erklärungen, doch in diesem Moment kam mein Verstand nicht über die Finsternis an sich hinweg. Er hatte sich daran festgebissen. Wie schon so oft zuvor und es war noch immer genauso schlimm wie beim ersten Mal.

Ida verflocht ihre Finger mit meinen und seufzte leise. »Ich glaube, der Strom ist ausgefallen. Ich könnte es noch mal am Schalter oben an der Tür versuchen.«

Unwillkürlich hielt ich sie fester.

»Wir können gemeinsam nachsehen, Noel«, erwiderte sie auf meine unausgesprochenen Worte hin und trotz meines vernebelten Zustands berührte es mich, dass Ida verstand. Ohne Erklärungen. Dass sie keine Fragen stellte oder sich lustig machte. Nicht wie damals. Nicht wie … wie *sie*.

Langsam setzten wir uns in Bewegung. Meine Glieder fühlten sich an, als hätte ich mich jahrelang nicht bewegt, während wir Hand in Hand durch das Labyrinth aus Trödel schlichen. In der Dunkelheit, wenn einem das Sehen fehlte, wurde alles andere nur umso intensiver. Geräusche, Gerüche, das Gefühl von Idas Fingern zwischen meinen.

»Wir müssten fast an der Treppe sein … ja, hier ist die erste Stufe. Gleich sind wir draußen.« Ihr Flüstern legte sich um mich, dann folgten wir der Treppe nach oben. Ich meinte den leichten Lichtumriss der Kellertür ausmachen zu können, aber vielleicht war das auch nur Wunschdenken.

»Und hier ist der Schalter.« Ein leises Klicken erklang – nichts geschah. Die Anspannung in mir nahm wieder zu. Wie ich das hasste.

»Gut, dann gehen wir raus und warten, bis Björn den Strom für den Keller wieder eingeschaltet hat«, erklärte Ida den nächsten logischen Schritt und schob uns auf die letzte, breitere Stufe vor der zugefallenen Tür.

Die sich nicht öffnen ließ.

Ich wusste es, noch bevor Ida an der Klinke rüttelte.

Die Tür hatte sich verschlossen – das war der letzte Knall gewesen – und wir waren damit eingesperrt. In der Finsternis.

»Ich hab mein Handy im Wagen gelassen«, murmelte Ida mehr zu sich selbst und setzte sich auf die Stufe, wobei sie mich sanft, aber bestimmt mit sich zog. »Hast du deins?«

»Nein. War heute morgen leer, da hab ich es im Hotel zum Laden angesteckt und dort vergessen.«

»So ein Mist.« Und dann fügte sie Worte an, von denen ich niemals geglaubt hätte, sie von Ida Hansen zu hören. »Es tut mir leid, Noel.«

»Das ist nicht deine Schuld. Niemand kann etwas dafür.« Meine Stimme war brüchig, langsam, und kratzte in meinem Hals.

Ein paar Augenblicke lang schwiegen wir, bis ich ihren kribbelnden Blick auf mir spürte. Es war seltsam, was man plötzlich wahrnahm, ohne sehen zu können. »Du fürchtest dich wirklich, oder? Also nicht vor mir, aber vor der Dunkelheit?«

Ich senkte das Kinn, biss mir von innen auf die Wangen und schloss die Augen. Bilder eines anderen Kellers tauchten auf, alte Bekannte, die ich verabscheute und einfach nicht loswurde.

»Schon okay, es geht mich nichts an. Ich hätte nicht fragen sollen.«

»Doch, du … es ist okay. Dass du fragst, meine ich.« Ich war mir sicher, wäre in diesem Moment das Licht angesprungen, hätte ein kleines, undurchsichtiges Lächeln auf ihren Lippen gelegen. Kopfschüttelnd fuhr ich mir durch die Haare und stellte fest, dass sich ein Teil meiner Starre gelöst hatte. »Und ja, ich … ich habe Achluophobie, so nennt man es, wenn man sich vor der Finsternis fürchtet.« Alter Spott und Selbstverachtung schwangen in meiner Antwort mit, während ich darauf wartete, dass sich Ida darüber amüsierte. Weil ich ein erwachsener Mann war. Weil nur Kinder Angst vor der Dunkelheit hatten.

Doch ihr Lachen blieb aus. Stattdessen rückte sie ein wenig näher. Ganz anders, als ich erwartet hatte. Ganz anders, als ich ein Jahr lang gedacht hatte. Ich bekam eine Gänsehaut.

»Elisa meinte, dass jede Angst einen Ursprung hat. Dass wir oft nicht wissen, wo dieser liegt, und der Grund nicht selten eine andere Form hat, als *logisch* wäre. Kennst du …« Ida wurde noch leiser, sanfter. »Kennst du deinen Ursprung?«

Ja. Ja, ich kannte ihn und wünschte, es wäre anders. Ich

wünschte, ich würde mich nicht an die Party erinnern, auf die ich Rafe in seiner dunklen Zeit begleitet hatte. Diese eine verfluchte Party.

Ein Teil von mir wollte Ida davon erzählen. Wollte, dass sie verstand. Aus irgendeinem Grund hatte ich das Gefühl, dass sie das würde und dass es in Ordnung war, mit ihr darüber zu sprechen, während ich es anderen – sogar Rafe – gegenüber seit Jahren verheimlichte. Doch alte Stimmen hielten mich zurück.

»Ich habe auch Angst, weißt du? Nicht vor der Dunkelheit, aber vor ...«

»Spinnen?« Ich konnte selbst hören, wie tonlos und fahl dieser klägliche Versuch eines Witzes klang.

Trotzdem kam ihr ein leises Schnauben über die Lippen, das Teil unseres alten Spiels war. »Die sind eklig, aber nein. Was ich meine, ist meine Angst ... verlassen zu werden. Oder ersetzt.« Während sie das sagte, war ihre Stimme nicht mehr als ein Wispern. Ein Geständnis. »Als Kai plötzlich berühmt geworden und gegangen ist, hat mich das echt fertiggemacht. Auf sehr viele Arten und Weisen und das hat mich selbst erschreckt. Ich glaube, bis dahin war mir gar nicht klar, dass das meine größte Angst ist, und seitdem ... denke ich manchmal, dass es besser wäre, niemanden mehr an mich heranzulassen. Denn dann kann auch niemand gehen, oder nicht?«

Obwohl ich sie in der Finsternis nicht ausmachen konnte, blickte ich sie an. »Klingt nach einer einsamen Einstellung.« Ich schluckte hart. »Und gleichzeitig kann ich sie sehr gut verstehen.«

»Inwiefern?«

Ihre Frage war wie eine Kreuzung für mich. Eine Kreuzung

mit zwei Entscheidungen – eine leichte, eine schwere. Eine Kreuzung, an der ich nicht zum ersten Mal stand, und dennoch … hatte ich ironischerweise genau hier in der Dunkelheit das Gefühl, zum ersten Mal zu wissen, welche Abzweigung ich nehmen sollte. Weil ich noch immer Idas Wärme spürte, weil ihre Angst eine andere war und trotzdem vertraut klang, weil Ida es irgendwie schaffte, mich in der Furcht zu erreichen.

»Ich hatte nicht immer Angst vor der Finsternis«, begann ich und kaum dass ich diesen Satz ausgesprochen hatte, rutschten mir bereits die nächsten Silben über die Zunge. »Es hat in Kiel angefangen. In der Zeit, als ich mit Rafe zusammengewohnt habe. Es ging ihm echt mies, er war viel feiern und hat sich nichts sagen lassen. Ich bin nicht an ihn herangekommen, ganz gleich, wie ich es versucht habe, und deswegen … habe ich ihn auf eine dieser Partys begleitet. In seine Welt aus Studierenden, die hemmungslos trinken und rauchen, um zu vergessen. Vieles ist von der Nacht verschwommen, obwohl ich nur ein Bier hatte, aber ich erinnere mich noch genau daran, dass ich Rafe gesucht habe und ins Untergeschoss gegangen bin. Dann ist der Strom ausgefallen, es war stockdunkel, irgendjemand hat geschrien und bei mir hat sich ein Schalter umgelegt. Mit einem Mal hatte ich Todesangst und ein paar dämliche Typen haben sich einen Spaß daraus gemacht und mich verarscht. Sie haben mich durch die Gegend geschubst, ich bin gestürzt, ständig waren da Hände, die mich gepackt haben. Es … es war die Hölle.« Ein schaler Geschmack breitete sich in meinem Mund aus.

»Was für Arschlöcher tun so etwas?«

»Sie waren betrunken.«

»Das ist keine Entschuldigung, Noel.« Die Heftigkeit in

ihrer Stimme ging mir direkt unter die Haut. »Es tut mir leid, was sie dir angetan haben.«

Als Antwort strich ich mit dem Daumen über ihren Handrücken. »Ich glaube, ich wäre irgendwann damit klargekommen. Aber dann war da dieses Mädchen. Wir haben uns im Studium kennengelernt, uns verliebt und als sie bei mir übernachtet hat und wir … du weißt schon, na ja, sie hat das Licht ausgeschaltet und ich bin erstarrt. Sie hat sich darüber lustig gemacht, dass ich … ich nicht mehr in der Stimmung war und mein … nun, dass die Erektion nicht … Fuck, vielleicht hätte ich diese Story nicht anschneiden sollen.«

»Hey.« Es war mir ein Rätsel, wie es ihr gelang, aber ihre freie Hand landete zielsicher auf meiner Wange und drehte meinen Kopf sanft zu ihr zurück. »Danke, dass du es mir erzählt hast. Daran ist nichts, was dir unangenehm sein muss, Noel. Rein gar nichts. Wenn überhaupt sollte man dieser Bitch einmal etwas über Feingefühl beibringen.«

Sprachlos sah ich in die Dunkelheit, dorthin, wo ich ihr Gesicht vermutete, und rief mir ihre Züge ins Gedächtnis. Die Stupsnase, die dunklen Haare, die funkelnden braunen Augen, in denen ihr Temperament brodelte. Und dann ihre Lippen. Ihre geschwungenen Lippen, von denen die untere ein wenig voller als die obere war und deren Gefühl und Geschmack sich unwiderruflich in meine Erinnerung gebrannt hatten.

Es überraschte mich, dass ich genau jetzt an den Kuss dachte, während mir die Angst noch immer im Nacken saß, und dennoch ergab es Sinn. Weil ich dieses Mal nicht allein in den Schatten war, sondern zusammen mit Ida.

Ida, die so vollkommen anders reagiert hatte als das Mädchen aus dem Studium.

Natürlich hat sie das, Dummkopf.

Und ich hatte ein Jahr lang damit verschwendet, die Vergangenheit auf Ida zu projizieren. Von einem Mädchen auf alle anderen zu schließen. Diese Erkenntnis raste wie flüssiges Feuer durch meine Adern und brach die Angst darin ein wenig auf. Weit genug, um den ersten richtig tiefen Atemzug zu nehmen, die Wärme zu fühlen, die sich von Idas Fingerspitzen aus über meinen Körper ausbreitete.

»Danke, Ida.«

»Wofür?«

»Dass du zugehört hast, obwohl du jeden Grund gehabt hättest, es nicht zu tun.« Ida atmete scharf ein, doch noch bevor sie etwas erwidern konnte, fuhr ich fort: »Was letztes Silvester zwischen uns passiert ist …«

Sie drückte warnend meine Finger. »Noel –«

»Nein, ich denke wir haben diesen Moment lange genug herausgezögert, findest du nicht? Und ich … ich will nicht, dass das weiter in der Luft hängt, denn dafür ist es mir zu … wichtig.«

Ida ließ die Hand sinken, doch ich griff danach, sodass ich nun beide zwischen meinen hielt. Und ihren schnellen Puls spüren konnte. »Normalerweise rücke ich immer direkt mit der Sprache raus, wenn ich etwas möchte, und an Silvester war es unmöglich, es nicht zu tun, Ida. Dich nicht zu küssen, weil ich das schon ziemlich lange wollte. Aber danach … kam wieder diese verfluchte Angst. Dann die ganzen Termine, wir haben uns nie gesehen und …«

»Es war so leicht, das alles zu übergehen.«

»Ja.« Ich streichelte über ihre Haut; ihre Handflächen waren ein wenig feucht, genau wie meine. Und da brach ein ungläubiges, heiseres Lachen aus mir heraus. »Scheiße, dass klingt alles so lächerlich. Ein Jahr lang habe ich es nicht geschafft, über meinen verfluchten Schatten zu springen.«

»Ich doch genauso wenig, Noel. Ich hätte dich auch darauf ansprechen können. Wir hatten es beide machen können, aber stattdessen musste erst das hier passieren.«

Es wurde wieder still zwischen uns. Ein paar Atemzüge lang wagte ich es nicht, das Schweigen zu brechen, ehe ich schließlich die Worte freigab, die schon eine ganze Weile in meiner Kehle feststeckten. »Das heißt, es hat etwas bedeutet? Silvester?«

Eine kleine Ewigkeit nichts und dann: »Ich … ich glaube schon.«

Mein dummes Herz geriet ins Stocken, raubte mir für den Augenblick die Luft. »Ida, wir —«

Genau in diesem Moment wurde die Tür ohne Vorwarnung aufgerissen. Helles Licht durchbrach die Finsternis und Ida und ich … wir fuhren erschrocken hoch, als hätte man uns bei etwas Verbotenem erwischt.

»Geht es euch gut?«, fragte Björn und schaute zwischen uns hin und her. »Ist 'n mächtiger Sturm da draußen. Hat den Strom im Haus lahmgelegt und für ordentlich Durchzug gesorgt. Ich hoffe, ihr saßt nicht zu lange im Dunkeln.«

Ich bekam seine Erklärungen nur am Rande mit, denn mein Blick, meine ganze Aufmerksamkeit lag noch immer auf Ida. Ida, die nun mit geröteten Wangen den Kopf senkte, ein kleines Lächeln auf den Lippen.

Und fast wünschte ich mir, wir hätten noch ein wenig mehr Zeit dort auf der Treppe gehabt.

Licht in der Dunkelheit

Ida

31. Dezember

Schnee fiel dicht und flockig aus hellgrauen, tief hängenden Wolken, die den Himmel über Sylt beherrschten. Beinahe die ganze Insel war unter einem weißen Gewand verborgen, als hätte sie sich einzig für diesen besonderen Tag herausgeputzt. Den letzten Tag des Jahres, Silvester und unseren Winterball. Normalerweise war ich nicht unbedingt romantisch veranlagt oder sah in simplen Gegebenheiten Zeichen und Symbole, aber die Welt in ihrem Schneekleid zu sehen, fühlte sich hier und jetzt dennoch bedeutend an.

Oder ich hatte in den vergangenen Tagen, die aus einem einzigen Chaos aus Dekorationen, Planung, Aufbau, viel zu vielen Plätzchen und kurzen Nächten bestanden hatten, doch meinen Verstand eingebüßt.

Schwer zu sagen.

Und außerdem war da ja noch die Sache mit –

»Ida?«

Erschrocken fuhr ich hoch und stieß mir dabei die Stirn am Glas des Fensters an, vor dem ich in den letzten … Minuten gestanden hatte. Keine Ahnung, wie lange genau ich nach draußen gestarrt und über alles nachgedacht hatte, ohne auf die lauteste Stimme in meinem Inneren zu achten.

»Ist alles in Ordnung?«, erkundigte sich Leni erneut und zog sorgenvoll die Brauen zusammen. Neben ihr hatten sich Malia, Elisa und Lou positioniert und bedachten mich mit ganz unterschiedlichen Mienen, so wie die gesamte Zeit, seit wir vor vier Tagen aus Hörnum zurückgekommen waren.

Wir.

Noel und ich.

Und damit hatte mich die besagte lauteste Stimme wieder. Eine Stimme, die mich von dem Augenblick an, als Noel und ich in diesem Keller gewesen waren und über unsere Ängste gesprochen hatten, nicht mehr in Frieden gelassen hatte – ganz gleich, wie sehr ich mich auch in die Vorbereitungen gestürzt hatte.

Die Stimme und Noels Blicke, wann immer wir uns in dem Trubel begegnet waren. Keine Worte, nur Blicke und diese reichten vollkommen, um verflucht tief zu gehen.

Hastig richtete ich mich auf, wobei ich den dumpfen Schmerz dort, wo ich gegen das Glas gedonnert war, überging. Stattdessen schob ich mir ein hoffentlich überzeugendes Lächeln auf die Lippen. »Klar, warum auch nicht? Ich bin nur erledigt von den letzten Tagen.« Und dabei stand uns der größte Abend – der Winterball – noch bevor.

Meine Freundinnen schauten einander kurz an, schließlich ging Elisa zu der Bank unter dem Fenster, neben der ich bis eben gestanden hatte, und klopfte neben sich. »Komm.«

Fragend sah ich erst sie und dann die anderen an, die sich ebenfalls in das Polster sinken ließen. »Wir sind noch nicht fertig«, meinte ich und machte eine Geste, die den gesamten Saal mit seiner teilweise noch katastrophalen Unordnung einschloss. »In weniger als acht Stunden beginnt der Ball und wir haben noch eine Menge zu tun.«

»So viel Zeit muss sein.« Elisas Lächeln wurde ein wenig breiter.

»Warum? Was ist los?«

»Sag du es uns«, erwiderte Malia und überkreuzte die Beine. »Nachdem wir dich vier Tage in Ruhe gelassen haben und dieses Jahr heute endet, wäre jetzt der richtige Moment, um mit der Sprache herauszurücken.«

Leni stieß sie sanft an. »Malia.«

»Wieso? Sie hat doch recht. Ist ja nicht so, als wäre es uns nicht allen aufgefallen. Und bisher waren wir wirklich höflich und haben Ida ihren Raum gegeben, oder nicht?«

Bei Lous Antwort schürzte ich die Lippen. Weil ich so eine Ahnung hatte, worauf meine Freundinnen hinauswollten. Und weil ich wusste, dass ich objektiv betrachtet keine Chance hatte, nun, da ich ihnen ins Netz gegangen war. Das hier war eine der berühmt-berüchtigten Inquisitionen der *E.M.I.L.*[2]-Mädels. Oder wohl besser *E.M.L.*[2], wenn man bedachte, dass dieses Mal ich ihr auserwähltes Zielobjekt war. Seufzend ließ ich meinen Atem entweichen und setzte mich endlich zwischen Elisa und Leni.

»Ich weiß nicht, was ihr hören wollt.«

»Vielleicht den Grund, warum da seit Tagen diese steile Furche auf deiner Stirn ist. Und wie es sein kann, dass sich bei einem gewissen Hotelleiter eine ganz ähnliche Falte finden lässt. Du hast mich darum gebeten, nicht mit Noel zusammenarbeiten zu müssen, dann seid ihr doch gemeinsam nach Hörnum gefahren und jetzt verhaltet ihr euch … noch merkwürdiger. Also, was ist passiert?«, meinte Elisa sanft in jenem Tonfall, der es einem quasi unmöglich machte, sich ihr oder ihren Erkundigungen zu entziehen. Und wenn ich ehrlich zu mir war, wollte ich das auch nicht länger. Seit einem

Jahr grübelte ich schon im Stillen über Noel Nielsen nach, seit vier Tagen war aus dem Grübeln mehr geworden und dieses Mehr reichte definitiv weiter als alles in den Monaten zuvor.

Ich dachte an Noels Geständnis im Keller. Ich dachte an seine Worte über Angst. Und ich dachte daran, dass es diese Angst gewesen war, die die Zeit nach unserem Kuss letztes Silvester bestimmt hatte. Genau wie meine Angst. Genau wie das, was wir so unbedingt hatten glauben wollen.

Bis jetzt.

Ich löste meine verkrampften Hände und schaute meine Freundinnen der Reihe nach an. Dann holte ich Luft und sprach aus, was ich schon so lange auf der Zunge trug. »Es war nicht einfach nur ein Kuss. Letztes Silvester, meine ich. Es war mehr als das, aber ich … ich hatte Angst, mir das einzugestehen. Habe ich immer noch.«

Behutsam griff Leni nach meinen Fingern und verflocht sie mit ihren. »Ich glaube, wir wissen sehr gut, von welcher Angst du sprichst, Ida.«

Lou nickte. »Diese Angst zeigt, dass es etwas bedeutet.« Ein kleines, beinahe ungläubiges Grinsen zupfte an ihren Mundwinkeln. »Und das ausgerechnet aus meinem Mund.«

Trotz meines Herzens, das mit einem Mal schneller schlug, sprudelte ein leises Lachen aus mir hervor. »Mein Bruder hat offensichtlich Spuren hinterlassen.« Ich erwiderte ihr schiefes Grinsen, dann biss ich mir auf die Unterlippe. »Als wir bei Björn die Sachen für den Ball abgeholt haben, da … waren wir eine Zeit im Keller eingesperrt und … haben geredet. Richtig geredet zum ersten Mal seit letztem Silvester, vielleicht sogar zum ersten Mal, seit wir einander kennen, und das hat sich gut angefühlt. Mit Noel Zeit zu verbringen und über unsere Gedanken zu sprechen, hat sich richtig angefühlt und jetzt kann ich nicht mehr damit aufhören.«

»Womit?«, fragte Leni leise.

»Zu fühlen.«

»Möchtest du das denn?«

Ich sah zu dem großen Weihnachtsbaum, der nun mit Kunstschnee und überdimensionalen Schneeflocken bedeckt war. Umringt von vielen weiteren, kleineren Bäumen wirkte er wie das Herzstück des Winterwunderlands, das wir hier gezaubert hatten. »Ich habe die letzten Tage damit verbracht, mir dieselbe Frage zu stellen, die Antwort herauszufinden, und ich glaube … ich glaube, ich möchte nicht, dass es aufhört. Ich glaube, es könnte ein Anfang sein.«

Noel

»Und? Nervös, weil dieses Mal nicht nur Stars und Sternchen, sondern auch Namen aus der Politik mit dabei sind?«

»Das sollte ich wohl eher dich fragen, Noel. Schließlich bist du derjenige, der seine Fliege gerade zum achten Mal bindet, ohne es zu merken.« Vielsagend nickte Rafe auf meine Hände.

Ich öffnete den Mund, um ihm zu widersprechen, stellte jedoch fest, dass er recht hatte. Und am liebsten hätte ich ihm dafür den Hals umgedreht.

»Raus mit der Sprache, was ist so bedeutend, dass es sogar meinen standhaften Cousin von den Beinen reißt?«

Ein ganz bestimmtes Mädchen, das mir seit Tagen – nein, seit Monaten – nicht mehr aus dem Kopf geht.

Brummend ließ ich den Blick durch Rafes Büro schweifen, in das wir uns für die letzten Minuten vor dem Beginn des Winterballs zurückgezogen hatten. Wenn ich genau hinhörte, konnte ich bereits unzählige Stimmen ausmachen, leise Musik, das Leben, das im Stockwerk unter uns pulsierte. Womöglich waren das aber auch nur meine Nerven, die kurz davor waren, mit mir durchzugehen. Denn diese Nacht war nicht nur die letzte des Jahres mit einem der größten Events der Insel. Diese Nacht würde ich auch meinen verdammten inneren Feigling zum Teufel jagen und Ida meine Gefühle gestehen. Oder es zumindest versuchen, sofern sie nach meinen Worten über Ängste und alte Erfahrungen noch Interesse an mir hatte. In den vergangenen Tagen hatten wir zwar immer wieder Blicke getauscht, doch ich hatte gespürt, dass Ida Zeit brauchte. Dass etwas in ihr vorging. Und dieses Etwas jagte mir offen gesagt eine Heidenangst ein, die meine alte Furcht nur zu gern speiste.

»Erde an Noel?«

Meine Wangen wurden heiß. Hastig, um meinen Händen etwas anderes als die verfluchte Fliege zu tun zu geben, zupfte ich mein schneeweißes Hemd zurecht, das ich zu einem gleichfarbigen Anzug trug. Dann drehte ich mich zu meinem Cousin um. »Es ist ein großer Abend, oder nicht?«

Rafe hob eine Braue und sagte: »Es geht um Ida, richtig? Du bist ein miserabler Schauspieler, nur mal nebenbei bemerkt.«

Ich versuchte erst gar nicht, es abzustreiten, und fragte stattdessen: »Ist das eine dumme Idee?«

»Das kann ich dir nicht beantworten. Aber vielleicht tröstet es dich, dass ich mir diese Fragen selbst unzählige Male gestellt habe, als ich wieder auf Leni getroffen bin.«

Einige Momente lang musterte ich schweigend die Züge meines Cousins, erinnerte mich daran, wie holprig der gemeinsame Weg von Leni und Raffael gewesen war, und dann daran, wie viel sie einander nun gaben. Wie sehr es sich gelohnt hatte, wortwörtlich ins kalte Wasser zu springen. Trotz der Ängste und mit ihnen.

Rafe klopfte mir auf die Schulter und zupfte nun seinerseits meine Fliege zurecht, ehe er selbstzufrieden einen Schritt zurücktrat. »Dann lassen wir unsere Gäste mal nicht länger warten. Schließlich gilt es, die Party des Jahres zu schmeißen.«

Als er an mir vorbeiging, um das Büro zu verlassen, blieb ich noch einen Herzschlag länger stehen und blickte durch das Fenster in die Dunkelheit, bevor ich mich abwandte. Und auf dem Weg nach unten fühlte es sich beinahe so an, als wäre es meine Angst, die mich jetzt vorantrieb.

Die Angst, noch mehr Zeit zu vergeuden, als ich es ohnehin schon getan hatte.

Der Ballsaal war eine Welt aus Weiß. Weiße Dekoration aus Kunstschnee und Papier, weiße Abendkleidung, weiße Stoffbahnen, die sich leicht hin und her wiegten, weiße Tische und Stühle und weiße Lampions, die sanftes Licht verströmten. Es war eine Menge harter Arbeit gewesen, aber nun, da die Reden gehalten waren, der offizielle Teil über die Bühne gegangen war und alles so reibungslos geklappt hatte, konnte ich mit absoluter Sicherheit sagen, dass es jede Mühe wert gewesen war. Zu sehen, wie sich unzählige Menschen zur Musik auf der Tanzfläche in unserer Winterwelt verloren, zu hören, wie Gespräche und Lachen den Saal erfüllten, zu spüren, wie die Spannung und Vorfreude auf das kurz bevorstehende Ende des Jahres in der Luft lagen, war unbeschreiblich.

Jetzt, nachdem ich mit einem letzten Interview meinen Part endlich erledigt hatte, nahm ich mir einen Augenblick Zeit, das alles in mich aufzunehmen. Zu genießen und innezuhalten, ein bisschen wie nach einem endlos langen Marathon ...

... dessen Ziel ich noch nicht ganz erreicht hatte. Denn anders als erwartet lag dieses Ziel nicht hier auf der leicht erhöhten Bühne, sondern bei einer unglaublich schönen Frau, die in diesem Moment mit ihren Freundinnen auf die polierte Tanzfläche trat.

Ida Hansen trug wie alle anderen im Raum Weiß und dennoch war sie für mich der Mittelpunkt des Ballsaals. Mit ihren gelockten dunklen Haaren, in denen kleine Kristalle funkelten, dem fließenden Kleid, das ihre zarten Schultern betonte, und den knallroten Lippen, die dazu geführt hatten, dass ich mich bei meiner Rede einige Male verhaspelt hatte.

Alles an Ida war hell und strahlend. Als würde sie von innen heraus leuchten und dieses Licht zog mich wie magisch an. Seit einer ganzen Zeit schon, nur hatte ich erst heute den Mut, diesem Impuls nachzugeben, statt in der Dunkelheit zu bleiben.

Meine feuchten Hände zu lockeren Fäusten geballt stieg ich vom Podium und tauchte in die tanzenden Menschen ein. Sofort umhüllten mich Parfum, der Duft der vielen Nadelbäume und die Musik. Der ganze Saal war eine eigene Welt. Im Vorbeigehen grüßten mich einige Bekannte, lobten den Ball, Rafes und meine Worte und unser Bestreben, das *Meeresrauschen* in den kommenden Jahren CO_2-neutral zu gestalten, doch ich hielt nicht an. Wurde nicht langsamer, ganz einfach, weil ich es nicht konnte. Je näher ich Ida kam, desto stärker wurde der Sog, der mich in ihre Richtung zog. Und desto schwerer wurde es, sich diesem zu entziehen.

Und das wollte ich auch gar nicht mehr.

Nicht, als mein Herz beinahe schmerzhaft gegen meine Rippen schlug.

Nicht, als sich meine Schultern versteiften.

Nicht, als ich Ida erreichte und mein Kopf mit einem Mal wie leer gefegt war.

Ihre Freundinnen, die bis jetzt mit Ida getanzt hatten, schauten zwischen ihr und mir hin und her. Leni sagte irgendetwas und legte mir eine Hand an den Oberarm, aber ich spürte es kaum, hörte sie nicht, denn ich sah nur Ida – und Ida reichte aus, um alles andere auf stumm zu schalten. So lange, bis mich ihre Stimme erreichte, ein einzelnes Wort, das mich schlagartig in diesen Moment zurückholte.

»Hey.«

Ich befeuchtete meine Lippen, bemerkte erst jetzt, dass wir inzwischen allein inmitten der Tanzenden waren, und räusperte mich leise. »Hey.«

Eine leichte Röte trat auf ihre Wangen. »Das war … eine gelungene Rede.«

»Danke.«

»Bitte.«

Ich schluckte gegen den Knoten aus Nervosität in meinem Hals an – und gegen diesen schrecklichen Small Talk, den wir hier gerade betrieben, wo es so vieles gab, das ich aussprechen wollte. Bedeutende Dinge. Dinge, die mehr waren und nicht länger warten konnten.

»Ida, ich –«, setzte ich an, genau in der Sekunde, in der Ida meinte: »Wegen der Sache im –«

Wir sahen einander an, lachten leise und der Knoten löste sich endlich. Wurde zu diesem unbeschreiblichen Gefühl, das mich seit einer kleinen Ewigkeit zu Ida trieb. Als wäre ich ein Schiff auf offener See, das sich in der Dunkelheit verloren und erst in Ida wieder seinen Heimathafen gefunden hatte.

»Möchtest du tanzen?«, fragte ich und streckte eine Hand nach ihr aus, wobei wir einander näher kamen. So nah, dass Ida den Kopf leicht in den Nacken legte, um mir weiterhin in die Augen schauen zu können, und das, was darin lag …
heilige Scheiße.

Ihre Zähne gruben sich leicht in ihre blutrot geschminkte Unterlippe und künstliche Schneeflocken glitzerten in ihren Haaren, dann nickte sie und ergriff meine Finger. Wortlos schlossen wir die Lücke zwischen uns, fanden in den ruhigen Rhythmus des Tanzes, wurden zu einem Teil des großen Ganzen. Umgeben von akustischer Musik, unzähligen Lichtern, Schneegestöber und diesem funkelnden Winterwunderland. Wir waren mittendrin und gleichzeitig kam es mir so vor, als gäbe es hier und jetzt nur sie und mich. Ich spürte ihren schnellen Atem auf meiner Haut, ihren rasenden Puls unter meinen kribbelnden Fingerkuppen und alles war so unglaublich intensiv. Meine Hände zitterten ein wenig, als ich Ida in eine Drehung führte und danach rasch wieder an meine Brust zog. Und verharrte. Unsere Blicke verhakten sich ineinander, alles blieb stehen, während sich die Welt um uns herum weiterdrehte.

Bebend holte ich Luft, was ein verfluchtes Ding der Unmöglichkeit war. »Ida, das Letzte, was ich möchte, ist, dich zu überfahren oder das hier zu versauen, aber ich … wir …«

»Wir haben schon ein ganzes Jahr mit unserer Furcht verschwendet, ob das hier das Richtige ist.«

Ich biss die Zähne aufeinander und nickte knapp, während ich langsam ihren nackten Arm entlangfuhr. Unter meiner Berührung stellten sich ihre Härchen auf, das Braun ihrer Augen wurde zu flüssiger Schokolade. »Und? Ist das hier das Richtige?«

»Ich weiß es nicht, ich glaube, das weiß niemand zu Beginn. Vielleicht muss es irgendwie so sein.« Ihre Worte waren nicht mehr als ein heiseres Flüstern zwischen uns. Und trotzdem vibrierten sie in jeder einzelnen meiner Zellen. »Was denkst du?«

Ich schluckte und schaute von ihrer Schulter wieder in ihr Gesicht. Zu ihren Lippen. »Gerade denke ich daran, dass ich dich noch mal küssen möchte. Und ich weiß, wie das klingt, dass es noch so vieles gibt, worüber wir reden sollten, aber … aber Ida, gerade kann ich an nichts anderes denken. Du bringst mich um den Verstand und das –«

Ida legte eine Hand an meine Wange und brachte mich so zum Schweigen. Ihre Stirn war leicht gerunzelt, unzählige Emotionen standen in ihrem Blick, doch ihr leises Lächeln war lauter. So viel lauter und ließ sämtliche Zweifel für diesen Moment verstummen.

Als sie behutsam meinen Kiefer entlangfuhr, bis ihr Finger meine Unterlippe erreichte.

Als sie sich auf die Zehenspitzen stellte und ihr Blick immer wieder zwischen meinen Augen und meinem Mund hin und her wanderte.

Als sich ihre Lider senkten und aus einem Sekundenbruchteil, einer winzigen Begegnung etwas so verdammt Großes wurde.

Mein Griff um ihre Schultern wurde merklich fester, mir entkam ein lautloses Seufzen und alles zwischen uns wurde zu diesem Kuss. Zu ihren weichen Lippen, zu ihrem Geschmack, zu den winzigen Geräuschen, die Ida von sich gab und die direkt in meine Mitte schossen.

Fuck, ich hatte gedacht, unser letzter Kuss wäre tief gegangen, hätte viel berührt, doch das hier … ich hatte nicht gewusst, wie es sein würde, Ida ohne Furcht zu küssen. Ohne Schatten, die alles dämpften. Einfach nur sie und ich und das Licht, das sie entzündete. Schon im Keller, in meinen Gedanken, hier. Als hätte meine Finsternis keine Chance gegen Ida und dieses Feuer, das sie in mir auslöste.

Als … als wäre keine Nacht zu dunkel.

Meine Finger fuhren in ihre weichen Locken, ihr gesamter Körper presste sich an mich, während über uns unzählige glitzernde Schneeflocken von der hohen Decke fielen. Wie aus weiter Ferne bekam ich mit, dass die Musik verstummte, dass Rafe den Countdown zum Jahreswechsel einläutete. Menschen klatschten, lachten, und Ida und ich, wir hielten uns, küssten uns und ich hätte gut und gerne damit leben können, niemals damit aufzuhören. Ich spürte, wie Ida an meinen Lippen lächelte, ehe sie ihre Hände in meinem Nacken verschränkte. Mich genauso hielt wie ich sie und Unausgesprochenes und das Danach in diesen letzten Sekunden des Jahres keine Rolle spielten.

Nach zwölf Monaten voller Kopfzerbrechen waren wir endlich einfach hier. Angekommen. Und das reichte.

Wir lösten uns voneinander, sahen uns an.

Mit geröteten Wangen.

Noch immer rasendem Puls.

Und eng umschlungen.

Als das Jahr endete ...

... und etwas vollkommen Neues begann.

FRANKA NEUBAUER

It is not as it once was

Mum
Können wir bitte reden?

Mein Blick hing am Display meines Handys, bevor ich es seufzend in meiner kleinen Handtasche verschwinden ließ, die neben der Badewanne stand. Ich würde die Nachricht einfach ignorieren, so wie ich jede Nachricht meiner Familie seit Weihnachten ignoriert hatte. Dem wohl schlimmsten in den zwanzig Jahren meines Lebens.

Sei nicht so dramatisch, ermahnte ich mich selbst. Doch ich war nicht dramatisch, sondern einfach nur realistisch.

Verbittert starrte ich in den Spiegel. Die orangeroten Haare, die das simple Braun ersetzt hatten, erschienen mir immer noch merkwürdig. Genau wie die schwarze Anzughose, die mir bis zur Taille reichte und meine Kurven betonte, während ein dunkler, glitzernder Spitzenbody meinen Oberkörper bedeckte. Auch wenn »bedeckte« wohl das falsche Wort war, denn wirklich verdeckt waren einzig die Stellen, die nichts in der Öffentlichkeit zu suchen hatten. Was mich bloß ein weiteres Mal an die Vorwürfe meiner Eltern erinnerte.

Du bist nicht mehr der Mensch, der du einmal warst.

Wir erkennen dich gar nicht wieder, Daisy.

Du bist doch überhaupt nicht mehr du selbst!

Das Schlimmste war: Sie hatten recht. Ich war nicht mehr

das Mädchen, das ich einmal gewesen war. Mein Äußeres war dabei nur der Anfang. Doch ich hatte keine Wahl: Ich *musste* mich verändern. Und ich hatte gehofft, dass mich meine Familie dabei unterstützen würde. Vergeblich.

Ich lockerte meine Schultern und atmete tief durch, bevor ich die feine Spitze des Eyeliners erneut an meinem Auge ansetzte. Zwar kostete es mich eine gefühlte Ewigkeit und mindestens fünfzehn Wattestäbchen, aber schließlich saßen die zwei Striche perfekt. Und trotzdem fand ich sie schrecklich.

Meine Tasche begann zu vibrieren. Ich wollte nicht darauf reagieren. Wirklich nicht. Doch sobald der Anruf endete, ging es direkt von vorne los.

Mit einem tiefen Atemzug kramte ich das Handy hervor, fest entschlossen, den Anrufer wegzudrücken. Aber als ich sah, dass es mein Vater war, zögerte ich. Bisher waren alle Versuche von meiner Mutter und meinem jüngeren Bruder gekommen – hohle Entschuldigungen gemischt mit Rechtfertigungen, die ich einfach nicht hören wollte.

Ich presste meine Lippen aufeinander und nahm den Anruf an. Zu spät realisierte ich, dass es sich um einen Videocall handelte.

»Dad, ich –«, fing ich an, stoppte jedoch abrupt, als ich das Gesicht meiner Mutter vor mir sah.

Großartig, absolut großartig.

»Daisy, was haben sie mit deinen Augen gemacht?« Erschrocken schlug meine Mutter sich die Hand vor den Mund und ich glaubte sogar ein leichtes Beben ihrer Finger zu erkennen. Vielleicht hätte *sie* lieber die Schauspielerin in unserer Familie werden sollen. Den richtigen Hang zur Dramatik besaß sie auf alle Fälle.

Seufzend setzte ich mich auf den Rand meiner Badewanne und atmete ein. Doch auch die Lavendel-Duftstäbchen konnten mich nicht beruhigen.

»Das nennt sich Schminke«, antwortete ich kalt und bereute den kurzen Moment der Schwäche. Ich hätte nicht rangehen sollen. Oder noch besser: Ich hätte mein Handy ausschalten und für die nächsten Tage nicht mehr anrühren sollen.

»Seit wann trägst du so ein Make-up, Daisy? Deine Augen sind ja komplett schwarz.« Ihre Erschütterung sorgte nur dafür, dass die Wut in mir weiter anstieg. Was sie als komplett schwarz bezeichnete, war lediglich ein dunkler Eyeliner kombiniert mit einem zarten Smokey Eye. Kein Grund überzureagieren. Auch wenn ich selbst am liebsten unter die Dusche gesprungen wäre, um ihn abzuwaschen. Doch das würde ich ihr sicher nicht sagen.

»Sind die Frauen auf deinen ganzen Magazinen nicht genauso geschminkt?«

»Das ist doch etwas völlig anderes, Daisy. Eigentlich habe ich dich angerufen, weil ich mich bei dir entschuldigen wollte. Meine Worte an Weihnachten waren etwas harsch gewählt … Aber wie es scheint, war meine Sorge durchaus berechtigt. Erst die Trennung von Caden, dann die roten Haare und jetzt auch noch das?«

»Was hat die Trennung denn damit zu tun? Das ist doch schon über ein halbes Jahr her.«

»Ihr seid so lange zusammen gewesen, fast sechs Jahre! Natürlich machen wir uns da Gedanken. Wir waren uns immer sicher, dass ihr heiraten und Kinder bekommen würdet. Caden ist so ein lieber Junge, Daisy. Er würde auch nicht wollen, dass du dich derart veränderst.«

Doch ich war nun mal nicht mehr die kleine Daisy, die im städtischen Theater lausige Rollen spielte, sondern eine Schauspielerin, die ihre Karriere aufbaute. Es gehörte dazu, sich zu verändern. Das war das Opfer, das ich für meinen Erfolg bringen musste.

»Ich wusste, es ist ein Fehler, ans Telefon zu gehen. Ich habe keine Lust mehr, mir von dir sagen zu lassen, wie ich zu sein habe. Das höre ich in meinem Beruf schon oft genug. Entweder ihr akzeptiert endlich, dass ich mich weiterentwickle, oder das war's«, brach es aus mir heraus. Meine Stimme zitterte. Vor Wut, vor Trauer, vor Überforderung. Sie hallte in dem teuren Badezimmer wider.

Ich wollte mich nicht mit meiner Familie streiten, nicht jetzt, da ich ihre Unterstützung mehr denn je brauchte. Meine Karriere, wenn ich sie überhaupt so bezeichnen konnte, war an ihrem wohl wichtigsten Wendepunkt. Wenn ich nicht rechtzeitig die Kurve kriegte, konnte mein Traum vom Schauspielern schneller enden, als er angefangen hatte.

»Du weißt, dass du dich für uns niemals verbiegen musst. Wir lieben dich so, wie du bist.« Ich sah die Tränen in ihren Augen – was meine eigenen gefährlich brennen ließ. Da sprach sie weiter: »Vielleicht ist es an der Zeit, dir einzugestehen, dass du nicht für diese Welt gemacht bist. Die Serie war ein Hit und du weißt, wie sehr wir dich von Anfang an unterstützt haben. Aber wenn du erst dich selbst aufgeben musst, um akzeptiert zu werden, ist es vielleicht besser, dir etwas anderes zu suchen?«, meinte sie sanft. Versöhnlich.

Doch während sie sich nach Versöhnung sehnte, sehnte ich mich nach einer Familie, die hinter mir stand, komme, was wolle. Ohne ein weiteres Wort zu sagen, beendete ich das Telefonat und ließ mein Handy wieder verschwinden.

Ich blinzelte ein paar Mal gegen die Tränen an, wobei mir unweigerlich mein letztes Treffen mit meiner Managerin durch den Kopf schoss.

»Dieser Film ist deine große Chance, Daisy«, hatte sie gesagt. »Seit dem Serienfinale gab es nichts Neues von dir. Du hast keinen großen Namen, so eine Pause kannst du dir einfach nicht erlauben. Es wird Zeit, dass du auf die Leinwand zurückkehrst.« Sie hatte mich so einschüchternd angeschaut, dass ich zu frösteln begann. Wenn Ruby Hathaway eine Sache beherrschte, dann, jemandem mit Blicken ihre Meinung klar und deutlich mitzuteilen.

»Das weiß ich doch. Aber meinst du nicht, durch den Imagewandel könnten neue Projekte kommen? Bessere?« Seit sie mir von dem Angebot erzählt hatte, schmerzte mein Magen. Es handelte sich um eine französische Komödie, in der ich eine essenzielle Nebenrolle spielen sollte. Die roten Haare waren für die Produzenten ausschlaggebend gewesen, womit die Bauschmerzen angefangen hatten. Als ich dann das Skript gelesen hatte, das im Grunde aus schlechten Witzen auf Kosten von Frauen bestand, waren die Schmerzen nur noch stärker geworden.

Ruby seufzte. Laut. Genervt. »Du kannst nicht erwarten, dass nach einem einzigen kleinen Erfolg und einem ganzen Jahr Pause sich alle Produzenten auf dich stürzen. Seit dem Finale sind mindestens zehn neue britische Schauspielerinnen entdeckt worden, die genauso vielversprechend sind, wie du es zu Beginn warst. Vor allem die Kleine von *West Actors* könnte dir wirklich gefährlich werden«, sagte sie zähneknirschend und ich schluckte.

Natürlich brauchte ich dringend einen neuen Vertrag, musste zurück auf die Leinwand, um nicht vergessen zu werden. Doch sollte ich dafür wirklich die Rolle eines dummen Püppchens spielen, das im ganzen Film bloß objektifiziert wurde?

»Es tut mir leid, Ruby, aber ich werde die Rolle nicht annehmen. Ich bin besser als so etwas.«

»Wenn du nicht ziemlich zügig einen neuen Dreh an Land ziehst, dann bist du nicht mal mehr das wert.« Meine Managerin schlug mit der Faust auf den Tisch, sodass nicht nur die Tassen bebten, sondern vor allem auch ich – was wohl ihr Ziel gewesen war. Sie schenkte mir ein kühles Lächeln, mit dem sie mir genau verriet, was sie von mir hielt. Nämlich gar nichts. »Daisy, *Darling*, vielleicht sollte ich es ganz deutlich ausdrücken: Wenn du nicht bald eine neue Rolle ergatterst, dann war es das. Es ist mir egal, in welchem Film du mitspielst – ob in der französischen Komödie oder doch lieber in der britischen, in der du dein Top ausziehen sollst … was dir ja auch wieder nicht passt. Steht dein Name bis Juni nicht in einem Cast, endet unser Vertrag. Und glaub mir, dann kannst du froh sein, wenn Produzenten dich noch einstellen, damit du dein Top ausziehen darfst. Hast du mich verstanden?«

Ihre Worte waren messerscharf und versetzten mir mit jedem Satz einen weiteren Stich. Doch ich durfte mir nicht erlauben, vor Ruby in Tränen auszubrechen, sonst würde sie das letzte bisschen Achtung vor mir verlieren. Wenn überhaupt noch etwas davon übrig war. Also nickte ich bloß, um erst gar nicht zu riskieren, dass meine Stimme brach.

»Geht doch. Und denk dran, morgen Abend auf der Silvesterparty Eindruck zu hinterlassen. Das ist eine einmalige Chance, Kontakte zu knüpfen. Versau es nicht.«

Jetzt, in meinem Badezimmer, biss ich mir so fest auf die Unterlippe, dass mir ein stechender Schmerz durch die Wangen schoss. Ein Schmerz, der mich daran erinnerte, warum ich mich lieber auf der Couch mit billigem Fast Food und zu viel Ben & Jerry's einkugeln wollte. Warum dieses Jahr einfach nur noch enden sollte.

Ein weiteres Mal musterte ich mich im Spiegel. Das freizügige Outfit zusammen mit meinen roten Haaren und dem dunklen Augen-Make-up erzielte genau das, was meine Managerin für heute Abend wollte. Ein Statement, dass ich nicht länger der Teenie-Star war, den so viele noch in mir sahen. Wenn der französische Produzent mich schon wegen meiner roten Haare wollte, würde ich auf der Party mit diesem Aufzug vielleicht genau das bekommen, was ich so dringend brauchte. Gespräche, die in Verträgen endeten. Denn Rubys Worte von gestern waren keine leere Drohung gewesen, sondern ein Versprechen.

Trotzdem fühlte ich mich alles andere als wohl. So ungern ich meiner Familie recht gab: Es war zu viel. Mein ganzes Auftreten war einfach zu viel. Das war nicht ich. Doch anstatt der Enge in meiner Brust nachzugeben, ignorierte ich sie zusammen mit dem Knoten in meinem Magen.

Ich sah gut aus. Erwachsen. Reif. Das war alles, was heute Abend zählte.

Haven't we all lost
a part of us here?

Die Fassade des Sky Garden ragte vor mir in den Himmel. Egal, wie oft ich schluckte, den heftigen Kloß in meinem Hals wurde ich trotzdem nicht los. In dem unförmigen Glaskasten, der nicht wirklich kantig, aber auch nicht richtig rund war, würde heute die wohl heiß begehrteste Silvesterparty Londons stattfinden. Nicht nur weil die Aussicht, Hunderte Meter über dem Boden, sicher atemberaubend sein würde, sondern vor allem wegen der Gäste. Schließlich war das hier nicht irgendeine Feier, sondern *die* Party der Londoner Elite. Es war eine Ehre, dort eingeladen zu sein. Weil eben nicht jeder, der Geld und Einfluss besaß, anwesend sein konnte. Meine Managerin hatte es mit den charmanten Worten »Crème de la Crème« beschrieben. Die oberste Oberschicht.

Allein bei dem Gedanken, im Inneren auf erfolgreiche Schauspielerinnen und Models zu treffen sowie auf Produzenten, die unter dem Deckmantel von netten Gesprächen insgeheim Interviews führten, wurde mir schlecht. Alles in mir schnürte sich zu. Denn die Wahrheit war: Ich hatte keine Ahnung, warum ich überhaupt eingeladen worden war. Schließlich stand meine Karriere momentan auf wackligeren Beinen als die Gruppe junger Mädels, die angetrunken auf viel zu hohen High Heels an mir vorbeitorkelte und dabei laut einen Song grölte. *As It Was* von Harry Styles. Zumindest versuchten sie, genau das zu singen.

»Wusste ich doch, dass du heute Abend hier sein wirst.«

Eine viel zu vertraute Stimme ließ mich zusammenzucken, bevor ich mich zu ihrem Ursprung drehte. Und fuck. Wir hatten uns so lange nicht gesehen, über ein Jahr, um genau zu sein. Ich hatte ja keine Ahnung gehabt, dass er mittlerweile so gut aussah. Mit seinen dunkelbraunen Locken, dem leichten Dreitagebart und diesem unglaublichen Lächeln, mit dem er alles und jeden um den Finger wickelte. Das weiße Hemd, das viel zu lässig in seiner schwarzen Anzughose steckte und den Blick auf seine muskulösen Unterarme preisgab, machte seine Wirkung auf mich nicht gerade besser. Wie es sich jetzt wohl anfühlen mochte, von ihm umarmt zu werden oder seinen Atem auf meiner Haut zu spüren?

Hitze schoss mir in die Wangen und in andere Regionen, wo sie definitiv nichts zu suchen hatte. *Scheiße, reiß dich zusammen, Daisy!*

»Samuele. Du auch hier?« Ich blieb bewusst auf Abstand. Denn jetzt gerade war ich mir sicher, dass Samuele Romeo Rossi mein endgültiger Untergang sein würde. Schließlich war er das schon oft genug beinahe gewesen.

»Freut mich auch, dich zu sehen, *fiorellino*.«

»Ich hasse diesen Spitznamen, das weißt du genau«, murrte ich. So attraktiv er auch war, er war immer noch genauso nervig wie damals. Das wusste ich bereits nach diesem kurzen Moment. Schließlich war da nach wie vor dieses schelmische Funkeln in seinen Augen.

»Bekomme ich keine Umarmung zur Begrüßung? Als der Lover deines Alter Egos und ehemaliger … nein, *bester* Drehpartner, den du je hattest?«

Unwillkürlich versetzte mir seine Frage einen Stich, schließlich war Samuele bis heute mein *einziger* Drehpartner gewesen. Doch ich versuchte, keine Miene zu verziehen. »Um nachher komplett in deinem Parfum eingenebelt zu sein? Nein, danke. Man riecht dich übrigens bis hier.«

Er lachte, obwohl ich ihm keinen Grund dazu gegeben hatte. Doch auch das war schon immer so gewesen. Je kratzbürstiger ich gewesen war, umso mehr hatte er versucht, die Stimmung zu heben. Einer der Gründe, warum mein Herz damals bereits etwas schneller für ihn geschlagen hatte. Ob ich wollte oder nicht.

Vor drei Jahren waren wir beide als Hauptdarsteller für das Drama *The Young and the Beautiful* gecastet worden, das eine Serie von Teenagern für Teenager sein sollte. Über echte Probleme, wahre Sorgen, die große Liebe und die schwierigste Aufgabe für sie alle: das Leben selbst. Der Cast war bewusst jung gewählt worden, für mehr Authentizität und Identifikationspotenzial. Was hier im UK mehr als gut ankam. Drei Staffeln wurden die Charaktere vom ersten Liebeskummer über das Ende von Für-immer-Freundschaften bis hin zu ihrem Abschluss und der Frage nach dem *Was jetzt?* begleitet. Doch während mein Alter Ego Maisie im Serienfinale ganz genau erkannt hatte, dass sie nicht studieren, sondern erst mal für ein Jahr ins Ausland wollte, stand ich selbst noch immer vor genau diesem großen *Was jetzt?*.

Zwar hatten wir im britischen Netflix monatelang auf Platz eins gestanden, in anderen Ländern, vor allem in den USA, hatten wir es jedoch nicht einmal eine Woche in die Top Ten geschafft. Samueles Karriere war danach trotzdem weitergegangen. Meine war dagegen auf der Stelle eingefroren. Er war attraktiv, außergewöhnlich, hatte etwas Mysteriöses. Ich war bloß eine weitere Brünette aus England, die zu gewöhnlich war, als dass irgendein Produzent den großen Fang in ihr witterte.

»Du siehst anders aus«, bemerkte Samuele, wobei er den Kopf schief legte, um mich besser sehen zu können. Das hatte er auch früher schon getan, wenn er mich lesen wollte. Und es war ihm auch leider jedes Mal gelungen. Jetzt gerade traf er mit seinen Worten und dem intensiven Blick jedoch erneut direkt in die Wunde. Was er wohl bemerkte, denn er hob entschuldigend die Hände. »Das meine ich nicht negativ, du … du siehst atemberaubend aus. Die roten Haare stehen dir unfassbar gut.« Seine tiefe Stimme mit dem leichten italienischen Akzent jagte mir eine Gänsehaut über die Arme. Doch ich schob es lieber auf die Kälte, die sich langsam, aber sicher durch meine zu dünne Jacke fraß. Das war leichter, als zuzugeben, dass er diese Wirkung auf mich hatte. Immer noch.

Mit Samuele und mir war es bisher ganz simpel gewesen, weil wir es nie kompliziert gemacht hatten. Dabei hatte ich sofort einen Crush auf ihn gehabt, als wir uns das erste Mal getroffen hatten. Damals waren Caden und ich für kurze Zeit getrennt gewesen, da uns die Situation mit dem Dreh zu groß und schier unendlich für unsere junge Teenagerliebe erschien. Und so hatte ich mich auf der Stelle in Samuele verknallt. Wegen seiner braunen Locken. Wegen seiner Grübchen. Wegen seines verdammt schönen Lächelns. Wegen seines italienischen Charmes, seines Humors und einfach seines ganzen Wesens. Nur war Samuele damals noch mit seiner Freundin Willow zusammen gewesen und als er sich dann von Willow getrennt hatte, waren Caden und ich schon wieder ein Paar gewesen. Während der dritten und letzten Staffel hatten schließlich auch Samuele und Willow wieder zueinandergefunden. Daher hatte ich ihm nie gesagt, was er in mir auslöste.

»Immer noch der gleiche Charmeur wie damals.« Ich zog meine Augenbrauen in die Höhe, woraufhin er bloß mit den Schultern zuckte.

»Es ist bloß eine Feststellung«, antwortete er mit dieser verflucht tiefen Stimme. Wann war seine Stimme so tief und kratzig geworden?

Als er sich kurz darauf eine Zigarette zwischen die grinsenden Lippen schob, hatte ich meine Antwort. »Was ist aus dem Partyraucher geworden?«

»Das hier ist eine Party.«

»Du hast es nicht mal mehr auf die Party geschafft, sondern nur auf das Gelände und schon brauchst du die erste Zigarette? Na, herzlichen Glückwunsch«, sagte ich skeptisch, wobei ich leicht zitterte. Ich stand bereits viel zu lange hier draußen in der Kälte und Samueles Rauchwolke wollte ich wirklich nicht abbekommen.

»Soweit ich weiß, findet die Party auf dem Gelände des Sky Garden statt. Wenn ich mich nicht irre – und du weißt, wie ungern ich falschliege –, befinden wir uns bereits auf dem Gelände. Sind wir somit nicht auch schon auf der Party?« Er blickte mich mit einer solchen Ernsthaftigkeit an, dass ich einfach lachen musste. Seine Aussage hatte wirklich überhaupt keinen Sinn ergeben und trotzdem war sie richtig.

»Du hast wirklich ein Talent, dir die Wahrheit zurechtzubiegen«, murmelte ich und dachte an die vielen gemeinsamen Erinnerungen von unserer Zeit am Set zurück. Daran, wie oft wir die Sperrstunde verpasst hatten – schließlich waren viele von uns damals noch minderjährig gewesen – und wie Samuele uns jedes Mal mühelos herausgeredet hatte.

Sehnsucht breitete sich in mir aus. Sehnsucht nach einem Menschen, der zwar direkt vor mir stand, jedoch immer noch unerreichbar war.

»Dann lass ich dich mal mit deiner Partyzigarette allein, wir sehen uns oben«, sagte ich daher schnell und drehte mich bereits um.

»Ist das ein Versprechen?«, rief er mir hinterher, woraufhin ich ihm bloß zuwinkte und dabei meinen Mittelfinger offensichtlich ein wenig bewegte.

What if I'm just a star between millions of suns?

Tiefe Bässe begrüßten mich, zusammen mit lauter Musik und bunt flackernden Lichtern. An der Decke des Sky Garden hingen Hunderte Luftballons zusammen mit Girlanden. Alle in den klassischen metallenen Farben der Neujahrsdeko, wobei Gold dominierte. Etwas, das nicht auf die Outfits der Gäste zutraf, die beinahe die große Discokugel in der Mitte ersetzten und in allen Farben des Regenbogens leuchteten. Wobei Pink und Blau interessanterweise die Überhand hatten. Von allen Ecken funkelte es, die Lichter spiegelten sich im Glitzer der Kleidung, sogar bei den Männern. Trotz der Deko und diesem exklusiven Vibe hatte ich jedoch nur Augen für die Aussicht.

Der gesamte Sky Garden brüstete sich mit einer Front und einem Dach aus Glas, mit dem wohl schönsten Blick auf die Stadt. Auf den vielen Fenstern befanden sich kleine Skizzen, die die berühmten Bauten Londons zeigten. Und dahinter beleuchteten die Hochhäuser den Nachthimmel und in der Ferne explodierten immer wieder kleine Raketen. Nostalgie breitete sich in meinem Herzen aus, als die Erinnerung an das erste Mal, dass ich diese Aussicht genossen hatte, in mir aufstieg. An den Besuch mit meinem kleinen Bruder, der vollkommen überwältigt gewesen war. Verständlich – mehr als unsere langweilige Heimat hatte er nie gesehen. Als ich hergezogen war, hatten wir uns versprochen, zusammen ein Leben in London aufzubauen. Jetzt wusste ich nicht einmal mehr, ob er noch mit mir reden würde. Denn egal, wie verletzt ich von meiner Familie war, sie war es auch von mir.

Ich riss mich von der Stadtkulisse los und sah mich im Sky Garden um. Es war unfassbar voll, sodass der Kloß in meinem Hals bloß noch größer wurde. Was auch immer ich erwartet hatte, es war nicht das hier gewesen. Vielleicht hatte ich mit etwas Formellerem gerechnet, mit einer reinen Stehparty und gedämpfter Musik. Aber sicher nicht mit einer so vollen Tanzfläche zu dieser frühen Zeit. Das hätte ich erst gegen kurz vor Mitternacht oder vielleicht auch erst danach erwartet. Die Feiernden bildeten irgendwie einen komischen Kontrast zu den vielen Gruppen, die in Kreisen beieinanderstanden und sich trotz der Lautstärke unterhielten – alle natürlich stets darauf bedacht, einen guten Eindruck zu erwecken. Immerhin war unser Image das wohl wichtigste Tool. Egal, wie gut wir waren, war unser Ruf erst einmal ruiniert, war es schwer, eine weitere Chance zu bekommen. Die wenigen, die es schafften, waren eher die Ausnahme als die Norm.

Da bereits unten kontrolliert worden war, ob ich auf der Gästeliste stand, gab es hier oben niemanden mehr, der mich nach einem Ausweis oder einer Einladung fragte. Dennoch kam eine Hostess auf mich zu.

»Guten Abend, Miss. Darf ich Ihnen Ihre Jacke abnehmen? Und würden Sie mir Ihren Namen verraten?« Ihr freundliches Lächeln bewies mir, dass sie keine Ahnung hatte, welche Wirkung ihre Worte auf mich hatten. Eine Margot Robbie wäre niemals auf irgendeiner Party nach ihrem Namen gefragt worden. Nur war ich eben keine Margot Robbie. Nicht einmal mehr ansatzweise.

Also nannte ich der Frau meinen Namen und reichte ihr meine Jacke, die sie weiterhin lächelnd annahm, bevor sie auch schon verschwand. Meinen einzigen Schutz in der Hand. Ich hätte die Jacke einfach anbehalten sollen, denn so, wie ich nun die Arme um meinen Oberkörper schlang, verbarg ich das Outfit auf eine deutlich unangenehmere Weise.

»Champagner?« Ein Kellner blieb vor mir stehen und hielt mir ein Tablett entgegen, auf dem diverse Gläser standen. Allerdings waren sie alle mit einer goldenen Flüssigkeit gefüllt, es gab weder Saft noch eine andere Option.

»Vielen Dank.« Lächelnd nahm ich mir eines der Gläser. Schließlich hatte jeder etwas in der Hand und ich hatte schon jetzt das Gefühl hervorzustechen, als würden alle Augen auf mir liegen und mich abschätzend mustern. Obwohl das gar nicht stimmte. Mein Outfit passte sich mit seiner glitzernden Freizügigkeit an die Masse an und niemand interessierte sich für mich. Trotzdem kam ich mir vollkommen fehl am Platz vor. Jeder schien irgendwo dazuzugehören, nur ich nicht.

Unsicher schaute ich mich um. Suchte irgendein bekanntes Gesicht oder jemanden, zu dem ich mich unbemerkt dazugesellen konnte. Ich war nicht hergekommen in der Erwartung, einen Abend mit Freunden zu genießen – schließlich hatte ich in diesem Business eigentlich niemanden –, doch ich hatte gehofft, nicht vollkommen unterzugehen.

Jemand stieß gegen meinen Rücken und die goldene Flüssigkeit ergoss sich über meinen Unterarm. Ich fluchte leise, denn das klebende Gefühl würde ich sicher nicht so schnell loswerden. Immerhin sah es jetzt aber wenigstens so aus, als hätte ich bereits die Hälfte meines Glases getrunken.

»Oh nein, das tut mir leid«, kam es von einer weiblichen Stimme hinter mir. Ich drehte mich um, nur um in die bedrückte Miene von Amelia Young zu blicken.

»Amelia?«, fragte ich überrascht. Amelia war zwar zwei Jahre jünger als ich, gehörte jedoch bereits zu den großen Namen in unserem Business. Was vermutlich daran lag, dass sie seit ihrer Geburt in der Öffentlichkeit stand. Sie war das Kind eines Hollywood-Traumpaares, wodurch sie wie ihre ältere Schwester schon ihre frühen Jahre vor der Kamera verbracht hatte.

»Daisy? Ich hätte dich fast nicht erkannt. Deine Haare sind ja jetzt rot! Sieht heiß aus!« Amelia kicherte, während sie mich in eine Umarmung zog. Vermutlich hatte sie bereits mehr als einen Begrüßungschampagner intus.

»Danke«, lachte ich unsicher und hoffte, Amelia würde es nicht merken. Was wohl so war, denn sie quasselte munter weiter.

»Ich finde es mega, ehrlich! Du siehst direkt viel erwachsener aus, das wird dir bestimmt zahlreiche neue Türen öffnen. Und dann steht der Karriere der talentierten Daisy Moore nichts mehr im Weg.«

Ich gab mein Bestes, nicht zu seufzen. Denn auch wenn genau das unser Ziel mit dem neuen Style war, war mir klar, dass es so leicht leider auch wieder nicht sein würde. Aber was wusste Amelia schon? Schließlich hatte sie nie für ihre Karriere kämpfen müssen, sondern sie einfach in die Wiege gelegt bekommen. Neid stieg in mir auf, doch ich schluckte meinen Frust hinunter. Amelia konnte nichts dafür, dass ich gerade an einem Tiefpunkt war.

»Danke dir, mal schauen, was der Rest der Branche so denken wird.«

»Das können wir doch ganz einfach herausfinden. Komm, ich war gerade sowieso in ein Gespräch mit Amanda Crawford vertieft, bevor meine Blase sich gemeldet hat.« Sie kicherte erneut. »Von meiner Mom weiß ich, dass sie immer die Augen nach neuen Talenten offen hält, und ich glaube, ihr könntet euch gut verstehen.« Mein Herz schlug schneller, denn eine Zusammenarbeit mit Amanda Crawford wäre der Traum. Ich suchte nach einem Film, bei dem ich nicht nur hinter dem Charakter, sondern hinter der Message stand. Nicht so wie bei der banalen Komödie, die vermutlich sowieso ein reiner Kassenflop werden würde. Und wenn es eine Produzentin unserer Generation gab, die sich für starke Themen einsetzte, dann war es Amanda Crawford.

»Klar, wenn das kein Problem ist? Ich möchte das Gespräch nicht crashen. Wenn es unpassend ist, komme ich später noch mal zu dir.«

»Blödsinn!«, winkte Amelia ab, bevor sie mich auch schon am Handgelenk packte und in die Richtung zog, in der sich wohl Amanda Crawford befand. Vorbei an der Tanzfläche, wo Frauen in glitzernden Kleidern und Männer in teuren Anzügen zu dem neuesten Hit von Ariana Grande tanzten.

Schließlich erreichten wir einen Stehtisch, den eine Kellnerin gerade von leeren Weingläsern und Bierflaschen befreite, während ein anderer Angestellter die Snacks auffüllte. Ein paar Gäste standen plaudernd daneben, darunter auch Amanda Crawford.

Sie sah großartig aus. Ihre roten Lippen bildeten einen perfekten Einklang mit ihrem gleichfarbigen Blazer, über den ihre kurzen braunen Haare fielen. Sie wirkte unglaublich elegant, aber vor allem beeindruckend mächtig.

Amelia trat auf sie zu. »Amanda, darf ich vorstellen: Daisy Moore. Sie hat in einer britischen Teenie-Serie mitgespielt, die hier richtig durch die Decke gegangen ist.«

»Freut mich, Sie kennenzulernen«, begrüßte ich Amanda und reichte ihr die Hand, die sie lächelnd schüttelte. Ihr Blick war freundlich, ließ jedoch nicht daran zweifeln, wie viel Einfluss diese Frau besaß. Ich musste einmal tief durchatmen, um mein nervös pochendes Herz zu beruhigen. Das hier war meine Chance, ich durfte sie nicht vergeigen!

»Die Freude ist ganz meinerseits. Sie hatten bei *The Young and the Beautiful* die Hauptrolle gespielt, richtig?«

»Sie kennen die Serie?«, fragte ich verwundert. Damit hatte ich nicht gerechnet, nicht bei jemandem wie ihr. Bisher hatte ich immer gedacht, dass niemand außerhalb des UK wusste, wer ich war. Zumindest hatte mein Management mir oft diesen Eindruck vermittelt.

»Natürlich. Ich habe sie sogar gesehen. Wenn jemand sich etwas Neues traut, muss ich mir schließlich ein eigenes Bild machen. Es war sehr mutig von Greta, so junge Schauspieler zu casten. An einigen Stellen hat man es gemerkt. Nehmen Sie es mir nicht übel, aber um so starke Botschaften zu vertreten, braucht es eine gewisse Reife, die mit siebzehn nicht immer vorhanden ist. Nichtsdestotrotz war es eine außergewöhnliche Serie und Ihre Leistung hat mir wirklich gut gefallen. Schade, dass sie in den USA nicht so gut angekommen ist.«

Obwohl in ihrem Kompliment auch brutale Ehrlichkeit mitschwang, trafen mich ihre Worte nicht. Ich empfand nur Bewunderung darüber, wie diese Frau sich ausdrückte.

»Das freut mich sehr zu hören, vor allem von Ihnen. Ich bin ein riesiger Fan Ihrer Werke.« Ich konzentrierte mich auf meine Haltung, darauf, dass ich so elegant wie möglich stand und klang. Sie sollte denken, dass ich entspannt war.

»Vielen Dank, das ist sehr freundlich. Wann erleben wir Sie denn das nächste Mal auf der Leinwand? Nach Ihrem beeindruckenden Serien-Debüt würde ich gern mehr von Ihnen sehen.«

Bei ihren Worten spürte ich die Röte in meine Wangen schießen und betete stumm, dass es in dem dämmerigen Licht nicht sonderlich auffiel. Oder dass sie es der Hitze zuschrieb. Denn hier drinnen war es erstaunlich warm. »In letzter Zeit war leider nichts Passendes dabei, aber ich hoffe sehr, nächstes Jahr endlich wieder zurück ans Set zu können.«

Ihre Augenbrauen hoben sich. »Stimmt es, dass Sie ein Angebot für die neue Komödie von Pierre Girard erhalten haben?«

Ich schluckte. Manchmal verstand ich dieses Business einfach nicht. Obwohl alles geheim gehalten werden musste, Verträge unterzeichnet wurden, die einen zu Stillschweigen verpflichteten, wussten trotzdem immer alle Bescheid. Es passierte sogar, dass Kollegen vor einem erfuhren, ob man eine Rolle bekam oder nicht.

»Ja, das habe ich, aber ich muss die Rolle ablehnen. Für mich ist es immer wichtig, komplett hinter einem Projekt zu stehen, bevor ich etwas unterzeichne.« Ich räusperte mich unsicher.

Doch Amanda lächelte mich bloß an. Nicht berechnend, sondern … zufrieden? »Das war die Antwort, die ich hören wollte. Ich bin ehrlich mit Ihnen: Ich habe gehofft, dass wir beide heute sprechen würden. Als ich erfahren habe, dass Pierre Ihnen eine Rolle angeboten hat, musste ich einfach wissen, was Sie sagen würden. Viele Schauspielerinnen stürzen sich auf die erstbeste Möglichkeit, egal, wie erniedrigend oder verwerflich der Film auch sein mag. Dass Sie das nicht tun, sagt mehr über Ihren Charakter, als Sie denken. Wer weiß, vielleicht hören Sie ja nächstes Jahr einmal von mir.«

Mit jedem Satz hatte sich mein Herzschlag beschleunigt und galoppierte nun fast in meiner Brust. »Das … das würde mich sehr freuen«, stotterte ich, was ihr Lächeln noch breiter werden ließ.

»Wusste ich doch, dass ich die zwei richtigen Frauen zusammengeführt habe«, mischte sich nun Amelia in das Gespräch ein, die unserem Austausch bisher mit einem stillen Schmunzeln gelauscht hatte.

»Du hast ein Auge für die richtigen Personen in dieser Branche, Amelia. Jetzt müsste ich aber leider einmal weiterziehen. Es war schön, Sie kennenzulernen, und wir werden uns heute Abend bestimmt noch öfter über den Weg laufen.« Amanda verabschiedete sich von der restlichen Runde, die schon bald ebenfalls den Tisch verließ, um sich neue Getränke zu holen oder zu Taylors *22* zu tanzen.

»Ich liebe das Lied! Kommst du mit?«, fragte Amelia, die auffordernd an meinem Arm zupfte.

Ich schüttelte den Kopf, was ihr ein Schmollen entlockte. Doch so gut das Gespräch gerade auch gelaufen war, nach Tanzen war mir trotzdem nicht zumute. »Ich halte unseren Tisch frei«, sagte ich lächelnd.

Amelia schenkte mir noch ein Schulterzucken, bevor sie ebenfalls auf die Tanzfläche verschwand und mich mit halb leeren Gläsern zurückließ. Als kurz darauf auch diese vom Tisch geräumt wurden, war ich komplett allein.

In mir zog sich alles zusammen und einen Moment bereute ich es, nicht doch mit Amelia gegangen zu sein. Um mir meine Unruhe nicht anmerken zu lassen, griff ich in die Schale gesalzener Nüsse. Aber der Knoten in mir schnürte sich immer fester zu.

»Und so sehen wir uns wieder«, gesellte sich da Samuele mit einem breiten Grinsen zu mir an den Stehtisch. Sofort löste sich der Knoten in mir ein wenig und Erleichterung nahm seinen Platz ein.

Anstatt ihm zu antworten, schnappte ich mir eine weitere Handvoll Nüsse. Mit einem bedauernden Lächeln deutete ich auf meinen Mund, um ihm zu signalisieren, dass ich nicht reden konnte. Dass ich in Wahrheit mein Lächeln über seine Ankunft verbergen wollte, musste ja niemand wissen.

»Keine Sorge, *fiorellino*. Ich kann dich auch unterhalten, wenn du den Mund voll hast.«

Sofort verschluckte ich mich – was die Situation nur noch schlimmer machte – und begann zu husten.

»Du bist echt immer noch so wie früher, das ist unfassbar«, hüstelte ich und schnappte mir ein Glas Wasser, das gerade ein Kellner vorbeibrachte.

»Das nehme ich mal als Kompliment.«

»Solltest du nicht.«

»Aber ich möchte es doch so gern zurückgeben. Denn du bist auch noch genauso stur wie damals. Dabei weiß ich genau, wie sehr du dich freust, mich zu sehen«, sagte er mit einem amüsierten Funkeln und ich verdrehte bloß die Augen.

»Träum weiter, Romeo«, entgegnete ich, konnte mir das Lächeln jetzt jedoch nicht länger verkneifen. Das hier war schon immer unsere Dynamik gewesen. Während Samuele wie ein Sonnenschein durch die Welt lief und eigentlich nie ohne sein Strahlen zu sehen war, war ich wie eine Gewitterwolke. Stets etwas bedacht und vor allem nicht so leicht zu verzaubern. Zumindest ließ ich die Welt das gern glauben. Doch Samuele hatte diese Ader in mir von Anfang an durchschaut. Was jedoch nichts an unserem Umgang geändert hatte. Oder vielleicht genau der Grund war, warum wir harmonierten. Damals wie auch heute, obwohl so viel Zeit seit unserem letzten richtigen Gespräch vergangen war.

»*Ich* freue mich jedenfalls, dich wiederzusehen, dein genervtes Augenrollen und die ständigen Versuche, nicht über meinen einzigartigen Humor zu lachen, haben mir wirklich gefehlt.«

Ich schnaubte, bevor ich den Kopf schüttelte, das Schmunzeln auf meinen Lippen allerdings nicht loswurde. »Wenn ich dir sage, dass ich dich auch vermisst habe, wird mich das dann ewig verfolgen?«

Seine Augen blitzten auf. »Absolut. Vor allem weil ich dann recht behalten habe!«

Fragend legte ich den Kopf schief, woraufhin Samuele seinen Arm auf dem Tisch abstützte, um sich näher zu mir zu lehnen. Als sein Arm meinen berührte, schoss ein Stromschlag durch meinen ganzen Körper. Doch ich zog ihn nicht fort. Weil Samuele die Reaktion nicht bemerken sollte und weil ein winziger Teil von mir die Berührung zu sehr genoss.

»Bei der Premiere letztes Jahr habe ich dir prophezeit, dass ich dir fehlen werde. Und du hast mir versprochen, dass es niemals so weit kommen würde. Scheint, als hätte ich es doch geschafft, dein kleines, stures Herz zu erweichen.«

Trotz der lauten Musik hörte ich seine Stimme klar und deutlich. Vor allem jedoch spürte ich den tiefen Bass seiner

Worte bis in mein Herz. Er hatte ja keine Ahnung, *wie sehr* er mein Herz wirklich erweicht hatte. Ein Geheimnis, das ich vermutlich mit ins Grab nehmen würde.

»Samuele, da bist du ja! Ich habe dich überall gesucht.« Eine Frau mittleren Alters gesellte sich zu uns und funkelte Samuele mit einer Mischung aus Wut und Freude an – seine Managerin, die ich bereits von unseren Premieren kannte. Als sie mich bemerkte, begrüßte sie mich freundlich, bevor ihre Aufmerksamkeit wieder auf Samuele lag. »Der Produzent, von dem ich dir erzählt habe, ist heute Abend da. Er will dich kennenlernen. Jetzt.«

»Jetzt?«, fragte Samuele irritiert. Er war offensichtlich nicht darauf vorbereitet worden, auf dieser Party wichtige Gespräche zu führen. Immerhin war er auch in einer Position, in der er das nicht nötig hatte.

»Jetzt.«

Samuele seufzte. »Tut mir leid, *fiorellino*, wir müssen unsere Unterhaltung wohl auf später verschieben.«

»Ist das ein Versprechen?«, fragte ich, woraufhin seine Augen aufleuchteten.

»Darauf kannst du wetten!«, rief er mir noch zu, während er seiner Managerin zu dem wichtigen Gespräch folgte. Und obwohl er mich anstrahlte und ich zurücklächelte, war da schon wieder diese Schwere in mir, die einfach nicht leichter wurde.

I thought all my tears had been used up

»Wer war denn der süße Typ gerade?«, fragte Amelia mich leicht außer Atem, als sie drei Lieder später zurück zu mir an den Stehtisch kam.

»Sehr witzig«, murrte ich, schließlich wusste sie ganz genau, wer *der süße Typ* war.

»Ich mach doch nur Spaß, Daisy«, antwortete sie mit einem Augenrollen, das mir einen Stich versetzte. Warum war alles, was ich sagte, irgendwie falsch? Warum besaß ich nicht diese selbstbewusste Art von Amelia, mit der sie überall auf Anerkennung stieß?

»Am! Hier, dein Cosmopolitan.« Eine junge Blondine trat zu uns an den Tisch und reichte Amelia ein Glas. Ich legte den Kopf schief. Kannte ich sie?

»Gott sei Dank, ich dachte schon, du wärst mit meinem Getränk verschollen, Lori. Vielleicht hätte ich dich doch mit Handschellen an mich ketten sollen, nicht dass du mir auf deiner ersten Party noch verloren gehst.« Amelia kicherte und kniff die Blondine leicht. Diese versuchte zwar, sich zu wehren, lachte jedoch ebenfalls auf. Als sie mich bemerkte, weiteten sich ihre Augen plötzlich und sie strahlte mich an.

»Du bist Daisy Moore, richtig?«, fragte sie. Wie alt sie wohl war? Ihre rundlichen Wangen und die zarte Stimme deuteten auf ein eher jüngeres Alter hin.

»Ja, die bin ich, hi«, antwortete ich und reichte ihr meine Hand, die sie sofort begeistert schüttelte.

»Was für eine Ehre, dich zu treffen, ehrlich! Ich bin so ein Fan von *The Young and the Beautiful* «

Ich wollte mich gerade bedanken, da schaltete sich Amelia ein. »Stimmt ja, ihr kennt euch überhaupt nicht. Daisy, das ist die bezaubernde Loraine Lewis. Mein kleines Küken im Schauspielbusiness, aber aus ihr wird noch was ganz Großes werden!« Bei ihren Worten zog Amelia Loraine in ihre Arme, woraufhin diese rot anlief.

»Kannst du bitte aufhören, mich überall als Küken vorzustellen? Du bist nicht viel älter als ich!«

»Vielleicht nicht im biologischen Sinne, aber dafür im mentalen«, sagte Amelia zwinkernd, bevor sie sich wieder zu mir drehte. »Irgendwie witzig, dass ihr euch noch nicht begegnet seid, immerhin seid ihr beide bei den größten Managements Londons unter Vertrag – die auch noch Konkurrenten sind«, sagte sie scherzhaft und in meinem Kopf rastete das Zahnrad ein, das seit Loraines Auftauchen gerattert hatte.

»Du bist bei *West Actors*, richtig?«

Loraine nickte und bestätigte damit meine Vermutung. Sie war die neue Schauspielerin, die Griffin West vor einiger Zeit akquiriert hatte und deren Karriere er gerade enorm pushte. Als sich die Teile zusammensetzten, wusste ich auch, wo ich sie bereits gesehen hatte. Im letzten Jahr hatte sie einige Nebenrollen in großen Produktionen gespielt. Ihr bekanntester Part bisher war wohl in der Weihnachtskomödie *Enchanted by You* gewesen, die nicht nur auf Netflix, sondern sogar im Kino gezeigt worden war. Neben großen Hollywood-Ikonen über den roten Teppich zu laufen, hatte ihr einiges an Ansehen verliehen. Gerüchten zufolge sollte sie bald auch einen Gastauftritt bei einem großen Blockbuster haben, was bloß dafür sorgte, dass mein Herz schneller schlug. Wieso lief es bei ihr so gut und bei mir nicht? Was hatte Loraine Lewis, was ich nicht hatte? Ich hasste mich für die Eifersucht, für die faulen Gedanken, doch ich konnte nichts gegen sie tun.

»Ja, genau, das bin ich. Mein Agent ist wirklich großartig. Du bist doch bei *SilverLake Actors*, oder?«

Ich nickte und ihr fröhliches Gesicht sorgte dafür, dass mein Magen rebellierte. Weil sie so glücklich mit ihrem Management war, während ich versuchte, meine Agentin irgendwie von mir zu überzeugen. Weil sie bei der größten Schauspielagentur Londons war und ich zwar bei der zweitgrößten, trotzdem jedoch eine Stufe unter ihr. Dabei war sie ganz neu im Business und ich schon viel länger dabei. Allerdings hatte sie bereits mehr Erfolge erzielt als ich, was mich noch mehr kränkte.

»Vielleicht können wir uns ja mal zur *Teatime* treffen? Ich bin erst vor Kurzem nach London gezogen und noch ziemlich verloren in der Stadt«, sagte sie und lächelte zaghaft.

Sofort nahm das schlechte Gewissen den Platz der Eifersucht ein. Loraine war offensichtlich ein lieber Mensch und sie konnte nichts für die Worte meiner Managerin und den Druck, der auf meinen Schultern lastete.

»Klar, wieso nicht? Ich kenne vielleicht nicht alle Geheimtipps, aber dafür ein paar gute Cafés, in denen ich immer einen Platz bekomme.«

Ihre Augen strahlten und sie nickte eifrig. Es war ihr deutlich anzusehen, wie sehr sie sich über meine Worte freute.

»Vielleicht sollte ich mich ab jetzt einfach als Wohlfahrt

bezeichnen«, gluckste Amelia. »Erst habe ich euch an Amanda Crawford vermittelt, die sich bei euch beiden melden will, und jetzt auch noch für eine neue Freundschaft gesorgt. So kann das Jahr doch enden.« Sie hob ihr Glas in die Luft. »Cheers to that!«

Loraine stieß mit ihrer Freundin an. Bevor ich es ihr jedoch gleichtun konnte, vibrierte mein Handy. Instinktiv griff ich danach und bereute es sofort. Denn mir prangte der Name meiner Agentin entgegen. Ich überflog ihre Worte – und der Stein in meinem Magen zog mich weiter und weiter nach unten.

Mit einer gemurmelten Entschuldigung drehte ich mich um und flüchtete in Richtung der Toiletten.

Ruby
Hast du diesen Artikel von *Scandalous Secrets* über die Gewinner und Verlierer des Jahres schon gesehen? Du bist eine der Verliererinnen, Daisy. Sogar die Neue von *West Actors* hat es auf die Liste der Gewinnerinnen geschafft und dann noch auf Platz drei!

Ruby
Enttäusch mich heute Abend nicht. Deine Zeit läuft. Ticktack.

Mühsam unterdrückte ich das Schniefen und blinzelte mit aller Macht gegen die Tränen an. Doch sie liefen bereits unaufhaltsam über meine Wange, egal, wie sehr ich mich ermahnte, dass ich mich zusammenreißen musste und mir keinen Fehler erlauben durfte. Das verfluchte Klatschmagazin *Scandalous Secrets* hatte mich als eine der Verliererinnen des Jahres gekürt, was ein absoluter Niederschlag war. Ich stand zwar nicht auf Platz eins – den hatte sich die Schauspielerin Elena Garcia geschnappt –, doch immer noch auf dem dritten. Auf der gleichen Höhe wie Loraine Lewis, jedoch auf der entgegengesetzten Liste.

Platz 3: Daisy Moore

Die britische Schauspielerin, die mit ihrem Seriendebüt *The Young and the Beautiful* einen vielversprechenden Start hingelegt hatte, ist dieses Jahr wie vom Bildschirm verschwunden. Im wahrsten Sinne des Wortes. Keine neuen Rollen und auch keine Ankündigungen für kommende Projekte. Man könnte fast meinen, die Jungschauspielerin ruht sich auf dem Erfolg ihres Serienhits aus. Wenn das nicht nach hinten losgeht und aus einem Talent mit Potenzial ein sogenanntes One-Hit-Wonder wird …

One-Hit-Wonder. Die Bezeichnung war sogar noch schlimmer, als auf einer Liste von Versagern zu stehen. Weil ich eben nicht nur einen Hit haben wollte, sondern so viel mehr. Aber das Business war verflucht tückisch und mein naiver Glaube, dass mir mit einer Rolle alle Türen offenstehen würden, noch größer.

Still und heimlich hoffte ich, dass niemand sich fragte, warum ich so lange eine der Klokabinen besetzte. Doch vermutlich machte mein Kopf mich damit wichtiger, als ich war. Hier gingen minütlich Frauen ein und aus, niemand würde sich für die eine Kabine interessieren, die sich nicht öffnete.

Ich atmete ein. Tiefe Atemzüge. Langsame. Alles, um das Beben irgendwie unter Kontrolle zu bekommen und nicht doch noch so sehr zusammenzubrechen, dass selbst einige Schichten Concealer es nicht mehr verdecken würden.

Als ich mich einigermaßen beruhigt hatte, tupfte ich mit meinen Fingern vorsichtig die Tränen fort. Mit einem letzten tiefen Atemzug erhob ich mich und verließ endlich die kleine Kabine.

Natürlich hatte ich recht: Niemand interessierte sich für mich oder die Länge meines Aufenthalts und ich konnte mich ganz auf mich fokussieren. Trug den Concealer auf meine Augenringe, richtete meine Wimpern, die durch die Tränen leicht verklebt waren, und frischte meinen Lippenstift auf. Alles sah aus wie vorher. Als wäre nichts gewesen. Und der schwarze Eyeliner verdeckte auch den Rest der Traurigkeit, der wohl so schnell nicht aus meinen Augen verschwinden würde.

Ich schniefte noch einmal und strich meine Haare glatt. Doch bevor ich die Toiletten verlassen konnte, zog das Knallen einer Tür meine Aufmerksamkeit auf sich. Ich drehte mich um, nur um in ein bekanntes Gesicht zu sehen, das mich eben noch vom Bildschirm angeleuchtet hatte.

Elena Garcia.

Nummer eins der Liste der Verlierer, den sie sich durch zahlreiche Skandale eingeholt hatte. Denn in den letzten Monaten hatte ein Fauxpas den nächsten gejagt und einige Gerüchte kursierten über sie. So sollte sie zu den arrogantesten Schauspielerinnen Hollywoods zählen, die sogar ihre Stylisten anschrie. Bei den Dreharbeiten müsse zudem regelmäßig neues Personal eingestellt werden, da sie dieses angeblich ständig zum Weinen brächte.

Ich gab nicht viel auf Gerede, immerhin war es leicht in dieser Welt, Behauptungen aufzustellen, ohne sie zu beweisen. Wenn es um eine so beliebte Person wie Elena Garcia ging, erreichte man mit jeder noch so banalen Lüge genug Menschen, um Leben zu ruinieren. Und dabei war bekannt, dass Elena Garcia nicht die einfachste Kindheit gehabt hatte. In jungen Jahren hatte sie ihre Heimat verlassen müssen, um ihrem gewalttätigen Vater zu entkommen – natürlich hinterließ das Spuren. Allerdings schien das niemanden zu interessieren und es wurde lieber über ihre Fehltritte als die vielen Erfolge gesprochen.

Doch als ich jetzt ihre roten Augen und die viel zu großen Pupillen sah, wusste ich, dass zumindest ein Gerücht stimmte. Sie war dünn geworden. Blass. Was ihre Augen noch mehr hervorstechen ließ.

Elena ignorierte meine Blicke und ging zum Waschbecken, wobei ich die Reste des weißen Pulvers bemerkte, das an ihren Händen klebte.

Ohne ein Wort zu sagen, verließ ich die Toiletten und huschte zurück zur Party. Mein Herz klopfte zu schnell und zu fest. Vor nicht allzu langer Zeit hatte Elena Garcia an dem Höhepunkt ihrer Karriere gestanden; sie war sogar für einen Oscar nominiert worden, was mehr war, als viele schafften. Doch dann war sie abgestürzt und spätestens diese Begegnung war Beweis, dass sie sich davon nie wieder ganz erholen würde.

Alles in mir zog sich zusammen. Ich wollte nicht, dass mich dasselbe Schicksal ereilte.

Show me a starlit night in all my darkness

Die Musik vibrierte in meinem Inneren, während ich die Bar ansteuerte. Die Lust auf Small Talk war mir spätestens dann vergangen, als ich nach meinem Besuch auf dem Klo Gerede über Elena Garcia gehört hatte. Ich war noch nie ein Freund von Lästereien gewesen, auch wenn sie genauso sehr zu diesem Business gehörten wie rote Teppiche. In Momenten wie diesen fragte ich mich wirklich, warum ich das alles machte. Warum ich so sehr zu einer Welt gehören wollte, die ich eigentlich für ihren Kern verurteilte.

Doch ich sollte mir nicht mehr den Kopf zerbrechen, weder über diese toxische Welt noch über den verfluchten Artikel.

»Bekomme ich einen Starlit Night?«, fragte ich daher den Barkeeper, nachdem ich einen Blick auf die Karte geworfen hatte.

»Kommt sofort, Miss.« Ich beobachtete ihn dabei, wie er mir mein Getränk zubereitete, das er kurz darauf vor mir abstellte.

Starlit Night. Ich schnaufte über die Ironie, denn meine Nacht war alles andere als sternenhell. Doch die glitzernde Flüssigkeit, die ich mit einem Nudel-Strohhalm in meinem Glas hin- und herbewegte, bereitete mir zumindest ein wenig Freude.

»Darf es für die Dame vielleicht noch etwas anderes sein? Das bisherige Getränk scheint nicht ganz Ihrer Zufriedenheit zu entsprechen.«

Ich hob meinen Kopf – und sah direkt in ein vertrautes Gesicht. »Samuele? Was machst du bitte hinter der Theke?« Wenn ich mir einer Sache sicher sein konnte, dann der, dass er dort nichts verloren hatte.

»Was mache ich *nicht* hinter der Theke?«, fragte er zurück, wobei er sich auf der Oberfläche abstützte und sich zu mir lehnte. Sein breites Grinsen natürlich wieder im Gepäck, das jetzt durch ein schelmisches Zwinkern ergänzt wurde. Ein Zwinkern, das in meinem Magen eine Party steigen ließ.

Ich verdrehte die Augen, um mein Herzklopfen zu verbergen.

Er grinste noch breiter. »Ich habe gesehen, dass du ganz allein an der Bar saßt, und wollte dir etwas Gesellschaft leisten.«

»Und da dachtest du, es wäre eine gute Idee, dich auf die andere Seite zu stellen, anstatt dich wie ein normaler Mensch neben mich zu setzen?«, fragte ich amüsiert, wobei ich ihn mit gehobenen Brauen anschaute.

»Normal war noch nie mein Fall. Das weißt du doch, *fiorellino.*«

»Hör auf, mich so zu nennen!«

»Das ist nun mal dein Name. Also, mehr oder weniger. Bloß auf Italienisch«, raunte er mir zu, was mir leider ein Lachen entlockte. Sosehr ich es auch unterdrücken wollte. »Nun, was darf es zu trinken sein für die Dame? Wir wollen doch nicht, dass Sie heute Abend verdursten, *non è vero?*«

»Weißt du, was?«, raunte ich zurück und beugte mich lächelnd zu ihm. Unsere Nasenspitzen konnten sich beinahe berühren, so wenig Abstand herrschte auf einmal zwischen uns. Hoffentlich merkte er nicht, wie schnell mein Herz plötzlich schlug oder mir kurz der Atem stockte. »Ich lass mich einfach von dir überraschen. Wenn du der Meinung bist, du würdest hinter der Bar einen so guten Job machen, dann bitte. Überzeug mich, *rompipalle*.«

Als ich den Spitznamen verwendete, den ich Samuele damals verpasst hatte, leuchteten seine Augen auf. Ich konnte nicht viele Wörter auf Italienisch, doch wenn man unzählige Stunden mit einem Italiener wie Samuele am Set verbrachte, dann war das Wort für Nervensäge essenziell.

»Sono orgoglioso di te, fiorellino.«

Ein Schauer jagte mir über den Rücken, als Samuele ins Italienische wechselte. Auch wenn ich kein Wort außer meinem Spitznamen verstanden hatte, erkannte ich an der Tiefe seiner Stimme und seiner Miene, dass es etwas Bedeutsames gewesen sein musste. Ich blinzelte, doch Samuele löste seinen Blick nicht von mir und mit jeder verstreichenden Sekunde wuchs die Spannung zwischen uns.

Ich räusperte mich. »So gut ist mein Italienisch dann auch nicht. Sorry, hatte nicht gerade den besten Lehrer.«

Der Moment brach; Samuele griff sich mit schmerzverzogenem Gesicht an die Brust und stöhnte gequält auf, womit er einige Aufmerksamkeit auf sich zog. Eine Frau, die lediglich ein silber-glitzerndes Bralette zu einer Shorts in der gleichen Farbe trug, betrachtete ihn skeptisch und auch der Mann neben ihr musterte Samuele herablassend. Zu gern hätte ich dem Kerl etwas Passendes entgegengeschleudert, immerhin saß er mit seinen Mitte sechzig neben einer halb nackten Frau, die hoffentlich schon volljährig war. Damit war er nicht unbedingt in der Position, um auf andere herabzuschauen. Doch bevor ich etwas sagen konnte, verließen die beiden auch schon die Bar. Er mit seiner Hand auf ihrem Hintern. Widerlich.

»Trinkst du immer noch keinen Alkohol?«, fragte Samuele mich – ohne den Hauch eines Vorwurfs oder Urteils in seiner Stimme. Etwas, was mir nicht oft widerfuhr, wenn ich gestand, nichts zu trinken. Deshalb entschied ich mich wie heute Abend häufig dazu, lieber so zu tun als ob, anstatt mich ständig erklären zu müssen.

Ich nickte, woraufhin sein Grinsen breiter wurde.

»Dann habe ich das perfekte Getränk für dich.«

Ich beobachtete, wie Samuele einige Zutaten mixte und sich dabei erstaunlich geschickt anstellte.

»Nächstes Jahr kommt ein Film raus, in dem ich zu Beginn die Rolle eines Barkeepers spiele. Damit das auch authentisch wirkt, habe ich ein paar Kurse besucht.«

Kurz darauf warf er eine Flasche hinter seinem Rücken in die Höhe, bevor er sie vor sich wieder fing. Ich gab es nur ungern zu, doch ich war ehrlich beeindruckt.

»*Et voilà*, eine besondere alkoholfreie Margarita für meine *margheritina*.« Er schob mir ein Glas entgegen, dessen Inhalt überhaupt nichts mit einer Margarita gemein hatte. Zum einen, weil die Flüssigkeit feuerrot war, und zum anderen, weil die Margarita von ihren alkoholischen Bestandteilen lebte.

»Das erinnert eher an einen Tequila Sunrise. Ohne Tequila«, sagte ich skeptisch und begutachtete das Glas. Optisch ähnelten sich die Getränke tatsächlich sehr, was am Sonnenuntergangsverlauf lag, der bereits im Namen steckte. Samuele hatte jedoch auch etwas von dem Glitzer hinzugegeben, das bereits in meinem vorherigen Drink gewesen war und weder in einen Tequila Sunrise noch in eine Margarita gehörte.

Und der sich nun auf der gesamten Theke verteilte. Die Barkeeper würden sich gewiss über das Chaos freuen, das er angerichtet hatte.

»Ich habe ja auch gesagt: Es ist eine besondere Margarita. Statt Orangenlikör gibt es Orangensirup und den Tequila habe ich mit Kirschsaft getauscht. Ist doch fast das Gleiche«, sagte er schulterzuckend und ich fing an zu lachen. Niemand, wirklich niemand, schaffte es, eine Unwahrheit dermaßen überzeugend rüberzubringen, dass sie zu einem Fakt wurde, wie Samuele.

»Sir, was machen Sie hinter der Theke?«, schaltete sich der Barkeeper ein, der zuvor noch mein Getränk gemixt hatte und nun mit einem Karton Champagner in der Hand irritiert Samuele musterte. Dieser räusperte sich sofort.

»Ich musste der jungen Dame nur ein besonderes Getränk zubereiten, keine Sorge, ich verschwinde schon.« Er schlängelte sich am Thekenpersonal vorbei, bis er schließlich neben mir stand. Ich nutzte den Moment, um den ersten Schluck seines Getränks zu probieren, das zugegebenermaßen ziemlich gut schmeckte.

»Scheiße, wer hat hier so mit dem Glitzer rumgesaut? Das kriegen wir jetzt für die nächsten Wochen nicht mehr weg!« Eine zweite Barkeeperin war an die Stelle getreten, an der eben noch Samuele gestanden hatte, und funkelte ihre Kollegen wütend an. Dabei warf sie mit Flüchen auf Italienisch um sich, die mich die Augen aufreißen ließen.

»*Merda*«, flüsterte Samuele. »Vielleicht hätte ich doch noch ein, zwei weitere Kurse belegen sollen, bevor ich mich an einer richtigen Bar ausprobiere.«

»Vielleicht hättest du es auch einfach ganz lassen sollen«, schlug ich vor, auch wenn ich das Getränk wirklich genoss.

»Ich glaube, wir sollten verschwinden. Ich möchte ungern mit einer aufgebrachten Italienerin aneinandergeraten ...«

»Na gut, du Unruhestifter. Bevor es morgen noch die Runde macht, dass der geliebte Samuele Romeo Rossi die Bar des legendären Sky Garden ruiniert hat.« Ich rutschte vom Barhocker, woraufhin ich sofort Samueles Hand an meinem Rücken spürte. Sie war warm und kräftig, aber nicht so fest, dass es unangebracht wäre. Leider fühlte sich die Berührung vielleicht einen Hauch zu gut an.

»Ich habe die perfekte Idee, wo wir hingehen können. Um in Ruhe zu reden.«

Ich wollte ihm gerade widersprechen, da griff er nach meiner Hand. Keine Ahnung, wie er es immer wieder schaffte, doch kaum schlossen sich seine Finger um meine, kehrte etwas Ruhe in mich ein. Vielleicht war es die Vertrautheit, die uns immer noch verband. Vielleicht war es aber auch die Sehnsucht, die mich nicht losließ, egal, wie sehr ich es versuchte. Als er mich kurz darauf mit sich durch die Menge zog, ließ ich es jedenfalls einfach geschehen.

Suddenly I believe in *right person,*
wrong time

»Pass auf die Stufen auf!«, rief Samuele mir über die Musik zu und ich nickte zur Antwort, während wir an den vielen Menschen vorbeiliefen, die lachend an Stehtischen standen oder sich zur Musik bewegten.

Wir entfernten uns von der Tanzfläche und der Bar auf der Hauptebene des Sky Garden und folgten der Treppe zu einer weiteren Etage. Überrascht stellte ich fest, wie wenig hier oben los war, obwohl die Aussicht genauso großartig war, gemütliche Sofas Platz boten und noch dazu etwas Ruhe herrschte. Nur ein weiteres Paar befand sich in einer hinteren Ecke und war zu sehr mit sich selbst beschäftigt, um uns zu bemerken.

Samuele und ich machten es uns auf einem der Sofas bequem. Dann nahm er seine Bierflasche, die er sich wohl bei seinem Ausflug hinter die Theke geschnappt hatte, und stieß mit ihr gegen mein Glas. Er strahlte mich an und trotz des bisherigen Verlaufs des Abends lächelte ich zurück. Wie könnte ich das bei seinen warmen braunen Augen und den schönen Grübchen auch nicht?

Bis in meiner Tasche mein Handy vibrierte und ich es wie aus Reflex hervorholte. Mein Vorsatz, es den ganzen Abend in meiner Tasche zu lassen, war sowieso schon gescheitert.

Little Brother

Können wir bitte reden? Mom ist total fertig nach eurem Gespräch heute, sie weint schon seit Stunden. Ich weiß, dass ihre Worte an Weihnachten blöd gewählt waren, aber sie macht sich bloß Sorgen um dich.

Little Brother

Können wir das alles nicht einfach vergessen? Bitte, Daisy. Dieser ganze Streit muss doch echt nicht sein.

Natürlich hatte er mir in dem Moment schreiben müssen, in dem ich den Abend genießen wollte. Dabei hätte ich nichts lieber getan, als den Streit mit meinen Eltern aus der Welt zu schaffen. Nur war es nicht so leicht, einfach so zu tun, als wäre nichts gewesen. Nicht wenn meine Karriere gerade kurz vorm Zusammenbruch stand und meine Familie mich nicht unterstützte, sondern bloß mit Vorwürfen konfrontierte. Vielleicht sah ich morgen alles anders. Neues Jahr, neues Mindset oder so. Doch jetzt gerade war ich wütend und vor allem verletzt. Ich wollte nicht mit ihm reden, auch wenn es bedeutete, das neue Jahr im Streit zu beginnen.

»Ist alles in Ordnung?«, fragte Samuele mich plötzlich, was mich hochschrecken ließ.

»Was?«

»Du wirkst schon den ganzen Abend, als wärst du mit den Gedanken woanders, und … ich hoffe, ich trete dir damit nicht zu nahe, aber du scheinst ziemlich traurig zu sein.«

Schnell schüttelte ich den Kopf. »Quatsch, alles gut, ich bin nicht traurig.«

»Sicher? Ich weiß, wie du aussiehst, wenn du glücklich bist, und so sieht es nicht aus, Daisy.«

Dass er meinen richtigen Namen verwendete und nicht die italienische Version, ließ mich seufzen. Vielleicht stimmte es, was manche sagten. Dass Menschen, die viel Zeit mit einem verbracht hatten, einen immer durchschauen würden, egal, wie viele Jahre vergingen. Bei Samuele und mir war es gerade einmal ein Jahr her, dass wir uns regelmäßig am Set gesehen hatten. Doch ich fühlte mich nicht nur wohl bei ihm, weil wir uns kannten und ich ihn mochte. Sondern weil ich ihn *mochte* mochte. Immer noch. Und das bereitete mir leider ziemlich große Angst.

»Es ist gerade alles etwas viel. Seit dem Ende von *TYTB* läuft es für mich nicht mehr wirklich gut. Keine neuen Verträge, keine neuen Drehs, keine großartige Karriere«, gestand ich ihm die Wahrheit. Denn ich vertraute ihm. Auch das war früher schon so gewesen.

»Deine Zeit wird kommen, Daisy. Nur weil es nicht direkt danach steil bergauf gegangen ist, heißt das doch nicht, dass es nicht noch passieren wird. Du darfst dir da nicht so einen Druck machen.« Er schenkte mir ein aufmunterndes Lächeln, aber mir entwich bloß ein Schnaufen.

»Sag das mal meiner Managerin, die sieht das nämlich ganz anders«, erwiderte ich bitter. Allein bei dem Gedanken an die Nachrichten, die sie mir eben geschickt hatte, lief es mir eiskalt den Rücken hinunter. Als ich damals den Vertrag mit meiner Agentur unterschrieben hatte, war ich so glücklich gewesen. Alles hatte sich richtig angefühlt und ich war mir sicher gewesen, egal, was käme, es würde gut werden. Traurig, wie sehr man sich täuschen konnte.

»Wie meinst du das?« Er runzelte die Stirn.

Ich seufzte erneut. »Meine Managerin hat mir ein Ultimatum gestellt. Wenn ich bis zum Sommer keine neue Rolle in der Tasche habe, bin ich raus. Ob mich danach noch eine andere Agentur, geschweige denn eine Produktion will, möchte ich ungern herausfinden müssen.«

»Ernsthaft? Du verarschst mich doch.« Der Unglaube in seiner Stimme bestärkte mich in dem Gefühl, dass so etwas nicht sein sollte. Bloß welche Wahl hatte ich?

»Leider nicht. Gerade bleiben mir genau zwei Optionen: Entweder ich warte auf ein richtig gutes Angebot, riskiere damit aber, mein Management zu verlieren. Oder ich sage dieser blöden Komödie zu, die alles mit Füßen tritt, wofür ich stehe.«

»Du wirst auf keinen Fall eine Rolle spielen, die du eigentlich gar nicht willst. Vor allem, wenn du die Botschaft dahinter so verachtest. Daisy, du bist gerade einmal zwanzig Jahre alt. Es gibt keinen Grund, dich unter deinem Wert zu verkaufen. Und sollte deine Managerin dich wirklich fallen lassen, dann werde ich ein gutes Wort bei meiner für dich einlegen. Ich schwärme ohnehin regelmäßig von dir.« Samuele strich mir aufmunternd übers Knie, was mich schauern ließ. Allerdings konnte ich das Gefühl nicht genießen.

»Wie geht es Willow?«, fragte ich aus dem Nichts heraus und hasste mich ein bisschen dafür, wie abrupt ich diese Frage gestellt hatte.

Sofort zog er seine Hand zurück, was mein Herz sinken ließ. Er räusperte sich und der Knoten in meinem Magen wurde immer enger. »Willow … also … ähm …« Er räusperte sich erneut. »Wir haben uns getrennt. Vor zwei Monaten. Die Entfernung, unsere Jobs, es war einfach alles zu viel.«

»Das tut mir leid, Sami, ehrlich.« Die Überraschung lag

deutlich in meiner Stimme. Mit diesem Geständnis hatte ich nicht gerechnet, normalerweise ging eine Trennung in dieser Größe immer durch die Medien. Bis auf die kurze Pause während unserer Dreharbeiten waren die beiden seit ihrer Jugend ein Paar gewesen. Ein Traumpaar, wohlgemerkt.

»Ist schon okay. Es war das Richtige für uns. Wir waren schon lange nicht mehr glücklich. Ich vermisse sie auch nicht, nur den Menschen, der sie einmal war, aber diese Person ist lange fort.« Sein Lächeln war ehrlich.

»Hast du deshalb mit dem Rauchen angefangen?«, fragte ich geradeheraus, was Samuele sichtlich erstaunte.

Mit hochgezogenen Brauen blickte er mich an, bevor er seufzte. »Du kannst mich wohl ebenfalls noch genauso gut durchschauen wie ich dich, *fiorellino*.«

Ich zwinkerte ihm lächelnd zu, was ihm ein belustigtes Schnaufen entlockte.

»Die Antwort ist: Ja und nein. Es war schon vorher etwas mehr. Keine Sorge, ich bin kein Kettenraucher, doch die letzten Monate waren verflucht anstrengend und es hilft mir beim Entspannen. Mein Neujahrsvorsatz ist es aber, endgültig aufzuhören.«

Jetzt war ich diejenige, die ihre Brauen in die Höhe zog. »Hast du nicht behauptet, du hältst nichts von Neujahrsvorsätzen?«

»Mag sein – doch es ist nie zu spät, seine Meinung zu ändern! Aber genug von mir, wie geht es Caden?« Die Frage traf mich genauso unvorbereitet wie meine vermutlich ihn. Wir waren also quitt.

»Wir haben uns auch getrennt. Vor fast einem halben Jahr«, antwortete ich mit rauer Stimme.

»Scheiße, das tut mir ebenfalls leid. Als ihr nach eurer Pause

wieder zusammengekommen seid, war ich mir sicher, das
hält für immer.«

»Das habe ich mir bei vielem gedacht, aber so ist das wohl
nie, was?« Ich schenkte ihm ein trauriges Lächeln. Sofort
nahm er meine Hand und drückte sie.

Plötzlich fing er an zu lachen. Ich zuckte vor dem unerwarteten Geräusch zusammen, woraufhin er sofort entschuldigend meine Hand tätschelte.

»Sorry, ehrlich. Es ist nur … damit habe ich heute Abend
nicht gerechnet. Ich habe mich einfach gefreut, dich wiederzusehen, ganz ohne Hintergedanken, aber jetzt …« Er lachte
wieder, allerdings erkannte ich dieses Mal die Unsicherheit
in seiner Stimme.

»Ich war damals ziemlich in dich verknallt«, platzte es da
aus mir heraus und verfluchte mich für meine vorschnelle
Zunge.

Er blinzelte mich ein paar Mal an, bevor er fragend den
Mund öffnete, ehe er ihn kurz darauf jedoch wieder schloss.

»Beim Dreh der ersten Staffel. Du … ich habe mich direkt
zu dir hingezogen gefühlt. Aber damals warst du noch mit
Willow zusammen und danach war ich dann wieder bei
Caden und … irgendwie haben wir immer unseren Moment verpasst.« Mit jedem gesprochenen Wort hatte sich
mein Puls beschleunigt und die Hitze sich von meinen Wangen auf meinen ganzen Körper ausgebreitet. Und auf Samueles Gesicht war ein Ausdruck getreten, der mir den Atem
raubte. Auf einmal schien die Luft zu vibrieren.

Und dann – bevor ich noch weiter vor mich hin reden
konnte – spürte ich, wie Samuele mich in seine Arme zog,
nur um kurz darauf seine Lippen auf meine zu legen.

All the glitter on the floor
is still just plastic

Samuele löste seine Lippen von meinen und schaute mir tief in die Augen. Ich sah seine geweiteten Pupillen, in denen so viel stand, dass ich die ganze Nacht mit Lesen beschäftigt wäre. Vor allem erkannte ich jedoch die Frage, ob er weitermachen sollte. Ob das okay war.

Anstatt ihm zu antworten, legte ich meine Hände in seinen Nacken und zog ihn zurück zu mir. Legte meine Lippen zurück auf seine. Alles, was ich in dem Moment wollte, war, Samuele Romeo Rossi zu küssen. Weil ich es nicht nur in diesem Moment wollte, sondern seit dem Moment, als ich ihn zum ersten Mal gesehen hatte. Die Sehnsucht war immer da gewesen und ich hatte mich endlich auf sie eingelassen, statt mir ständig mein Glück zu verbieten.

Seine Zunge schob sich erst sanft in meinen Mund, doch als er merkte, dass ich es zuließ, wurde sie fordernder. So wie seine Berührungen. Mit einem Ruck zog er mich auf seinen Schoß und ich krallte mich in seinen Haaren fest. Unsere Lippen lösten sich keine Sekunde voneinander und ich hatte auch nicht vor, das in nächster Zeit zu ändern.

Samuele war ein verdammt guter Küsser. Wie er mich immer fester an sich zog, meine Taille mit seinen Händen umfasste ... Ich wollte nicht, dass er mich losließ. Ich vergaß, wo wir waren, und mir entfuhr ein leises Stöhnen.

Das hier war nicht unser erster Kuss. Als Liebespaar vor der Kamera hatten wir mehr als einen Kuss geteilt, allerdings waren diese ganz anders gewesen. Weil jetzt so viel Gefühl darin steckte und ich mit jeder Berührung seiner Zunge und unserer Münder spüren konnte, dass er mich wollte. Samuele Romeo Rossi wollte Daisy Moore. Da waren keine Charaktere, denen wir unsere Körper liehen, sondern nur wir. Nur wir.

Ein Teil von mir fragte sich, wie alles wohl gelaufen wäre, hätte ich ihm damals schon meine Gefühle gestanden oder wäre ich nicht wieder mit Caden zusammengekommen oder hätte er sich schon früher von Willow getrennt. Doch eigentlich wusste ich, dass es keinen besseren Moment gegeben hätte. Dass wir vorher gemeinsam vielleicht immer am richtigen Ort gewesen waren, der Zeitpunkt aber nie gestimmt hatte. Jetzt gerade fühlte sich dagegen alles richtig an, auch wenn ich mir bis eben noch wie im falschen Film vorgekommen war.

»Shit«, murmelte Samuele, als wir uns irgendwann voneinander lösten. Seine Stimme war ganz rau, seine Lippen von den vielen Küssen geschwollen. Unter meinen Fingern, die mittlerweile auf seiner Brust lagen, spürte ich, wie schnell er atmete und wie heftig sein Herz pochte.

Ich kicherte. Wie ein Teenager. Obwohl ich genau dieses Image doch eigentlich loswerden wollte. Doch bei ihm musste ich niemand sein außer mir selbst.

»So schön ich deine roten Haare auch finde, ich hoffe, du weißt, dass du dich nicht verändern musst, um in diese Welt reinzupassen, okay? Für die richtigen Menschen wirst du immer genug sein, so wie du bist. Aber wenn du es brauchst, dann stehe ich hinter jeder Entscheidung, die du triffst. Egal, wie sie aussieht«, flüsterte er und strich mir eine Strähne hinters Ohr.

Ich schluckte schwer und hatte zum ersten Mal seit Tagen das Gefühl, dass der Knoten in mir sich löste.

»Hier, ich habe dir was zum Anstoßen mitgebracht. Apfelschorle«, sagte Samuele und zwinkerte mir zu.

Ich gab ihm einen Kuss auf die Wange und hakte mich bei ihm unter. Sofort legte er seinen Arm um meine Taille und zog mich an sich. Alles, was ich wahrnahm, war die Wärme seiner Umarmung und der Geruch seines Parfums, das nicht mehr so verspielt wie früher war, sondern genauso erwachsen geworden war wie Samuele selbst.

Einen Moment lang schloss ich die Augen und atmete durch. Es waren nur noch wenige Minuten bis Mitternacht und bis dieses verfluchte Jahr endlich endete. Das Erste, was ich morgen machen würde, war, meine Familie anzurufen und mich bei ihnen zu entschuldigen. Denn vielleicht hatte ich wirklich etwas zu heftig reagiert, allerdings hatten ihre Worte mich eben ziemlich verletzt. Ich musste ihnen die Wahrheit sagen über alles, was gerade vor sich ging. Das Schauspielern war ein Teil von mir, ich würde es nicht einfach so aufgeben. Doch um in dieser Welt überleben zu können, brauchte ich meine Familie. Jetzt gerade noch mehr als je zuvor.

»Noch sechzig Sekunden!«, schrie jemand, woraufhin die Menge bereits applaudierte, obwohl es noch nicht Mitternacht war.

Mein Blick glitt zu Samuele, der mit leuchtenden Augen

auf den runterzählenden Timer starrte. Ich war nicht so naiv zu glauben, dass ab jetzt alles perfekt weiterlaufen würde, nur weil wir einen verdammt perfekten Kuss geteilt hatten. Doch es war ein Anfang und wenn ich eine Sache gerade brauchte, dann waren es Neuanfänge. Gute Neuanfänge.

»Fünf. Vier. Drei. Zwei. Eins. Happy New Year!« Der ganze Raum brach in tosendes Gejubel aus, während der Himmel vor uns in allen Farben des Regenbogens explodierte.

»Happy New Year, Daisy«, flüsterte Samuele mir zu und legte seine Stirn an meine.

»Happy New Year, Sami«, flüsterte ich zurück, bevor seine Lippen wieder meine fanden.

Ein lauter Knall ließ mich aufblicken. Goldenes Konfetti ergoss sich über uns. Ich lachte. Ehrlich. So wie Samuele, bevor er mich zurück zu sich zog und mein Lachen mit seinen Lippen zum Verstummen brachte. Und Samuele zu küssen, war sogar besser, als ehrlich zu lachen.

»Mein Fahrer ist in fünfzehn Minuten da. Bist du dir wirklich sicher, dass ich dich nicht nach Hause fahren soll?«, fragte Samuele und setzte sich neben mich auf einen der vielen Hocker, die den Abend über ständig belegt gewesen waren. Jetzt, weit nach Mitternacht, war der Großteil der Gäste verschwunden. Geblieben war nur das Konfetti auf dem Boden und in meinen Haaren, das ich bestimmt noch in einem Jahr in meiner Wohnung finden würde.

»Es ist ein riesiger Umweg. Mein Fahrer ist bestimmt auch gleich da und sobald ich angekommen bin, schreibe ich dir. Versprochen.«

Als Antwort gab er mir einen Kuss auf die Wange, die unter seiner Berührung automatisch rot wurde.

Mein Handy vibrierte und ich zog es hervor. Vermutlich war es bereits mein Fahrer, der mir von seiner Ankunft berichtete. Doch statt der erwarteten Nachricht leuchtete mir der Name meiner Managerin entgegen.

Augenblicklich versteifte ich mich, was Samuele sofort bemerkte.

»Was ist los?«

»Ruby hat mir geschrieben.« Meine Stimme zitterte und ich verfluchte mich leise. So viel zu den guten Vorsätzen, die sie mit einer Nachricht einfach zerstörte.

Auch wenn sie zu ignorieren die bessere Idee gewesen wäre, öffnete ich die Nachricht.

Ruby

Gut gemacht, Daisy. Gerade eben ist eine Nachricht von Amanda Crawford eingegangen. Du hast sie auf der Party sehr begeistert. Du bist in der engeren Auswahl für die Hauptrolle der Quinn in *Dear Sweet Innocence*. Ein Film über eine Beziehung zwischen einer Neunzehnjährigen und einem deutlich älteren Mann, der sie nicht wegen ihrer Reife, sondern wegen ihrer Unschuld liebt. *Daddy Issues*, entromantisiert und realistisch, so war der Pitch. Es gibt noch eine andere Konkurrentin, aber du wirst dich schon gegen sie durchsetzen. Vermassle es jetzt bloß nicht. Diese Rolle ist riesig, das könnte alles ändern. Frohes neues Jahr.

Ich musste den Text mehrfach lesen, um die Worte auch wirklich glauben zu können. Amanda Crawford. Sie wollte mich. *Mich!* Die Produzentin unserer Zeit, wenn es um wichtige Botschaften und starke weibliche Charaktere ging, die alles außer eine *Mary Sue* waren, zog mich für einen ihrer Filme in Betracht.

»Das ist unglaublich«, flüsterte Samuele mir zu und drückte mich an sich.

Ich reagierte nicht, sondern starrte nur weiterhin auf das Display. Doch ich hatte es schwarz auf weiß vor mir.

»Oh mein Gott!«, hörte ich da ein lautes Quietschen aus einer anderen Ecke des Raums.

Ich hob den Kopf und bemerkte, wie Loraine ein Stück vor mir von Amelia stürmisch umarmt wurde. Die beiden hüpften, als hätte eine von ihnen gerade im Lotto gewonnen.

»Amanda Crawford sieht mich in der engeren Auswahl. *Die* Amanda Crawford. Oh mein Gott! Und dann auch noch für Quinn, die Hauptrolle!« Loraine schlug sich die Hand vor den Mund, trotzdem dämpfte es das Quietschen nicht.

Bei ihren Worten blieb mein Herz stehen. Es hörte auf zu schlagen, während vor meinen Augen Tausende Punkte zu tanzen begannen.

»Hast du das gehört, Daisy? Loraine ist unter den Favoriten für die Hauptrolle im neuen Film von Amanda! Wie heißt er noch mal … Ah, da! *Dear Sweet Innocence.* Amanda hält ihr Wort, sie wird sich bestimmt auch bald bei dir melden.« Amelia strahlte mich förmlich an.

»Das hat sie schon«, antwortete ich. Von der Freude, die ich bis eben empfunden hatte, war nichts mehr übrig. Da war einzig dieses dumpfe Pochen, das sich hinter meiner Schläfe ausbreitete.

»Was?«, fragte Amelia irritiert. Loraine verstummte und blickte fragend zwischen mir und ihrer Freundin hin und her.

»Ich bin auch in der engeren Auswahl. Für *Dear Sweet Innocence*. Für Quinn.«

Amelias Lächeln erstarb und Loraine riss die Augen auf. Und dann tat sie das, was ich nicht gekonnt hätte.

Sie kam auf mich zu. Ihre goldenen High Heels klackten trotz des vielen Konfetti laut auf dem Parkettboden. Als sie vor mir stand, reichte sie mir eine Hand, die ich verwirrt entgegennahm. Kaum war ich aufgestanden, zog sie mich auch schon in eine Umarmung. »Herzlichen Glückwunsch, Daisy. Ich freue mich so für dich.«

Im ersten Moment versteifte ich mich. Warum tat sie das? Warum gratulierte sie mir? Warum freute sie sich für mich? Und warum zur Hölle konnte ich nicht das Gleiche tun?

»Danke«, flüsterte ich zurück. Ihr ebenfalls zu gratulieren, brachte ich nicht über mich.

Als wir uns voneinander lösten, schaute ich ihr direkt ins Gesicht. In ihr freundliches, süßes, lächelndes Gesicht.

»Möge die Bessere gewinnen«, sagte sie. Immer noch lächelnd.

»Möge die Bessere gewinnen.«

Und da trat ein Funkeln in ihre Augen. Die Freundlichkeit wich aus ihrem Blick und eine Entschlossenheit trat an ihre Stelle, die mich schaudern ließ. Ohne ein weiteres Wort ging sie zurück zu Amelia, bevor die beiden verschwanden.

Als Samuele mich wieder in seine Arme zog, konnte selbst seine Nähe mich nicht aufwärmen. Alles, was blieb, war die Kälte in Loraines Augen.

Jetzt waren nicht nur unsere Managements Konkurrenten ... sondern auch wir.

You've reached the last page

Sieben Monate später

Teenie-Star stirbt bei tragischem Autounfall

Heute Nacht ereignete sich ein tragischer Autounfall, bei dem die junge Schauspielerin Daisy Moore ums Leben kam. Mit ihrer Rolle der Maisie im Teenie-Drama *The Young and the Beautiful* hatte Daisy einen rasanten Einstieg in die Filmwelt gefeiert. Auf dem britischen Netflix stand die Serie monatelang auf Platz eins und viele junge Menschen fühlten sich gesehen und repräsentiert – unter anderem auch von der damals gerade einmal achtzehnjährigen Daisy.

Die genaue Unfallursache ist unbekannt, doch die Jungschauspielerin befand sich auf dem Heimweg von einer größeren Party der Prominenz in London und soll eine überdurchschnittliche Menge Alkohol im Blut gehabt haben. Was genau sie dazu getrieben hat, alkoholisiert in ihr Auto zu steigen, wissen wir nicht.

Was wir jedoch wissen, ist, dass sie mit ihrem größten – und einzigen – Hit *The Young and the Beautiful* immerhin etwas in der Welt hinterlassen konnte. Zu schade nur, dass ihr Charakter Maisie sich so gegen den übermäßigen Konsum von Alkohol aussprach – wir erinnern uns alle an die dramatische Szene, als Maisie ihre Schwester bewusstlos auf einer Party vorfindet – und nun ausgerechnet das zu Daisys eigenem Untergang geworden ist.